——我脸秀、

——行吧，我知道了

不知道美美NoA

小仓[illegible]

却无心看风景

小野鸽 著

中原农民出版社
·郑州·

却无心看风景

小野鸽

1=F 4/4

Contents

永远纯良
永远快乐
00 : 00
02 : 28

第一章
送你回去

几片药让宴若愚睡了整整十二个小时，混沌的意识随着脸上传来的湿热逐渐清晰。他摘下眼罩，强撑开眼皮，模糊的视野被一只吐舌头的阿拉斯加犬占据。

宴若愚正仰躺着，一动不动，在那条红粉软嫩的舌头再一次触脸的前一瞬猛然坐起。那只卧在他胸上的阿拉斯加犬只有三四个月大，随着他的起身摔到了地板上。它肯定疼，奶声奶气地“嗷呜”叫唤着，晃晃脑袋，抬头想重新爬上床。宴若愚瞪着眼，毫不客气地问眼前这只“不速之狗”：“你从哪儿冒出来的？”

阿拉斯加犬听出宴若愚语气中的不悦，原本摇得正欢的大尾巴随着蹲坐的后腿垂下，耷拉着脑袋，一脸不知所措的神情。这要是别人，一觉醒来，看到从天而降一只可爱又乖巧的小狗，还不乐得以为自己还在梦里。但宴若愚低头看了一眼狗蹲过的地方，眉心紧锁，以最快的速度掀开被子站到床的另一边，低低地骂了一句脏话，对那上面出现的狗毛露出嫌弃的表情。

随后他进了浴室，顾不得水还没热，就用手掌捧起来往脸上使劲揉搓，过了两三分钟才关上水龙头。他挺起腰，大玻璃镜里的自己湿的不只是脸，还有脖子和赤裸的上身。

岭安城的冬天阴冷潮湿，但这套别墅里的供暖很足，宴若愚一年四季只爱穿条长睡裤，就算不睡觉也这样。他拿起毛巾只是擦了一把脸和脖子，垃圾桶就成了那条毛巾的归宿。他匆匆刷完牙后，扭头看到那只狗不知何时已经安安静静地蹲在了浴室门口。

然而，宴若愚眼神冷漠，理都不理那只狗，径直出了卧室。狗跟着他出来后他就把门重重地关上，防止它再进去捣乱。他边下楼边给裴小赵发消息让对方过来。

他刚把消息发出去，就看到爷爷宴雪涛坐在客厅靠窗的灰白色沙发椅上，身子前倾，双手交叉，显然在思考什么。

宴若愚的父母在他成年前去世，宴雪涛是他在这世上唯一亲近的人。他这一年也二十岁了，理应不再需要别人操心，但宴雪涛还是对他放心不下。宴若愚坐在正中更大的那张沙发上，扫了一眼木茶几上打包讲究的早餐，这才和宴雪涛对视："我的烟呢？"

宴雪涛说刚睡醒就抽烟对身体不好。宴若愚嘟囔了一句"算了"，起身去玄关处掏挂着的大衣口袋，就站在那儿抽。宴雪涛想跟他说两句话，只能也走过去。

宴若愚很久没睡过好觉，此时心情还算不错，主动问道："那只狗是你弄来的？"

宴雪涛说："医生说，你有宠物陪着比较好。"

"医生医生，医生说好你就信？"宴若愚不屑地嗤笑，"医生还一直给我开止痛药呢。"

为了培养独子宴若愚的能力，他的父母很早就带他出了国。他的父亲是燕合集团未来的继承人，母亲是国内知名的电影演员，两个人当年的奢靡婚礼轰动一时，宴若愚从小到大都被聚光灯包围着。

然而，悲剧就发生在一瞬间。那一天是宴若愚十五岁生日，一家三口在一家高档餐厅用完餐，从后巷离开时遇到持枪的抢劫犯。他的父母中弹后皆不治身亡，只有他伤势较轻活了下来。

以前，他是各类采访中气度不凡的骄矜贵公子，样貌继承了父母所有的优点，穿着精致的校服出入“贵族”学校，当真是“整个娱乐圈都在等他长大”。可葬礼过后，宴若愚性情大变。再被记者拍到时，他出现在留学圈朋友的狂欢派对上。那时的他在游泳池里裸着上身，半眯着眼，正在把湿透的头发往后捋。

后来，他今天出现在这个名媛的宴会上，明天又和那个超模在沙滩上嬉戏，对待感情的轻佻态度和过世的父母大相径庭。宴雪涛对儿子要求严格，但对孙子就宠爱大于鞭策，原本只当他是沉浸在失去父母的痛苦里需要宣泄，可当他做的荒唐事越来越多时，宴雪涛才感觉不对劲。最终宴雪涛发现宴若愚把日子过得浑浑噩噩，而且医生一直没给他停治疗枪伤用的止痛药。

“当年是我疏忽大意，要是早点儿发现……”

宴若愚满不在乎地摆手：“这事怪不到您的头上，我还得谢谢您陪了我整整半年。”

枪伤痊愈后，宴若愚依旧会神经性疼痛，医生给他开了药物舒缓，却没告知他有成瘾的可能性。宴若愚放纵，但也不会允许自己堕落，幡然醒悟后戒断药物回归正轨，考上了一所常春藤大学读商科，成绩优异，年年都能拿到奖学金。

看到宴雪涛眼里的担忧之色还是没散去，宴若愚“啧”了一声：“您也说了，这是在国内，我回来后就再没碰过那玩意儿了。”手里的烟抽完了，他又娴熟地拿出一支，然后揶揄道：“骗您我就是小狗。”

因为腿短而下楼梯艰难的阿拉斯加犬终于出现在了一楼，正趴在地上吐舌头喘气休息。一听宴若愚说到狗，还以为是在唤它，屁颠屁颠地跑过来，却再一次被他瞪得往宴雪涛的腿后面躲。

“我当然信你，我们小鱼这么棒。”宴雪涛脸上的笑意转瞬即逝，手从衣兜内拿出来，一个药盒赫然躺在他掌心。宴若愚一把夺过他掌心的药盒，再没丝毫开玩笑的轻松神色。

“整夜不休息当然是不行的，但是……”宴雪涛苦口婆心地说，“小鱼，安眠药也是会成瘾的。”

“那你到底想要我怎么样？”宴若愚把烟放了回去，冷淡地说道，

“我睡不着晚上出门，你看不惯要说我。那好啊，我现在想方设法地睡着了，你又看不惯要说我。”

“你也不看看你现在是什么身份，多少人盯着你，你去的都是什么地方？”宴雪涛着急了。上大学后，宴若愚的一切都在朝着既定的方向前进，若是父母还在，肯定也会希望他子承父业，而不是进娱乐圈这个大染缸。但就在十九岁的那年夏天，宴若愚突然回国参加了一档比赛节目 *Pick,Pick*（选择，选择），凭样貌和实力圈粉无数，一时风头无两，出道预定。

宴雪涛不是古板的人，他支持宴若愚的决定。可宴若愚却在成团前突然退赛，也没签经纪公司，一年间只云淡风轻地发了几首歌，粉丝听到就是缘分。

他不在乎什么热度，关注他的人依旧多了去了，和朋友合伙创立的潮牌一年来的口碑和销量就是人气最好的证明。宴雪涛原本以为这孩子终于定了性，宴若愚却在上个月提出要把潮牌的所有股份卖给朋友。

前几日，在娱乐记者的偷拍图里，他送一位女性朋友回家，帮她解安全带的姿势被说成他和女友在车上相拥热吻。

宴若愚是热搜体质，报道出来后，哪怕后座上明明坐着两位同性好友，他仍是被迫有了“新女友”。

宴若愚觉得清者自清，不在乎别人怎么说他、看他，可宴雪涛在乎。自家的孩子在外人眼里“风流成性”，宴雪涛愁；宴若愚要是又不小心药物上瘾，宴雪涛更愁。

宴雪涛叹了一口气，像是一下子老了十岁：“都怪我没照顾好你，我以后要是去了，没脸向你父母交——”

“行了，行了。”宴若愚最不爱听任何人提他的父亲母亲，颇不礼貌地打断宴雪涛的话，胸膛起伏，退让地说这狗他先收下了。宴雪涛总算舒展眉眼，将医生说的话转述给他听，什么“宠物让人舒心”“人被宠物治愈”……宴若愚却左耳朵进右耳朵出，好说歹说将操碎了心的宴雪涛送出门，然后捏着阿拉斯加犬的后颈将它放进手提式的外带笼里，又洗了好几分钟的手。

等他从卫生间出来，外带笼的小门却被打开了，裴小赵正盘腿坐在地毯上逗抱在怀里的狗。裴小赵比宴若愚大不了几岁，是宴雪涛一手栽培起来准备给宴若愚当助理秘书的。宴若愚回国后就没进过公司，裴小赵为了不失业，就兢兢业业地干起了经纪人兼保姆的活儿。

刚开始他做足了思想工作，准备迎接这位在营销号的描述中“脾气又臭又暴”的“大少爷”。接触久了，他发现宴若愚脾气虽然暴，但不臭，尤其是每月工资到账的时候，他就觉得宴若愚很香，真香，非常香。所以，宴若愚的狗也是香的。裴小赵任由那只阿拉斯加犬向自己撒欢儿，眼见那小嫩舌头就要舔上裴小赵的手心，宴若愚大喝一声：“给我把嘴巴闭上！”

那只阿拉斯加犬罕见的通人性，满满的求生欲，真把舌头缩了回去。裴小赵识趣地把狗放回笼子里，并在宴若愚的监督下去洗手，洗手液打到第五遍的时候还在后悔。他跟着宴若愚都快四年了，怎么就被一只小奶狗迷了眼，忘了这位“大少爷”的洁癖严重到神经质，绝不可能养一年掉两次毛、一次掉半年的阿拉斯加犬。

裴小赵洗得一点儿都不含糊，等会儿还要摸方向盘呢，当然要把手洗干净，干净到指腹差点儿起褶皱的程度。他的业务能力对得起宴若愚给的工资。家政公司的人来得很快，宴若愚指了指裴小赵坐过的地毯，总觉得狗毛也有可能掉在里头，也需要洗一下。

裴小赵这天是来接宴若愚去见朋友的，两个人一块儿出门，笼子被他拎在手上，放在越野车的后备厢里。那小奶狗是真的可爱，裴小赵多看一眼就多一分怜惜之情。宴若愚见了，就问坐上驾驶座的裴小赵：“喜欢？”

裴小赵咳了一声，非常有觉悟地问道：“您觉得我应该喜欢还是不喜欢？”

宴若愚：“……”

宴若愚：“喜欢就养在你那儿，我爷爷什么时候来了你再送过来。”

裴小赵开着车，嘴里应道："我倒是想啊，但这种大型犬运动量不足可是要'撕家'的！我工作这么忙，哪儿有时间遛——"

裴小赵特有眼力见儿地把声音放小，偷瞟宴若愚，疯狂向他暗示年终奖，但宴若愚看着手机，头都不抬，满不在乎地说："那行吧，我等会儿问问齐放他们要不要。"

裴小赵心里苦，但脸上还要笑，把宴若愚送到市中心新开的一家奶茶店门前。宴若愚见店铺外排起的长队，还以为裴小赵找错了地方，但一看微信群里的定位，确实是这儿。

他下车进店，裴小赵要拿狗，比他稍微晚了几步。和外头的长队不同，奶茶店内空座率极高，一楼坐着的人全在自拍，"打卡"之后就匆匆离开。二楼更是只有齐放他们几个，见到宴若愚上楼，他们招了招手，等裴小赵也上来了，那几个人的反应如出一辙——注意力全都集中到了狗上。

"这是太阳打西边出来了？你宴若愚也会有养狗的一天！"

宴若愚只想让那只狗安安静静地在笼子里待着，但齐放手快，宴若愚还什么都没说呢，齐放就把狗笼子打开，将狗抱了出来。宴若愚揉了揉鼻梁，移开视线，不去看这些人你一只手我一只手地摸狗。狗也乖巧，毫不抵触，仰着一张天然萌的脸，被摸到眯眼吐舌头。

但当宴若愚问谁要养时，大家就都不吱声了，理由和裴小赵的恰恰相反，都觉得这狗太可爱，万一养出感情了宴若愚又要回去，那可怎么办？宴若愚只得继续无奈地揉鼻梁。

裴小赵见了，连忙从公文包里拿出合同文件，递给齐放和宋玉。去年差不多就是这个时候，宴若愚找他们合伙做潮牌，现在他想卖出股份，肯定也是卖给他们。

齐放旁边的宋玉很爽快地把自己的名字签了，但齐放翻了翻文件，最终还是把狗和笔都放下了。

和徒有资金没长远目光的宋玉不一样，齐放当初跟宴若愚合伙虽然也抱着友情投资的心态，但他们正儿八经地做了三年大学同学。别的"狐朋狗友"只是和宴若愚泡过吧，他们可是不仅一起上台做过报告，还在考试周前一起复习并做出了被业内人士认可的策划和项目。齐放可以打包票，宴若愚绝不是放浪无能的富家子弟，而是真的有天赋、有实力，还特别讲义气地拉他和宋玉两个人入资，躺着赚了一年钱。现在宴若愚觉得没意思，把股份卖给他们，宋玉偷着乐，齐放可舍不得让宴若愚退出。

退一万步说，现在本土品牌难做，国潮更难做，宴若愚要是真退出，他们肯定会流失大量顾客。

“Bruce（布鲁斯），你要不再考虑考虑，或者看看别的项目？”齐放仰了仰下巴，目光落在楼下的操作台上，“比如这样的网红奶茶店，看看这队伍，一天的流水比得上普通奶茶店一个月的利润。我约了这家店的老板，他等会儿就来，要是能合作开连锁店稳定发展，那就——”

“嗷呜——”

齐放的宏伟蓝图被一声狗叫打断。他低头才发现狗并不在自己脚边，再顺着声音望过去，那只阿拉斯加犬正站在楼梯口，冲刚上楼的店员摇尾巴，模样憨态可掬，别提多招人喜爱。那个店员慢慢蹲下身，就在大家都以为他要摸狗时，他把狗拎起来，提着后脖颈的皮毛，没什么感情地问：“这是谁的狗？”

狗缩起前肢，吐出舌头，一脸茫然的样子。

宴若愚有些近视，而那个店员跟他有七八米的距离，他没太看清对方的脸，只认出那莫兰迪色的制服是奶茶店店员穿的，就说：“我的。”

店员看向他，表情柔和了不少，走到他面前，挺恭敬地说：“不好意思，店内不允许宠物进入。”

在旁边坐着的裴小赵一听，再一看宴若愚半仰头眯着眼同那店员对视的玩味样，不由得捏了一把汗。按宴若愚的作风，他很有可能问自己要一张支票，然后写个能买下这家店的价钱塞到那个店员的口袋里，再跟对方说一句“不好意思，这店我买了，从现在起宠物可以进入了”。

宴若愚这天却一反常态，无所谓地说：“那你扔了吧。”

裴小赵不由得看向那只阿拉斯加犬，它把舌头缩回去了，前肢垂下，眼白有上翻的倾向。

店员当然没把狗扔了，而是放进笼子关上门，提醒宴若愚下次别再把狗带进来了。

宋玉蛮横惯了，他们又是提前跟老板打过招呼的，如果真给这家奶茶店投钱肯定也有他的份儿，便自觉地当起了老板，吊儿郎当地问：“你知道我们是谁吗？”

店员不卑不亢地说：“不管是谁都有眼睛，不应该没看到门口‘禁止宠物入内’的标记。”

“你说谁没长眼睛呢？”

“行了，行了。”齐放做老好人，让宋玉消消气。他了解宴若愚，知道宴若愚肯定不会没事找事。果然，宴若愚表示自己受教了，叫那个店员制服名牌上的名字：“诺诺。”

诺诺递上菜单，让宴若愚点饮品。宴若愚认认真真地浏览，问那几个名字花里胡哨的奶茶都用的什么原料，最后点了一杯实为蜂蜜柚子茶的“冬日暖阳”。合上菜单后他说加珍珠，诺诺愣了愣，齐放连忙解释，说宴若愚是狂热的珍珠爱好者，点一杯酸奶都要问可不可以加珍珠。

诺诺点头说可以。几分钟后，诺诺端上来的杯子底部放了珍珠，吸管也换成了大口径的。他的声音偏中性，音量不高时会有点儿磁性。宴若愚喝了一口饮料，觉着比起饮品，这位诺诺要是愿意唱歌，才是真正的“冬日暖阳”。

“我先下去了，如果还有什么需要的话可以再叫我。”诺诺往后退了一步，正要转身，嚼完嘴里珍珠的宴若愚开了口：“等一下。”

诺诺站在原地。

“你手上是怎么回事？”他望向诺诺的掌心，并没有表现得多关心，而是想到不少病从口入的案例，一脑补加工，就变成了报纸一角的“某店员手有创伤依旧制作奶茶，致使多名顾客感染细菌”。

“没受伤，文身而已。”诺诺嘴上说着没事，可将右手背到身后的动作还是出卖了他。他那里贴了一块肉色的胶布，得近距离观察才能发现。

宴若愚站起身走到他面前，抓住他的手腕想一探究竟，不相信地问：“谁会在手心留文身呀？”

裴小赵嘀咕：“还真有一个。”

宴若愚听见了，嫌他多嘴，扭头看向他，眼神里没有丝毫的柔和。诺诺刚好趁他回头把手抽回赶紧下楼，惹得齐放不禁揶揄：“今天太阳是真的打西边出来了，居然有人不为您的魅力所动。”

“嘁，”宋玉一脸不屑的表情，“这么不给人面子，不知道这小子傲气什么。”

“人家毕竟正在工作，哪儿有时间一直待在这儿陪你闲聊。”齐放正色道。

宴若愚听得出他言语里藏着的规劝之意，递了一个眼色让他放宽心。

“不过，谁的手心有文身？”齐放会意，换了一个话题。

裴小赵正要说，他们约的奶茶店老板就上来了。虽然他的年纪才是全场最大的，可他热情地称呼齐放他们“齐总”“宋哥”，嘴里的蜜比奶茶甜多了，奶茶店融资后的估值也着实令人心动……宋玉晕乎乎的，在纸上画个大饼都能把他套进去。齐放有市场调查作为依据，看好这个奶茶品牌的前景，就在老板去洗手间时问宴若愚怎么看、愿不愿意一起投。

宴若愚毫不犹豫地摇头。齐放问他原因，他一针见血地说他都不用看调研数据，就凭这空荡荡的室内情形和外面的长龙，他买过一次就绝不会再成为这家店的消费者，体验感太差。

齐放乐了：“那他刚才说一起吃晚饭，你为什么答应？”

“我只是不给他的店投钱，一顿饭我难道请不起吗？”见那老板从洗手间里出来，宴若愚也起身下楼。

宴若愚甫一转身，就看到员工专用更衣室的门被推开，诺诺换了一件及膝的棉大衣，背着一个帆布包，半张脸埋进内搭的高领毛衣里，头发从马尾辫变成一个随意的卷。

他的衣服颜色很素，像是太旧，又洗过太多次，是那种褪色的素。这家奶茶店二十四小时营业，他上早班，现在六点，正好交接班。

他出来之后没半分钟，另外两个员工也从更衣室里出来。他跟在那两个人后面，低着头，和老板打招呼时很生疏，完全是出于礼貌，只有在同宴若愚擦肩而过时匆匆抬头看了一眼，两个人的目光若有若无地触碰了一瞬。

这让宴若愚之后的追视显得异常漫长，等诺诺都转弯消失在视野里了，他还往门口留意。

宴若愚还没开始背《唐诗三百首》就出国了。

第一站总要近一些。他的母亲钟爱文艺电影，就给儿子选了瑞士的私立寄宿学校。那所学校里的华人很少，他没机会练习中文，有段时间法语说得比中文都溜。他回国后和人交流很难不夹杂外文，不是装酷，而是实在想不起符合中文语境的表达词句。

这让宴若愚自己都觉得有必要换一个环境，去个华人多的地方读书。也是那一年，他的母亲程婴梦主演的中外合资片刷新了国内文艺片票房排行榜纪录。父亲宴松亭大喜，给爱妻的母校捐赠了一亿元建设剧院。

后来宴若愚参加节目，真正意义上出现在公众面前。有些娱乐记者为了阅读量毫无底线，就爱问他一些刁钻刻薄的问题。比如他父母的婚姻是不是真的如外界传的那样名存实亡，如果不是，他母亲为什么不息影回归家庭，而是持续“产出”。他没回答，不顾工作人员的阻拦，狠狠给了那个记者一拳后愤然离席，拒绝继续录制节目。

这并不是宴若愚第一次用实际行动告诉公众，他的性子并不内敛，不适合走偶像路线。

饭桌上，奶茶店的老板看出宴若愚兴致不高，但还想争取与他合作的机会，就投其所好地邀请他去酒吧。裴小赵怕他又被娱乐记者偷拍，劝他别去，宴若愚伸手说道：“行啊，那你把车库钥匙还给我。”

“不行，不行，董事长交代过不能让您再飙车，这要是怪罪下来，我……我这工作就没了。”

宴若愚总能轻易地让裴小赵陷入两难的境地。他有好几辆改装过的跑车，就爱去废旧的工业区空地一个人飙车。他上个月撞上了废弃的集装箱，整辆跑车损毁严重，几乎报废。

裴小赵大晚上收到消息后火急火燎地往现场跑，一路求神拜佛保佑宴若愚别出事。裴小赵到现场一看，宴若愚什么伤都没有，正坐在车顶上百无聊赖地往远处看，再加上黑夜冷风和飘落的毛毛雨，他托着下巴、一动不动的样子还挺寂寥。纸终究包不住火，裴小赵再怎么帮他隐瞒，宴雪涛还是知道了这事，气得给改装车的车库加上了几道锁，钥匙交由裴小赵保管，只留了一辆越野车代步，也免得他再闹出什么“车内激情热吻”的乌龙事件。

“是啊，比起飙车，去酒吧多安全啊！”宴若愚动之以情，晓之以理，“你不仅不会丢工作，还能加年终奖金。”

裴小赵：“……”

裴小赵听到后备厢传来一声狗叫，默默踩下油门，跟着齐放他们的车往酒吧开去。和宴若愚别的朋友不一样，齐放特喜欢逗裴小赵，下车后见他愁眉苦脸的，便搂过他的脖子，语重心长地说道：“看到门口‘扫黑除恶’的横幅没？这都什么年代了，我们就是喝点儿酒，绿色酒吧，文明你我他。”

但齐放还是骗了裴小赵，他们来的并不是普通酒吧。

准确来说这是一家夜店，有舞池，有 DJ，他们进入大厅后就被音乐和烟味“轰炸”，全场光线昏暗暧昧，让视野覆上一层黄色的滤镜。他们包了一个半开放式大卡座，几分钟后又来了五六个宋玉认识的年轻网红。

裴小赵不喜欢嘈杂的环境，识趣地坐在最旁边，抻着脖子见附近的人都在喝酒、聊天、跳舞，而不是举相机，他这一颗心也算放到了肚子里，低头开启“热闹都是别人的，而我只想玩手机”模式。

宴若愚和他很像，明明众星捧月般坐在最中间，却显得最疏离，有人坐到他边上他也爱搭不理，直到颈窝处有热气，他才戒备地往旁侧一挪，拉开两个人之间的距离。

宴若愚记性好，和任何人见过几面就有印象，这个宋玉叫来的网红演过几部网剧，脸在吃妆的镜头里不占优势，但在现实生活中确实符合大众审美。

不过她也只能入宋玉的眼，宴若愚看不上。贪玩归贪玩，宴若愚对待感情却是认真的，那些动机不纯的人就算抓住机会站到他面前，能得到的也只有他瞥过来的一眼。

宴若愚懒得装礼貌，拿起自己的酒杯坐到裴小赵边上。裴小赵正试探地问他要不要回去，齐放拿了两盅色子过来问他玩不玩，他让裴小赵把位置腾出来，没什么兴致地说："你们玩吧。"

裴小赵扭扭捏捏地说道："我不会啊，老板。"

宴若愚表示："赢了归你，输了算我的。"

裴小赵眉飞色舞地应道："好嘞，老板。"

宴若愚就这样占据了原本属于裴小赵的角落，瘫坐着，不困也不精神，除了抿酒没有其他动作。只有在裴小赵走运赢了一局后，他才会很轻地笑一下，气质疏远又冷淡。

他的躯体真实存在，可他的心魂四处飘荡，此刻仿佛在平静的深海里缓缓下坠。这种空虚无力感越来越频繁地将他占据，他茫然，不知该如何抗拒，几乎要放弃抵抗，接受自己就这样了，世界也就这样了，但他内心最深处依旧期待下一秒会浮出水面深吸一口新鲜空气。

他再一次往角落里缩，享受黑暗和歌曲结束后几秒钟的空寂。短暂地合眼后，他睁开眼，原本纸醉金迷的暖色调成了冷蓝色，舞池里肆意狂欢的人们进入休息时刻，为下一轮浪潮蓄力。边打碟边带动气氛的 DJ 已经浑身湿透需要休息，所以暂时下场，换了一个新的上来。

新的 DJ 脖子上有一圈黑色的贴颈项链，刚好遮住喉结的位置。他不像之前的 DJ 那样和客人直接互动，从上台后就没抬过眼。冷冽的蓝光打在他身上，把他的衣服也染成这个颜色，使得他的存在更为脱俗独特，让人怀疑他来错了地方，觉得他不应该在酒吧里当 DJ，而应该去时装周面无表情地走T台。

宴若愚挑了挑眉，不得不承认，这个人的五官在妆后确实精致到无可挑剔。

宴若愚的母亲程婴梦在嫁入宴家前是一代人心目中的女神，年纪渐长后依旧保有着那张清纯有光泽的初恋脸，至今还有不少营销号分析她五官的标致和美感。

而那些以程婴梦为模板整容的人无一有她当年的气质，倒不是缺人生阅历导致神不似，而是没有骨相。美人在骨不在皮，就算是在国外，宴若愚也听厌了导演对他母亲上镜无死角的夸赞：真正漂亮的皮囊本来就少，程婴梦这样老天爷赏饭吃的更是万里挑一，她是天生要站在舞台正中间当名角儿的。

有这样的母亲，宴若愚的眼光自然是极高的，可当他远远地看到被灯光笼罩的DJ时，目光就在对方的面部轮廓上挪不开了，他总觉得对方像谁，很熟悉，可一时又想不起来。

这位DJ上台后，第一眼就注意到他的不只宴若愚，还有宋玉。

宋玉起先并没有认出那人，只是觉得有些搞笑，这家酒吧还真有意思，中场休息的十分钟换了个如此冷淡的DJ，也不怕影响生意。他继续和朋友有一句没一句地闲聊，眼睛不自觉地随着耳边二次元风格的电子乐看向舞台。那轻松俏皮的音乐就是从DJ操控的碟机里放出来的，宋玉不懂，只觉得这种曲调从没听过，但又很抓耳，还能起到愉悦放松的效果。他再看向一旁的宴若愚，宴若愚居然在含着笑听那段音乐，放在大腿上的左手食指不时随节拍轻扣着。

宋玉逐渐从酒精中清醒，台上DJ的模样也越来越清晰，越看越像那个奶茶店里没给他好脸色的店员。他不缺钱，同送酒的服务生耳语了几句后，心思也没在别的姑娘身上。齐放看宋玉笑得意味深长，问他在打什么主意，他看着那个服务生同刚下台的DJ交流，摸着下巴挑眉说道："我让他来我们桌调酒。"

这时DJ走过来站到他们卡座前。他不是一个人，身边陪着一个活泼的女调酒师小丽姐。她刚要介绍，DJ在看清卡座里坐的都是谁后瞳孔一缩，转身作势要离开。小丽姐眼疾手快，抓住他的手臂将他拽回来，笑盈盈地说诺诺是夜店新招的 DJ，没有做过调酒师。

“你在这儿也叫诺诺呀。”宋玉故意跟着小丽姐念了一遍，大大咧咧地对坐在旁边的奶茶店老板说道：“我要是投了你的这个项目，第一件事就是给员工涨工资。你看看诺诺，钱不够花还要做兼职，多辛苦！”

老板在一旁连声说“是”，附和宋玉。

小丽姐把诺诺往前推了推，诺诺正好站在宋玉面前。宋玉拍了拍右侧的空位，让他坐下。他没动，小丽姐皮笑肉不笑地在他耳边说了什么，扯了一下他的衣摆，神情严肃。他眨了一下眼，唇瓣微启，要说什么，但最终还是坐到了宋玉旁边。宋玉托起他的左手，掌心朝上，端详那块胶布，问：“到底文了什么呀，遮遮掩掩的？”

诺诺把手抽回，没回答。他很沉默，也很驯顺，如果说在奶茶店他的身份是不允许狗进来的小员工，那么现在就完完全全进入了另一个角色。宋玉抓着他时他并没有反抗，只是视线无处安放，闪烁着落到宴若愚身上。

他的眼眸里如果有求助和示弱之色，宴若愚肯定二话不说替他解围。

但诺诺那双大而狭长的眼很淡漠，宋玉拍着座位示意他坐近点儿，他没磨蹭，只是一直低着头。

宋玉看他那破罐子破摔的样子，酒劲儿不由得上来了，暴躁地对他说：“你得有个要挣钱的样子，对客人殷勤一点儿。”

这话被宴若愚听得一清二楚。他看着诺诺缓缓抬起那张掩在头发里的脸，皱了皱鼻子，努力挤出一个不算勉强的笑容，也没看桌上都有什么酒，抓起两个酒杯倒上，双手捧着其中一个，恭恭敬敬地送到宋玉嘴边。宋玉不喝，用眼神示意他喝，他没有丝毫犹豫，好像喝酒比说话容易多了，来者不拒。

诺诺这样子让宋玉觉得有趣又无趣。喝了几轮后，宋玉凑近将手搭到他肩膀上，他吓得浑身一个激灵，动作没过脑子，用力推了宋玉一把，踉跄起身。他的脸埋进了头发里，单薄的胸膛随着急促的呼吸起伏。而宋玉大笑，歪着脑袋像打量一件物品般打量他，几乎岔气儿道：“脾气还挺大呀！”

卡座里男男女女的目光都明目张胆地落到诺诺身上，眼神中不怀好意。齐放实在是看不下去，瞥向宋玉：“别太过分。”

谁都能听出他是在警告，但宋玉喝迷糊了，没感受到他语气里的情绪，一直在笑，声音断断续续的：“我跟你说……这个……诺诺，还在奶茶店工作，敬业得很……”

宋玉的语气里充满了对诺诺的不屑与嘲讽。

诺诺听不下去了，没说话，直接走了。可没过几分钟，之前那个女调酒师又推搡着把他带了回来，还给宋玉赔不是。宋玉没生气，但起了刁难人的心思，在一排正常大小的酒杯里间隔着倒上洋酒和啤酒，让助理送来两沓现金，就放在酒杯边上。

“你不是爱喝酒不爱说话吗？行啊，”宋玉指着那一排十余个杯子，“我也不难为你，你把这些全部喝完，这两万块钱你直接拿走。”

诺诺也爽快，毫不犹豫地握住酒杯要往嘴里灌酒，却被另一只手拦住，玻璃杯也被硬生生抢夺了过去，酒水洒出一些，溅到两个人的手背上。

“你有没有脑子啊？两种酒混着喝十杯，真当自己是千杯不醉啊？”宴若愚骂骂咧咧的，觉得这个人蠢得不可思议。诺诺却跟没听见似的，没去抢他手里的杯子，从桌子上又拿起一杯。宴若愚把那杯酒也抢过来，不耐烦地说道：“喂，你耳朵聋了？你要是酒精中毒了，两万块钱都不够看病的。”

诺诺没说话，也不看他，弯下腰，又拿起一杯酒。宴若愚被气得没脾气，问道：“你到底是要钱还是要命？”

诺诺把手里那杯酒一饮而尽，嘴角都没擦就去拿下一杯：“要钱。”

卡座里顿时一片沉寂，旋即宋玉带头鼓掌，其他人也跟着起哄。宴若愚只觉得荒唐，笑不出来也骂不出来，最后低声骂了一句，把手里的两个杯子都扔在地上，大步离开卡座。诺诺没管他，毫不拖泥带水地继续喝。那洋酒很纯很烈，刚下肚就在胃里烧，但他跟感受不到似的，没咳嗽也没呕吐，全程眉头都不带皱一下。喝完以后，他把最后一个杯子扔到地上，拿起那两万块钱，离开时的脚步有些踉跄。

那个杯子缓缓滚到齐放脚边，他垂下眼帘，将杯子捡起来握在手心里，久久端详。

姜诺的酒量确实好，但一次性喝了那么多酒他也有些撑不住。他披了外套，在洗手间隔间里一只手攥着口袋里的两万块钱，一只手抠喉咙，多少吐了些酒水出来。出了洗手间，他有些头晕，思维还是清醒的，看着酒吧经理直接拿走了其中一沓钱，不由攥住经理的衣袖，问："不是说好三七分吗？"

"常驻的才三七分。"同姜诺一起站在洗手间外的经理用下巴指了指台上挥汗如雨的DJ，正要走，衣袖又被攥住了。经理转过身，不太情愿地说："你就知足吧，姜诺，你上哪儿兼职能一晚上就弄来一万块钱？"

姜诺还是没松手。

"我说你……"经理皱眉，劝告姜诺要知足，"现在什么地方都在裁员，什么行业都是寒冬，金融寒冬、实体寒冬、互联网寒冬……我们店本来就不缺人，要不是小丽姐帮你说情，说和你是老乡，你现在能站在这儿？"

他没继续往下说，因为姜诺松开了手。他整了整衣袖，"哼"了一声离开了，姜诺将后背贴着冰冷的墙，垂头丧气，游离在远近的喧嚣声音之外。

晏若愚靠在越野车的车门上，钥匙在裴小赵那儿，他没办法启动车辆，就站在那里抽烟，一支又一支。裴小赵很快也跟着出来，站在车门旁侧，见晏若愚黑着一张脸，每一口烟都吸得特别狠，就把自己的手机递上去，说给他看一个好消息。

晏若愚斜眼打量缩着身子哈出热气的裴小赵，接过手机，让裴小赵打开车门坐副驾驶座。他坐在驾驶座上，左臂搭在窗沿上，指间夹着烟，右手手指在手机屏幕上滑动，看裴小赵和 *Make It Big*（功成名就）的节目制作人之一林哲的聊天记录。

Make It Big 是一档连续举办过三年的说唱真人秀节目，第一年热度爆棚，但到了第三年，播放量短暂回升后持续下降。当宴若愚在 *Pick, Pick* 里充当王牌选手时，第三季 *Make It Big* 的决赛都没上微博热搜，这年直接停办了。

不过按林哲的说法，这档节目已经确认会在换名字后重启，顺利的话，全国范围的海选报名会在第二年三月底开始。宴若愚各方面条件好，又自带话题热度，林哲字里行间都透露着希望他参加的暗示。裴小赵没急着承诺，而是问林哲制作人、导师都有谁。

从时间上来看，林哲的回复速度有些变慢了，说话也拐弯抹角，说目前敲定的制作人、导师都是熟人，宴若愚来参加这个节目肯定一路顺风顺水。但裴小赵没那么好糊弄，较真儿地问导师到底是谁，林哲几分钟后发来一条语音，说已经和汤燕关的经纪公司签合同了。

宴若愚没接着往下看，先问边上的裴小赵："哪个汤燕关？"

"还能有哪个汤燕关？就是那个汤燕关呀。"裴小赵显然比宴若愚更激动。他成为经纪人后接手的第一个重任就是陪同宴若愚参加 *Pick, Pick*，原本以为老板宴若愚是一个"花瓶"，可在海选现场听了三天三夜后，他一个外行人都知道老板做主唱肯定稳了，独孤求败，竞争完全没有室友汤燕关所在的说唱组那么激烈。

论实力，汤燕关绝对比不过那些"地下"出身的说唱歌手，但他深知这个节目选的是偶像，外表更重要，所以顺利成为节目组欲捧红的对象，镜头数仅次于退赛前的宴若愚，出道至今已然是娱乐圈偶像型说唱歌手的标杆。

那时候的宴若愚还没现在这么难伺候，节目拍摄期间，他和汤燕关的关系不错，有不少观众很喜欢他和汤燕关，有些"小作文"写得一本正经、绘声绘色，逗得汤燕关都忍不住发给他看。不过他们也很久没联系了，宴若愚上次看到和汤燕关有关的新闻，还是汤燕关在机场穿的外套来自他的品牌。

“唉。”裴小赵摇头叹气，“也就一年工夫，他就从选手变成导师了，可惜啊，你当年要是没退赛，他那个位子说不定就是你的。”

“别，我发过的歌里只有 *Coral*（珊瑚）这首是说唱，知道自己几斤几两。”宴若愚不爱听这种马屁，把手机扔还给裴小赵，“问问对方，梁真来不来？”

裴小赵组织语言发过去，林哲回了一句“还在争取”。宴若愚抽了抽嘴角，裴小赵见状，劝说道：“我的小少爷、大老板，我知道您每次转行都是冲着业内第一去的，玩说唱肯定要向梁真这种说唱歌手看齐，但梁真今年的巡演全在小型演出场馆里，跑了大半年赚到的钱约等于汤燕关在的那个组合开一场演唱会赚的钱，您为什么就不乐意走偶像路线呢？我都不知道推拒了多少综艺节目和大 IP 剧本了！”

他被这个问题困扰了一年多，依旧百思不得其解：“当偶像难道不香吗？嗯？林哲私下跟我打包票，说只要你去，就是内定的十五强，要是能给赞助商写推广曲，那个内定——”

“这就是你说的好消息？”宴若愚嗤笑，“你忘了我当年为什么退赛？我宁可输得坦坦荡荡，也不要偷偷摸摸地被内定，我难道没那个实力吗？”他情绪有些激动，握紧方向盘，又质问了一遍：“我在你们眼里就这么差劲，不能靠自己拼一次吗？”

裴小赵想说当然不是，但还没来得及开口，就被电子邮件的提醒声打断。

那是一封发到宴若愚的手机的回信，推送延迟了，他本应该两个小时前就收到。他每隔一段时间都会给一个叫 NoA 的人写信，发到对方的电子邮箱里。

NoA 是一名说唱制作人，没有微博，网上与他相关的图只有说唱歌手姜善曾经发过的三朵向日葵文身，位置在手心上，并附上 NoA 的邮箱，欢迎大家来信合作。

这个人很神秘低调，是宴若愚最想合作的音乐人，发邮件是宴若愚能联系到 NoA 的唯一方式。但每一封邮件都石沉大海。他还是第一次收到回复，满怀期待地打开，里面只有一句“NoA只给‘不真诚祷告者’做歌”。

裴小赵抻长脖子，看到了那句话，下意识地念叨：“这句话是什么意思？‘不真诚祷告者’不是进入退圈状态了吗？他难道跟着伯牙绝弦？”

“没道理呀……”裴小赵摸了摸下巴，“去年姜善在*Make It Big*上的歌全是他制作的，他明明会给别人——”

宴若愚盯着屏幕，气息骤变。裴小赵闭嘴，一阵风吹过，把宴若愚身上的酒气带到了他的鼻间。

“车钥匙。”宴若愚朝裴小赵伸出一只手，强硬地说道。

“不行啊，老板……”裴小赵小心翼翼地说，“道路千万条，安全第一条，行车——”

“我说这辆车的钥匙！”

“那更不行啊，老板。”裴小赵委屈巴巴地说，“珍爱生命，拒绝酒驾。”

宴若愚骂了一句脏话，推开车门，“啪”的一声关上，然后用更大的力气踹车轮胎，戾气颇重。裴小赵对这样突然控制不住情绪的宴若愚见怪不怪，以前他还能靠飙车宣泄情绪，开几圈后回来昏睡几天就恢复了，但最近一个月他就是能睡着也昼夜颠倒，于是越来越频繁地暴躁。

“老板，老——”裴小赵扭头，见宴若愚打开后备厢把狗笼子拿了出来，怕他拿狗出气，慌忙下车，想站到他边上。阿拉斯加犬出了狗笼，蹲坐在主人面前奶声奶气地叫唤，宴若愚又点了一根烟，吓唬着冲狗大吼：“你走啊！”

裴小赵都看心疼了：“老板，别这样，实在不行我养，你别——”

“我现在二十岁，不是十岁，我不要你，不需要你现在来陪我。”宴若愚不理会他，蹲下身和狗凑得很近，眼眶里有什么在打转，声音和肩膀都在抖，“你走啊！”

“嗷呜——”阿拉斯加犬耷拉着耳朵，前肢交替着点地，大气儿不敢出一声，像是在等宴若愚回心转意。

香烟在等待的过程中即将燃尽，宴若愚失掉耐心正要弃狗离开，不远处，酒吧的后门突然被撞开，一个人影跌跌撞撞地冲出来，茫然四顾，不知道该跑向哪里，踌躇了一两秒后一头扎进旁边放垃圾箱的死胡同。

裴小赵反应快，看看宴若愚和狗，又望向那个胡同，踱着步子犹豫几秒，迅速上车将车开过去，用驾驶座的那一侧挡住胡同的出口。他刚熄火，就从后门拥出了三五个酒吧保安，宋玉跟在他们后面，正气急败坏地喊着姜诺的全名。

宴若愚不想在熟人面前失态，往胡同那儿瞥了一眼，朝宋玉走去。隔着五六米，他就清晰地看到宋玉脸上的红印，那绝不是酒意上头，而是被人打的，罪魁祸首显然是宋玉现在大张旗鼓要找的那个人。他给宋玉递了一支烟，宋玉用没拿外套的手接过，点上后狠狠地吸了一口。

“怎么回事？”宴若愚问。

宋玉暴躁地嘬咬着烟嘴，还在气头上。但真要说到底发生了什么，他未必占理。

宋玉在厕所遇到了姜诺，把他堵在墙角嘲笑他要钱不要命。宋玉喝酒喝上了头，拽住姜诺不放，非要他回去继续喝。

姜诺还真是哑巴，不喊也不叫，居然和他动手，直接就是一拳，打的还是脸。两个人在厕所里拉扯，他胡乱抓姜诺的手臂，把姜诺的外套和手心的胶布都扯了下来，姜诺为了尽快脱身，之前那一万块钱也不要了。

“他肯定会回来。”宋玉被屋外的冷风吹清醒了，摸到棉外套的口袋里的那沓钱，冷笑了一声。

“那他要是回来了，你想拿他怎么办？”宴若愚问。

宋玉咬牙切齿地说：“哼，那我肯定……”

他没继续说，因为宴若愚看着他，露出“现在是法治社会，你懂的”的表情。齐放也出来了，拍拍他的肩膀，和和气气地劝道：“要不算了吧？”

宋玉看着他，表情有些狐疑。

“就当给我个面子。”齐放话都说到这份儿上了，宋玉再揪着不放，那就是真的喝大了。

酒吧的保安也在搜寻无果后回到后门，听候宋玉发落，宋玉将那件外套当垃圾似的扔到远处，和他们一起进了屋。

酒吧后门的停车场又陷入一片沉寂，只有冬日的萧瑟冷风。确定不会有人出来后，宴若愚双手揣进兜里往后退步，转身走到越野车外侧，上了副驾驶座后对裴小赵说：“走。”

回应宴若愚的是裴小赵的沉默，两个人四目相对，裴小赵使劲眨眼，眸子往胡同那边看。宴若愚顺着裴小赵的暗示望过去，姜诺正蹲坐在墙角，手臂环着紧闭的双腿，身子克制不住地战栗，不知是被吓得发抖还是太冷。

应该是后者吧，岭安城的冬天难熬，姜诺身上的那件上衣是丝绸质地的，贴着皮肤，在夜风里只会徒增凉意。看上去，姜诺比那只被遗弃的阿拉斯加犬还要可怜。

不知什么时候，阿拉斯加犬跑到了姜诺身边。像是深感同病相怜，阿拉斯加犬使劲用温暖的背部蹭姜诺的小腿。他伸手摸它的脑袋，它还会吐出舌头，舔他冰冷的手指。他仍旧蹲着，将狗抱到怀里，脸颊贴着阿拉斯加犬的后颈，终于有了暖意。

“老板，”裴小赵试探地问，“这狗……咱们还要不要？”

宴若愚没有回答，慢慢悠悠地下车，脚步踩过粗糙的水泥地，发出细微的声响。他站在姜诺面前，双手插进大衣兜，垂眸看向地上的一人一狗。

阿拉斯加犬已经摸清了宴若愚的脾气，不敢再跟他撒欢儿，奶声奶气地呜咽了一声，脑袋往姜诺怀里钻，屁股对着他，尾巴夹在姜诺的腿间瑟瑟发抖。

宴若愚见了，“哼”了一声，埋汰道：“看你这出息，今天下午刚被他揪过后颈，现在就往人家怀里钻。”

阿拉斯加犬“不听不听”，继续往姜诺怀里缩。姜诺冷，抱住它没撒手，但之前的肢体冲突和奔跑让他的头发乱糟糟的，视线也有所阻挡，他抽出一只手，想稍稍整理头发。可他的手刚抬到半空，什么都还没碰到，前额的头发就被捋到耳后。

他抬眼，同面前蹲下身的宴若愚平视。宴若愚一脸不乐意的表情，但还是边帮他把头发拨开边教育：“你的手刚碰过狗，没洗就弄头发，脏不脏啊？”

宴若愚是真的嫌弃，尤其是在姜诺露出脸后，他皱着眉，嘟囔道：“脸上也脏兮兮的。”

宴若愚没带纸巾，就在大衣上擦了好几下，然后脱下大衣随意披在姜诺肩上，大大方方地说：“送你了。”

宴若愚站起身，双手下意识地交叉在胸前。

“你安全了。”宴若愚好人做到底，“我送你回去。”

姜诺藏在大衣下的手紧握，用力到刚修剪过的指甲掐入皮肤。他把狗放下，扶着墙站起来，大衣顺势掉落，宴若愚再一次帮他披上，没让他的肩膀同冰冷的空气接触。等姜诺回过神，已经坐在了那辆越野车的后座上，阿拉斯加犬趴在他的腿上舔他的手指。开车的裴小赵问他家住哪里，他怔了片刻才开口：“虎山区。”

“巧了，还真顺路，我们老板就住在那儿的虎山庄园。”

岭安城多山靠海，几何中心刚好在市中心的白虎山，虎山庄园就成了岭安城房价最贵的别墅区，二十栋别墅错落在山间，闹中取静。

裴小赵原本以为姜诺跟自己一样租了那附近的公寓，但当他问及具体位置时，姜诺却说：“16 号街。”

裴小赵刚好开到一个红绿灯前，和副驾驶座上的宴若愚面面相觑。

16 号街和虎山庄园只相距十分钟的车程，再过去就是光鲜亮丽的创业园和金融城。这让青山与高楼之间的城中村在对比下更为破旧寒碜，16 号街就是其中一片棚户区。

“你不是本地人呀？”宴若愚发问。

姜诺“嗯”了一声，没扭头。暖气充斥整个车厢，他身上的酒味随着热气淌过宴若愚的鼻间，带来一缕说不上来的香味。

宴若愚对气味非常敏感，每次参加晚宴都是大考验，他走完红毯就离开可不是因为高冷，而是怕坐下后会被各式各样的香水味搅和到头昏脑涨。

现在车内只有姜诺身上有淡香，宴若愚做了一个深呼吸，有些好奇他喷了什么香水。

姜诺住棚户区，想必也不会去柜台买香水，宴若愚只当他歪打正着买到了良心便宜货，就没开口问，寻思着把人送回去后要洗车，不仅仅是因为狗，还因为姜诺把鞋子跑丢了，逃得着急，可能还踩到了尖锐的小石子，所以脚底并不干净。

但他并没有看到，姜诺一直没把狗放下，还提着双腿不踩在脚垫上。

岭安城的夜晚灯火通明，光影交错，当车子驶入唐宁区，街道两侧的高楼大厦亮如白昼。姜诺隔着窗户往外看，窗玻璃像一面模糊的镜子，映出他的脸，鼻唇精巧，奈何眼神是空洞的。

不出几百米，那些高楼就消失了，路灯也没之前亮堂，周围的光线显得有些惨淡。裴小赵将车停在一个窄小的入口前，那是一条长长的窄巷，巷子两侧全是低矮的平房，一眼望去，漆黑没有尽头。

三个人一块儿下车，裴小赵将狗笼打开，姜诺刚要把狗放进去，阿拉斯加犬在他手里一个翻身跳到地上，再一次躲到他身后。

“这狗和他亲呀。”裴小赵喜出望外，建议道，“要不把狗送他养吧？”

宴若愚还真不客气，话是对裴小赵说的，眼睛却上下打量着姜诺，挑剔地说道：“他日子都过成这样了，品种狗跟着他还不变土狗？糟蹋。”

话糙理不糙，姜诺并没有生气。没人要的阿拉斯加犬又进了笼子，他把大衣留在车内，并没有像俗套电视剧、小说里那样来一句

"我过几天把洗好的衣服还你"给两个人制造再见面的契机，只是说："谢谢。"

姜诺应该很少说感谢的话，这么简单的两个字从他嘴里蹦出来，竟有些笨拙。他没等宴若愚给出回应就转身走进那条巷子，没有丝毫犹豫。宴若愚也该回家了，虎山庄园和16号街真是云泥之别，宴若愚和姜诺就算有交集，也只是无伤大雅的一晚——如果他们之间没有狗的话。

裴小赵负责把狗放回后备厢，可就在后备厢门合上前的一瞬，笼子里的阿拉斯加犬突然往笼网上撞，笼子翻滚了一圈，从后备厢里摔到了地上。

裴小赵傻眼了，已经上车的宴若愚也扭过头，听到阿拉斯加犬在笼子里撕心裂肺地叫唤。

它还太小，放开嗓子后不像狼嚎也不似犬吠，倒像婴孩在哭泣。裴小赵把笼子捡起来放回后备厢，它冲姜诺离开的方向叫得更凄厉了，犹如被母亲抛弃。

这真挚的呼唤还真叫到宴若愚的心坎里了。姜诺走得很慢，也听见了叫声，转过身，两个人隔着车窗对视。

岭安城前几日下过雨，棚户区的泥地坑坑洼洼，穿鞋都难走，何况赤脚。姜诺低头看着自己越来越脏的脚，耳边响起宴若愚的那句"糟蹋"，愣了愣，虽然不希望那狗跟着他吃苦，但又舍不得它。所以他走回去，敲敲窗，跟里面的宴若愚说："我会买好的狗粮喂它。"

宴若愚微微仰头，背对路灯灯光的姜诺身后像有一层光晕。

姜诺还真是有一副菩萨心肠，自己都脏兮兮的，狼狈又落魄，还有心情关心狗的命运。

宴若愚沉思半晌，下车将狗笼子递给姜诺。那只阿拉斯加犬瞬间就安静了，隔着笼子往姜诺身上蹭，姜诺很轻地笑了笑，淡淡弯起的嘴角和眸里的疲惫之色全都落在宴若愚的眼里。

"喜欢这条狗？"宴若愚坐回车内，问。

姜诺点头："嗯。"

宴若愚的语气明显轻佻起来："喜欢它什么？"

姜诺单手拎着笼子，同宴若愚对视："它好看。"

路灯的光太微弱，使得姜诺和车的影子都模糊到重叠，但隔着一扇车门的宴若愚和他都没有眨眼，在那几秒的沉默中清清楚楚地看着对方。

随后姜诺再次说了一声"谢谢"便走了。裴小赵看着他离开，长舒一口气，终于给狗找了一个像样的下家。原本以为终于可以打道回府，他启动了车辆，宴若愚却下车站在那里。

裴小赵叫了他一声"老板"，他听见了，没回应。他还在注视姜诺离去，姜诺小心地看着脚下的路，但还是一左一右地摇晃，好像陋巷里的冷风再猛烈些，姜诺就会被吹倒。

冷热温差让姜诺额角的神经突突地跳，他在灯和墙切开的光影之间闭上眼，又艰难地睁开，冻到快没知觉的身子被一件大衣罩住，眼前从天而降般出现一个人。

"裴小赵从车里翻出一双鞋，穿上吧。"他听到宴若愚对自己说，"我扶你回去。"

姜诺沉默着，突然不知道该如何拒绝。他放下笼子接过鞋穿上，很自然地扶上宴若愚的肩膀。宴若愚托着他的胳膊往前走去。

宴若愚原本以为巷子尽头会一片漆黑没有光，一个大人和两个小男孩儿的笑声却掩盖了风的呼啸声。其中一个小男孩儿手里拿着一根香，点燃烟花的引线，慌忙间脚踢到了烟花，刚好踢到巷子中间。宴若愚不知道这烟花有什么威力，就没再走近，而是在离它三四米的地方停下，姜诺在等待引线燃尽的几秒钟里抬眼看向宴若愚的侧脸，而宴若愚正好侧头，也看着姜诺。

黄白色的烟花从地面蹿起，噼里啪啦，足有一人高，火光照亮了阴冷破旧的陋巷。

第二章

帮我找 NoA

姜诺租的房子被二次改造过，推开门就是床，床旁边的卫生间不到两平方米。宴若愚没嫌弃，进屋后干的第一件事是去卫生间洗手。

姜诺听着旁边的水声，把狗从笼子里放出来后，翻出半根火腿肠掰成一块块的，边喂边问："你是处女座吗？"

"才不是，我是七月份出生的。"姜诺这儿没有洗手液，宴若愚就一遍一遍过水搓手，补充道，"我不信星座。"

姜诺"哦"了一声，继续喂狗。足足好几分钟后，比宴若愚更需要冲洗的姜诺才终于进了卫生间。

那里面没有花洒，宴若愚之前试过水龙头，知道也没有热水。

宴若愚站在狭窄的屋子里，左边是木板床，右边就是糊着纸的窗和门。那还不是一般的纸，全是岭安城私立中学的传单，窗户下面的那张小桌上什么装饰摆设都没有，学校的介绍手册倒是有一大堆。

和其他经济发达的沿海城市一样，岭安城的外来人口数量远比本地人多，因此私立的教学机构也比公立的多，从民工子弟小学到"贵族"高中一应俱全。但本地学生一般不上私立学校。

宴若愚翻了翻其中几本手册，无意间看到夹在里面的一张报名信息表，表上十五岁的少年正在读初三，名叫姜智，户籍所在地是华南省份的一个山区。

手册是一个全寄宿制学校的，那所学校需要提前一个学期交学费，再加上其他杂七杂八的费用，这笔钱对宴若愚来说当然是九牛一毛，但对姜诺来说肯定是不小的开支。

宴若愚有点儿能理解姜诺为什么缺钱了，正要把手册合上，突然瞥到报名表的家庭关系一栏里，姜智在哥哥这一栏不只写了姜诺，还写了那个 NoA 合作过的昙花一现的说唱歌手——姜善。

“不会这么巧吧？”宴若愚嘀咕，只当是同名。他瞥向那张硬板床，并不觉得上面能睡下姜诺之外的人，房间里也没有什么两个人共同生活的气息，倒是新来的狗开始用爪子挠卫生间的门，这才多久没见，就想里面的人了。

宴若愚被它逗乐了，蹲下身，要不是顾忌会摸得一手毛，都想弹它的脑门儿了：“你就叫‘没出息’好了，上赶着要过苦日子。”

阿拉斯加犬不理他，除了用爪子挠门，还用牙齿啃，是想磨牙了。门不好吃，它就去咬床脚，咬着咬着就钻进了床底下。宴若愚懒洋洋的，正要站起来，手撑在膝盖上，突然听到狗呜咽着发出撕纸的声音，他连忙蹲下，抓住它的尾巴将它揪出来。

“喂，你吃什么呢？”如何与动物相处是宴若愚的知识盲区，但他再蠢也知道纸不能随便吃，掐住阿拉斯加犬的嘴角逼迫它把嘴里的纸都吐出来。

它这一吐不要紧，吐出来的口水全黏在那张稿纸上。宴若愚松开手，嫌弃地往后退了一步，可当他看清楚落在地上的稿纸上的内容时，捡起来后鼻子都要贴上去了。他如获至宝地分辨着那上面扭曲潦草的字迹——

谢谢你给予我陪伴理解与温暖
让我有勇气不惧怕冰冷的针管
是时候由我一个人将痛苦承担

韶光荏苒，曲终，你我永远不会散

棚户区不通热水，姜诺接了一盆凉水放在马桶盖上，先后抬起一只脚踩进冷水里，用毛巾将脚底和溅上小腿的泥点擦洗干净。

随后，他站在水槽前洗脸，小架子上只有几样化妆品。

他和小丽姐很早就认识，那些口红色号都是她推荐的。她还说他用最白的粉底色号都显黑，只需要画眼影就够了。他省钱没买化妆棉，将卸妆水直接倒在手心往脸上揉。也多亏了小丽姐，他才有机会去那家酒吧工作。老板一看他那张脸就眼前一亮，让他好好干，说不定会成一个小网红。

姜诺完全没想那么远，就是缺钱。之前好几个月他在 KTV 也干过，那些会说话逗顾客开心的服务生哄顾客买酒，他什么漂亮话都不会说，就装哑巴，赚点儿提成。

后来有个客人喝醉了胡闹，他上去阻拦，惹得客人生气闹到经理那儿。经理为了息事宁人只能将他辞退，他就通过小丽姐找了这份新兼职。

但他还是放不下多余的自尊心，得罪了宋玉这样的客人。他第二天也不需要去奶茶店了，这天晚上奶茶店老板也在，并目睹了一切事情，老板那么想要宋玉的投资，不可能再把他这个临时工转正，他也放弃期待那点儿没结算的工资了。

姜诺吐了一口气，但并没有表现出丝毫的沮丧和忧郁。作为一个外来务工人员的孩子，他在本应该纯真烂漫的年纪就明白了生活的艰辛。他不是第一天这么难，又不挑，有钱拿就行，总能再找到工作。但他不忍心亲近的人也活成父辈的模样，所以从奶茶店下班后没马上赶去酒吧，而是先去了一趟姜智的住处，提醒姜智别忘了去参加私立高中的考试。

姜诺和姜智一家并没有血缘关系，只是他们从同一个村子出来，而那个村庄里的人都姓姜。姜智的哥哥姜善还活着的时候，他们的关系很要好，姜智把姜诺当哥哥，叛逆起来亲哥哥的话都不爱听，只有姜诺训他时他才会乖，因为“姜诺哥哥上过大学，比你们懂的东西都多”。

正是因为受教育程度低，姜智的父母在子女的教育上不遗余力，希望读书能改变姜智的命运。

姜智父母二十年如一日地卖麻辣烫，天天推着一辆三轮车走街串巷。可随着岭安城的市容越来越好，同时麻辣烫小店越来越多，姜智父母的小本生意也越来越难做，赚的钱还要还之前给姜善治病欠下的债务。姜智懂事，愿意回老家念高中，但姜诺说什么都不让他回去。

姜诺摸了摸衣服，没找到手机，想来是去见姜智的时候不小心留在了那儿。这让他清净了不少，那些追债的人着急起来，半夜三更都会不停地给他打电话。

就算不看手机，他也清楚地记得自己的银行卡里的余额，别说养狗，他自身都如泥菩萨过河。

他不认为在给姜智交完学费后，自己能在逼近的还款日前凑够那个钱数。他是上过大学，但因为一些事没能毕业。在这个研究生都一抓一大把的时代，他除了这张脸，没有任何竞争优势。

姜诺没挪开目光，依旧盯着镜子里的自己。

当他在卫生间里冲洗完，推开门正准备喊声“老板”时，宴若愚拿着好几张手稿冲到他面前，空着的那只手拦住他，往墙壁上一拍，迫不及待地问：“你认识姜善？”

姜诺被这突如其来的质问整得大脑一时空白。宴若愚也没给姜诺留时间回答，他还有很多问题想问，于是扬了扬手里的十来张手稿，不吐不快，把心里的问题一股脑儿地抛了出来。

“这首歌姜善在节目里唱过，而这首《追忆》是‘不真诚祷告者’六个月前发的，他们是什么关系？真的是一个人？如果是同一个人，他当年为什么不承认？”

宴若愚的中文表达从未这么顺畅过：“还有、还有，姜善去年明明可以拿冠军，为什么退赛？真的是因为服用违禁药品吗？嗯……好吧，那段时间他确实被网暴得厉害，但也没必要人间蒸发什么消息都没有吧……”

“他没有。”姜诺终于插上嘴。阿拉斯加犬跑到他的腿边，坐下后邀功似的摇尾巴，而它的身后，一个老式电视机大小的纸箱被它从床底下拖了出来，里面除了手稿，还有声卡和其他简易的录音设备。

“啊？”宴若愚眨眨眼，有些不解，“但网上有他的药检报告呀，确实是阳——”

“那是因为他在吃止痛药……”姜诺的眼底有些发红，他有些激动地说，“他之后上传了生物检验报告，证明自己的清白，可是没有人信他，没有人！”

“我不是这个意思，我……”宴若愚有些被吓着了，不知道接下来该说什么好，便蹲下来摸那只阿拉斯加犬的脑袋：“你也太争气了，居然发现了这个，我看叫你‘出息’好不好，嗯？‘出息’。”

曾经一次又一次被他嫌弃的阿拉斯加犬不愿意搭理他，躲避他的触碰往姜诺身后钻。宴若愚的视线也跟着落在了姜诺的身上。

而就是这一瞥，让他看到了姜诺自然垂下没有遮掩的右手掌心。

那上面文着三朵花，由于年代久远未补色而有些晕线，但宴若愚依旧能从颜色分辨出那是向日葵。

宴若愚瞪大眼，瞳孔猛缩，站起身来问道：“你和 NoA 是什么关系？”

姜诺眨眨眼，发现宴若愚手里拿着折叠后的几张手稿，正要去夺，宴若愚又退了一步，神经兮兮地说：“这是证据！”

姜诺扶额：“唉……”

“你怎么又哑了？还是不好意思说？”宴若愚不耐烦地跺脚，胡乱地猜测，“你骗 NoA 说你是女生，骗他网恋、骗他的钱？”

姜诺匪夷所思地看着宴若愚，宴若愚却眼前一亮，双手一拍，以为自己精准地发现了盲点，开始推理：“我知道了，姜善就是‘不真诚祷告者’，所以他上节目后 NoA 会给他制作歌曲。你是姜善的弟弟，通过他认识了 NoA，骗 NoA 网恋后，NoA 用你的手心的图案做微博头像。今年六月份你的谎言败露，NoA 终于上了微博，换了一张全黑的头像，之后再没有出现在社交平台上。而你，失败后当然要找下一个冤大头，也就是——我。”

宴若愚摸了摸鼻梁，觉得自己简直是逻辑天才，无懈可击。

姜诺听完他一本正经的胡说八道，句句都是“槽”点，根本反驳不过来，只能摇头，言简意赅地否定：“NoA 不是那样的人。”

自己的品性自己最清楚，他和姜善是总角之交，并不是宴若愚猜测的关系。

宴若愚不相信地问：“那你怎么解释你和 NoA 的关系？”

一切说来话长，而姜诺没这个心思，只想拿回手稿，宴若愚偏不给他，高举双手耍脾气地说道：“还给你可以，你告诉我姜善现在在哪儿？”

“姜善死了。”

空气仿佛突然凝固，宴若愚的手慢慢放下后，姜诺拿过手稿。宴若愚没有再捣乱。

“我也算不上是姜善的弟弟，我们……”姜诺真的很难解释，扯了扯头发，无奈地说道，“他们一家人待我很好。他在六月份去世后，我也帮他们一起还姜善治病欠下的债。他们……他们把老家的房子都抵了借高利贷。”

宴若愚想到“不真诚祷告者”也有段时间没发歌了，很遗憾地说：“他得了什么病？你登得上他的微博吗？你应该发条信息，不管是姜善还是‘不真诚祷告者’，都有很多歌迷在等他。”

“然后看着一群陌生人转发蜡烛的图标？”姜诺看得通透，“他活着的时候没有人关心他，他死了，这样的怀念又有什么意义？”

“那 NoA 呢？他总还活着吧？”宴若愚第一次在姜诺面前露出谦卑的表情，“我从去年开始就想找他制作歌曲。”

“他退圈了。”

“为什么？”宴若愚又可惜又不能理解。

姜诺说：“干这个不赚钱。”

“那是他没遇到我，”宴若愚拍拍胸脯，特硬气地说，“只要他肯来我的工作室，多少钱都没问题。”

姜诺不为所动：“我不知道你为什么一定要找 NoA，相信我，他制作的歌适合姜善但不一定适合你。制作人和说唱歌手之间最重要的是契合度，而不是各自的天赋技巧。如果是你，找 Hugo（雨果）可能会更好，他之前给你制作的那首 *Coral* 就很不错。”

“你懂得好多呀，”宴若愚指了指自己，出乎意料地说，“而且你居然认识我，还听过我的歌？”

“我知道你有钱。”姜诺没正面回答，“也知道大部分音乐人都在自己贴钱。”

“那如果我给你钱呢？”

姜诺眉头微皱。

宴若愚自信地说道：“你说个数，我给你钱，你告诉我 NoA 在哪儿。”

姜诺抿了抿嘴唇，说不心动是假的，但还是说：“他真的不做制作人了。”

“哎呀，又没让你帮着我说服他，”宴若愚想让姜诺爽快点儿，“你只需要告诉我他在哪里就行，他愿不愿意给我制作歌曲是我自己的事。”

“你就这么心心念念？”

“换个词行不行？听着怪肉麻别扭的，我这是出于一个说唱歌手对制作人的欣赏，欣——赏！”宴若愚看了看姜诺，义正词严又斩钉截铁地说，“NoA 和你一样是个男的，我心心念念他干什么？”

姜诺用手指搓了搓鼻子，憋住了想吐槽宴若愚的欲望。

“那你往这个账户上打钱，我收到了就帮你联系他，可能需要几天时间。”他给宴若愚写了一串数字，宴若愚接过，打包票说没问题。这个账户关联的手机号就是姜诺的手机号码，宴若愚又知道他的住处，什么心眼儿都没留就美滋滋地离开了。

宴若愚没回虎山庄园，而是去了沪溪山庄的工作室。

宴家做服装起家，然后进军房地产，如今是很多知名品牌的中国区代理，一线明星要走红毯都会来找他们借高定礼服。

沪溪山庄并不是他们家的项目。去年九月份，他创办的服装品牌“杀克重”在巴黎时装周亮相，中国古典美学与街头文化结合的元素惊艳了全世界，掀起中国风潮流，让他赚得盆满钵满，他全款买了这个地段的顶楼。这是宴若愚真正意义上的第一桶金，于他而言，这房子与其他房子都不一样，改装成录音工作室再合适不过。

宴若愚上次来这儿还是跟从国外飞过来的 Hugo 合作 *Coral*。Hugo 原本信心满满，觉得自己可以给这位从未尝试过说唱歌曲的新手做出专辑体量的作品。但 Hugo 把带来的伴奏全都给他放了一遍，他久久没能找到一首让他毫不犹豫地说出“就这个！”的伴奏，挑剔到 Hugo 只能把为 Kevin Kim（凯文·金）量身定做的几首歌给他。

然而这还只是开始，宴若愚在整个过程中都精益求精、力争完美，不允许自己的演唱有一点点瑕疵。两个人总共合作了三首歌，宴若愚发布的只有一首全英文的 *Coral*，其他两首和以前的很多歌一样被压在了箱底。别人问他不发歌的原因，他颓然道：“这些歌没能打动我，我想我是喜欢唱歌的，但不知道为什么做音乐到现在，我从来没快乐过。”

他说的是心里话，但没有人当真，都当他玩说唱是一时兴起，等哪天觉得没意思了，就回去继承家业了。

但他确确实实有目标，比如 Kevin Kim，又比如“不真诚祷告者”。Kevin Kim 是目前国外顶尖的说唱歌手，有了做说唱音乐的念头后，他练笔的歌词很多都是模仿 Kevin Kim 的韵脚和风格。

宴若愚在国外待的时间太久，与母语之间有微妙的隔阂感，除了“不真诚祷告者”，他没几个听入耳的中文说唱歌手。

和年纪轻轻的 Kevin Kim 不一样，“不真诚祷告者”是国内最早的一批说唱歌手之一，和他同时代的很多人没有坚持下来，只有他成了短暂的中文说唱史里绕不开的人。

“不真诚祷告者”出道于二十年前，那时候的中文说唱还在起步阶段，圈子很小且局限于各自的省份内，少有联系。直到他横空出世，把全国各地的说唱团队和说唱歌手都批判了个遍。

“不真诚祷告者”一时间成了众矢之的，全国各地的音乐厂牌前无古人后无来者地团结到一块儿批判他，产出非常丰富。

这要是别人，估计就被批判得抑郁了，但“不真诚祷告者”很有心机，从一开始就用了变声器，让人无法猜出他的真实身份。更绝的是他居然接招，在极短的时间内出了一首长达十二分钟的歌进行回击。

如果说“不真诚祷告者”之前是在玩票，那么那首歌他是真的走心了，表面上在回击，实际上是怒其不争，质问他们为什么只写烂歌装酷：“明明兜里只有三十块钱，却瞎唱自己有辆法拉利”“一 freestyle 就卡壳还要露文身装大哥”“在歌词里加英文单词好像很牛很洋气，结果说个 homie 都能听出口音”“哎，说的就是你，老弟，下次比拼的时候就别穿皮夹克了，整得就像个‘杀马特’”“在说唱圈没实力捍卫自己就是原罪”……

他就这么回击了十多分钟，并在结尾问所有说唱歌手：“你们搞说唱图的到底是面子和钱，还是自由和尊严？”

总之“不真诚祷告者”虽然嘴欠，但回击得字字犀利、句句见血，如此吵了几个来回后，不少听众对他大为改观，原本以为他用变声器是屃，之后纷纷称赞他为深藏功与名的隐世高人。

“不真诚祷告者”一战成名，从此走上了“说唱圈监督委员”之路，为各大音乐厂牌以及说唱歌手操碎了心，一旦谁的新歌质量不如以前，他就出来批判。有血性的人回击之后再听他的第二轮 diss 曲，高下立见，也就认输了，认真写歌争取下一次别被批判。

可见在 diss 曲这个领域，“不真诚祷告者”从出道开始就打遍天下无敌手，独孤求败太久。之后他消失了好几年，重出江湖时出的歌不再局限于批判人，歌词也不再似当年那般有戾气。

有人说“不真诚祷告者”被社会毒打教做人了，或者被女朋友甩了，但谁都不知道他的真实身份和年纪，也有人猜他可能遭遇中年危机，有感而发……

复出的“不真诚祷告者”出歌频率毫无规律，有时候一天一首，有时候半年一首，首首精品，从风格、韵脚再到立意都无可挑剔，唯一不变的是那自带修音效果的磁性电音。他也在歌曲评论区留言表示，这个账号背后是谁不重要，重要的是他不说假话。他就算出 diss 歌，也是希望中文说唱越来越好，终有一天守得云开见月明。

这一天终于来了，第一季 *Make It Big* 将地下的花拔到地面上见光明。第二季没有第一季火，但也聚集了不少圈内优秀的说唱歌手。

眼看着第三季节目就要开播，从未参赛的“不真诚祷告者”突然站出来，认为这一切是揠苗助长，出歌批判节目组和某些说唱歌手，抨击其为了“挣烂钱”毫无底线。

宴若愚唱得了高音、压得了低音，这么好的声音条件放在专业领域都没几个人能比，他完全可以成为一个歌手，而不是局限于做说唱歌手。况且在世俗的刻板印象中，歌手就是要比说唱歌手高一等，他起初也没能免俗。

因此，初听 *Make It Shit*（乌烟瘴气），他有了非常真实的惊艳感。他当时回国参加比赛，刚下飞机，国内视频网站给他推送中文说唱，这首歌的点击率和评论量短时间内就超过了 *Make It Big* 前两季的冠军视频混剪。

宴若愚出于好奇打开了视频。老实说，前两季 *Make It Big* 他点开后不到半个小时就关掉了，并庆幸自己当初没冲动在脸上文身，不然整个人都要被打上马赛克。

他刚接触说唱时，歌单里全是黑人兄弟的歌，对那些在国内节目里会被用“哔——”声屏蔽掉的词听到“免疫”，所以对 *Make It Big* 里歌词的和谐程度感到不可思议。

他还太年轻，心高气傲，对这一切都不满意，哪怕这个节目里聚集了不少国内一线说唱歌手，他也没兴趣，直到“不真诚祷告者”带着 diss 歌曲出现。

在 *Make It Big* 之前，国内并没有说唱类型的节目，大家也不了解其背后的规则。除了圈子里的说唱歌手，不少新签约经纪公司的艺人也参加了这档节目，曾经拿过“对战王者”的人拿冠军那叫实至名归，全程手拿麦克风却假唱的“小鲜肉”拿第二，就有点儿说不过去了。这也是为什么“不真诚祷告者”批判节目组“将嘻哈文化扭曲成潮流，掩盖说唱的本质始于贫穷”。

他这首歌的质量不输之前的diss歌曲，但他低估了这档节目积累的人气和各参赛选手的热度。一时间，他的音乐账号被其他说唱歌手的粉丝全面攻陷，评论口径一致，都说他是吃不到葡萄说葡萄酸，忌妒他们的“哥哥”名利双收，而他连张自拍都不敢放，肯定是因为长得丑。

这让原本可能旷日持久的大战仓促收场。“不真诚祷告者”的滑铁卢让圈内圈外、“地上”“地下”的人意识到，这个圈子完全变了，实力弱依旧是原罪，但实力不再是底气，粉丝才是。

为了粉丝，全国各地叫得上名字的音乐厂牌都有成员登上两季节目的舞台，除了LZC的梁真。记者在莲花体育馆的后台采访他，问他作为第一个在万人体育馆开演唱会的说唱歌手，为什么不去参加*Make It Big*。他笑着，手臂一勾，把旁边一个胖子揽过来，给记者介绍这是节目组的总导演。

记者诚心诚意地发问：“导演，请问您能不能预测一下，如果梁真来参加节目能走多远、拿第几？”

导演火急火燎地打断记者的话：“预测什么预测，节目下个月开播，我现在都没放弃请他来当导师。哎哟，我从第一季开始就想找他当明星制作人。”

导演扭头对梁真一脸期盼地说：“梁真啊，我今天都追到后台了，你再不答应，那就说不过去了。”

临时接到采访任务并且对嘻哈领域一无所知、不知道梁真的江湖地位的记者瞠目结舌：“……”

记者强颜欢笑地挽救尴尬局面：“那么梁真先生，您有意向当第三季节目的导师吗？”

这个问题太直接，梁真不由得挑了一下眉毛。

他那时候剃了断眉，笑起来很张扬，不动声色的样子又很稳重。

他依旧是拒绝的，但话说得很客气，没拂了导演的好意和面子。之后他给几个来后台的女歌迷签名。有人想合影，举起相机后正要贴近他的脸，画面外突然传来一声喊："梁真！快上台了！"

梁真应声，和没能合成影的歌迷道歉。拍摄演唱会 vlog 的镜头随着他的脚步往后台出口的方向推进，他从后面抱住一个和他差不多高但瘦一点儿的少年，边挠对方的胳肢窝边教育："就不应该带你出来，你个'尕娃子'，不是说好了在外头要喊我'爹'的吗？"

"我爹才不会和漂亮姐姐们脸贴脸，我爹——"那少年被梁真捂住嘴，一时间只能发出"叽里咕噜"的声音，他勉强挣开了，在力量上依旧敌不过梁真，只能嘴上不服气地控诉，声音断断续续，"梁真，你给我等着！我回家就告诉……说你又欺负……还和漂亮……"

这段拍摄于一年前的演唱会上的 vlog 共计十六分钟，宴若愚闲来无事的时候看过好几遍，仍然没听清那少年到底要告诉谁，唯有梁真脸上的笑容永远温暖。哪怕是在说唱的发源地，也鲜有说唱歌手能开万人演唱会的，宴若愚看完 vlog 后就对这个叫梁真的说唱歌手上心了，听了几首歌后更是被吸引。

某种程度上来说，梁真和"不真诚祷告者"的气质是相似的，他们拿起麦克风都有舍我其谁的自信，在音乐的世界里酣畅淋漓。

梁真发《梁州词》那年十九岁，有人怀疑过"不真诚祷告者"是他的账号，因为时间线对不上才作罢。宴若愚去年回国参加 *Pick,Pick*，被各种镜头后的暗箱操作折腾到心累，果断退赛，完全能理解"不真诚祷告者"批判别人时那种怒其不争的心理，要不是当时对中文的掌控能力还不够，他也写歌批判节目了。

这种同理心让他猜想梁真就是"不真诚祷告者"，但他没坚持多久，第三季 *Make It Big* 播出了。有作品和实力的说唱歌手都在前两季展现得差不多了，第三季来参赛的选手实力参差不齐，无法再现前两季的"神仙打架"场景。梁真意料之中地没来当导师，走偶像路线的"小鲜肉"全都寂寂无闻，带不动热度。眼见节目热度越来越低，节目组没办法，只能给名不见经传的姜善增加镜头。

这是节目组的破釜沉舟之举。姜善当时二十七岁，在参加节目前是个外卖员，没参加过任何比赛类的节目，没报名过任何用即兴说唱对决的比赛，圈内圈外全都查无此人。

这让他的镜头一直被剪辑掉，进导师王墨镜的战队后也没受重视，直到他在个人演出环节唱了首 *Bounce*（弹跳）。

这是一首展示技巧的歌，但和那些强调韵脚的炫技歌曲不同，姜善另辟蹊径地从每一句话、每一个字与鼓点的位置关系入手，给听众带来了从未有过的炸裂感。

王墨镜之所以叫王墨镜，是因为他从来不在公众面前摘墨镜，但姜善唱完后，他把眼镜搁到额前，话都说不出来，就只鼓掌。

其他三位导师也都被震撼到了，全都站起来鼓掌。湾岛歌手 Louise（路伊丝）最为惊叹，说从来没想过歌还能这么唱，不只是鼓点，连曲里的其他乐器都在和姜善的声音形成呼应，整首歌都活了起来。

“别人都是把自己的声音嵌到伴奏里，而你是在玩弄伴奏。”Louise 激动到湾岛腔都出来了，说了个在之后登上热搜的词，“这简直是人声和伴奏结合的最高境界，人和伴奏合一！”

“我觉得比赛可以结束了，这就是冠军曲……”

“这是我在第三季节目里听到的最有水准的歌，我不认为后面的选手能超越他。”

“天哪，我听得头皮都要发麻了，你看我手臂上的鸡皮疙瘩……”

四位导师七嘴八舌地交流起来，一顿夸赞，重点从歌曲本身发散，问起了姜善的制作人是哪位高手。

“你的制作人是谁？”王墨镜眼镜后面的小眼睛睁得老大，他迫不及待地问，“能介绍给我吗？”

“麻烦也介绍给我，我也想找他制作歌曲。”另一位导师也来抢人，所有人为了节目效果再次争吵起来，反而忽视了姜善。等他们终于争够了，重新看向姜善。姜善握着麦克风，说出那个名字的时候比自己晋级都要自豪。

“他的名字就在这首歌里。”姜善张开双臂，像是要拥抱那个人，

“Salute my producer—NoA.（向我的制作人 NoA 致敬。）”

“NoA”这个名字和姜善一起上了热搜，节目组喜极而泣，他们终于有了不用掏钱营销的热搜词条。随着这期节目的播出，姜善一夜出圈，虽有营销号的推波助澜，但更多的是各类音乐爱好者自发地讨论，他们纷纷转发、评论，表示这档节目终于有了点儿水准。

最重要的是姜善长得不赖，很快就将那些之前听民谣后来转摇滚的年轻人重新吸引回说唱音乐领域，节目的播放量节节攀升。导师说不认为其他选手能超越姜善，这句话既对也不对。姜善在之后的环节中一骑绝尘，但每一次又都能超越上一场的自己。

姜善火了，实至名归。同样火的还有 NoA，每次后场采访都有记者提到他。

和大多数制作人一样，NoA 也会在自己制作的伴奏里打上“水印”，即伴奏刚开始的那声非常含糊的童声“NoA”。

网友个个都是“福尔摩斯”，很快就发现“不真诚祷告者”某段时期的歌曲伴奏都有这一声“NoA”，只是他从来没在歌词开端写明制作人，大家也就不知道这是制作人的名字。

这一发现让整个圈子都炸锅了，记者一茬接一茬地来采访姜善，问他是不是“不真诚祷告者”。他可能没休息好，在镜头里脸色很苍白，两颊微微凹陷，但每次都保持微笑，说自己就是运气好，有幸请到“不真诚祷告者”的御用制作人。

“他是很有才华的年轻人，也很热爱说唱。”姜善看着镜头，像和心中所念的人对视，“如果他愿意从幕后走到场上，一定会被所有人喜爱。”

记者还想问姜善“不真诚祷告者”的真实身份，他只有“我不知道”“我没见过”“我不清楚”三句，硬是把那些挖八卦小能手糊弄了过去。但节目组的人没放弃，天天变着法子来试探，毕竟如果真是同一个人，他们就又有了新的爆点。

姜善叹气，在节目组的人多次胡搅蛮缠后败下阵来：“你们难道忘了几个月前‘不真诚祷告者’批判过节目吗？我要真是他，怎么可能来参加这个节目？”

节目组的人的脑回路就是不一样，回他：“但如果你真是他，就说明我们这个节目还是有认可度的，明年再办一季不是问题！”

姜善：“哥啊，咱们都现实一点儿行不行？我今年二十七岁，如果那个账号真是我的，那就说明我七八岁时就会写 diss 曲，我要是真有这天赋，能二十七岁还在送外卖？”

姜善说得让人无法反驳。他也继续咬定，自己不是那个用变声器的账号持有人。节目拍摄到这个时候，他已经进了全国九强，其他八人没一个能打。他是纯素人，前二十七年的人生履历毫无黑点，要是从一个外卖小哥逆袭成冠军，给说唱音乐带来的将是满满的正能量。

但就在所有人都以为冠军已被姜善锁定时，一份写着他的名字的体检报告在网上流传开来，尿检一栏呈阳性。

有那么一瞬间，宴若愚觉得自己能跟姜善感同身受。

他在十六七岁的年纪放纵得一塌糊涂，一方面是为了忘记父母离去的痛苦；另一方面，他又找不到除糟蹋自己的身体以外确认自己存在的证明。

他活在空虚的欲望里，直到有一天，宴雪涛连夜赶到他在国外的住所，把他从倒满柠檬味酒精饮料的浴缸里捞出来，火急火燎地送到私人医院做全身检查。

他是宴家这一辈第一个也是唯一的男孩儿，没人打过他、骂过他，所有人都宠着他、惯着他，直到宴雪涛看到尿检一栏呈阳性，毫不心软地给了他一巴掌，近乎绝望地质问：“你难道要把自己毁了才满意？”

以前，宴雪涛一直相信他是洁身自好有底线的，不会打开潘多拉魔盒。

那时，宴若愚的脸颊发红发烫，但他丝毫感觉不到疼，整个人都是蒙的，直到自己也看到报告，才明白爷爷为什么怒不可遏。

他发誓自己没有碰那些东西，更详细的生物报告也证明了他的清白。后来他参加比赛，编导组想给他立“人狠话不多”的高冷人设，宴雪涛千叮咛万嘱咐不能把戒药这段过往说出去，还特意将他在国外的就诊记录全部删除掉了，就怕有人拿曾经的尿检做文章。

因此，宴若愚完全能理解姜善的那份体检报告为什么会引起轰动。嘻哈文化是百分之百的舶来品，一个说唱歌手的歌词被人捕捉到一丝一毫的不良内容，他都会被批判到百口莫辩下跪道歉，何况说唱节目的大热冠军人选尿检呈阳性。

一时间，姜善被推上舆论的风口浪尖。有观众对比他参赛前后的照片，发现他明显消瘦了，没有刚开始那么有精气神，数万人攻陷 *Make It Big* 的微博要求他退赛，并建议官博直接将其封杀。

节目组当然密切关注网络上的“狂风暴雨”，但姜善并没有服用过违禁药品，他们更倾向于一切都是误会。

好巧不巧，姜善却在这紧要关头突然失踪。再露面时，他在某派出所门口被拍了个正着，因聚众打架而被拘留了三天。

这还有什么好解释的呢？原本以为姜善拿了一个“靠对音乐的热爱改变命运”的剧本，没想到本质还是没文化的街头斗殴的小混混，大家当初对他有多期待，现在就有多失望。节目的录制比播出快一集，节目组迫于压力强制已经进入六强的他退赛，并剪掉了他的所有镜头。

姜善是在出派出所后才知道自己被污蔑了。他出示生物检验报告，表明自己因生病在服用某些特殊的药。网友指出他所谓的特殊药物用于癌症治疗，要求他出示更具体的证据。他沉默了，放弃为自己辩驳，从此再未接受任何采访，也不曾为自己解释一句。

他本该在那个夏天站在山巅，却在那个夏天失去了一切。

值得一提的是，姜善的退赛让另一名止步九强的选手替补上来，并拿了最后的冠军。

他叫何塞，和姜善的年纪差不多，十七八岁出道后一直没有传唱度高的歌，玩了十年说唱都不温不火，拿了冠军后才小有名气。

说唱音乐走上商业和主流道路前，说唱歌手们干点儿什么打擦边球的事都藏着掖着，像姜善这样被“坐实”罪名的还是第一个，官方不可能不管。何塞虽然拿了冠军，但资源和之前两季的冠军完全不能比。节目结束后，他到岭安城巡演，来看他演出的只有区区两百人。

何塞所遭遇的尴尬局面是说唱音乐落寞的缩影。那个夏天过后，大量说唱音乐节停办，不少说唱歌手已敲定的行程被作废，通告被取消，各大卫视跨年演唱会不再有他们的身影，取而代之的是民谣歌手和乐队。

宴若愚原本打算试试第四季 *Make It Big*，但节目组为了避风头迟迟不开放报名通道，复播之日遥遥无期。那些还未成名的说唱歌手个个急得像热锅上的蚂蚁，也就他不着急，复播后梁真要是不当导师他坚决不去。

他在媒体眼中也是出了名的爱耍大牌，一遇到不愿意回答的问题就黑脸，要是有人阴阳怪气地说他的父母，拳头过来都是客气的。

但他并不否认大红靠命，从来没有把现在得到的一切成绩简单地归结于自己的努力。时尚杂志的编辑问他“杀克重”为什么能一路顺风顺水又爆红，他直言不讳，说没有自家的燕合集团给的资源，别说国际时装周，这么年轻的品牌连国内的时装周都没资格上。

他很清醒，“宴若愚”三个字就是热度，“宴”这个姓让他一出生就在聚光灯下。

而他又拧巴地想证明自己。

他在这个工作室待了两天，不厌其烦地听国内外的说唱热曲。国外现在流行 trap 这种嘻哈音乐风格，编曲比歌词重要。他上个月去国外参加音乐节，五个说唱歌手里有三个放原声。

大家摇得都很疯，现场气氛又热又爆，trap 类型的曲子要是真唱而不是放原声，还真难让观众这么爽。也就压轴的 Kevin Kim 还在写有内涵的歌词，全场开麦连音都没有垫，而不是“哎，哎，哎”两句就泼水。

Hugo 是 Kevin Kim 的专用制作人，回到自己的国家后给宴若愚发了邮件，说他很多年没遇到像宴若愚这么较真儿的年轻人了，一定友情把宴若愚引荐给 Kevin Kim，希望促进两个人的合作。

宴若愚原本很感兴趣，但找到 NoA 更能让他兴奋。从姜诺那儿回来后他整个晚上都睡不着，就一直窝在录音室里听“不真诚祷告者”和姜善的歌，天色露白后也毫无睡意，专门把那些歌里伴奏有“NoA”水印的挑出来。

NoA 给“不真诚祷告者”制作的歌有二十四首，给姜善制作的全都是节目舞台上的现场录音，传到网上的共五首。

这让宴若愚又有了新的困惑。“不真诚祷告者”出道二十年，总共发了两百多首歌，什么风格和主题的都有，给人留下全能创作者的印象。尤其是十年前的“快嘴”，至今没有说唱歌手打破他的平均每秒吐字数纪录。但在 NoA 制作的那二十几首歌曲里，“不真诚祷告者”从未秀过“快嘴”，姜善也曾表示“快嘴”不是自己的强项，没特意练过。

宴若愚又茫然了，百思不得其解，寻思着见到 NoA 真人后就先不拍马屁，而是问问“不真诚祷告者”到底是谁。

他一遍遍地听歌，不知道听了多久就睡过去了。再醒过来，天还是亮的，一看手机屏幕，他睡到了第二天。

宴若愚第一反应不是自己能不靠安眠药就睡过去了，而是过去两天了，姜诺都没联系他。他点开微信，通讯录那一选项都没冒出个“1”，姜诺都没尝试过加他的联系方式。

睡过一觉就是不一样，宴若愚终于想起给姜诺打电话，拨过去电话后那边“嘟”了两声就传来女声：“对不起，您所拨打的电话已关机。”

宴若愚被这温柔的女声吓到了，猛地起身，又因为视野里一直冒黑色的星星而重新跌回沙发里。

他整天都没吃饭，血糖低到脚步都是虚浮的，等进了电梯才缓过来。

他下到车库，那里有辆私藏的跑车没被他爷爷发现没收，他好久没开了，上车后扭动钥匙，仪表盘上显示油量已经不多。

宴若愚那叫一个着急，嘀咕了好几句“加把劲儿”才踩下油门。跑车很争气，那么一点儿油也能开动，他打个方向盘将车开出车库，路过加油站都没减速，直奔 16 号街。

他重复拨姜诺的电话号码，次次都是关机。

宴若愚那叫一个气，正要再拨一次，裴小赵的来电终于见缝插针地打了进来，他接通电话。裴小赵刚到工作室，问他人在哪儿。

宴若愚气呼呼地说：“人出去了！”

裴小赵唯唯诺诺，就怕宴若愚一生气把电话挂了，自己再也找不到人，那麻烦可就大了。他问：“那您……您去哪儿啊？”

“出街，16 号街。”

“哦，哦，”裴小赵一时没想到姜诺住那儿，问，“老板，你是要去和老爷子会合吗？老爷子今天也要去那边跟城中村街道的人见面呢。”

裴小赵那叫一个神气，好像是自己拿下了那块地：“村里的领导非常配合，知道老爷子这边拆迁款到位了，保证所有租户会在一个星期内搬走。”

宴若愚追问：“什么时候的事？”

“就……上个星期啊。哦，我们上次送那个谁，对，姜诺回去的时候，就已经搬走一部分人了。”裴小赵听到宴若愚突然急刹车，吓了一跳，“老板，老板，你到底在哪儿呀？”

宴若愚用仅剩的油将车开到了 16 号街，并用车把巷口堵住，吐出四个字后就按了挂断：“我在讨债。”

宴若愚顺着记忆往里边跑去。

上次来的时候天太黑，他就没留意谁家灯亮、谁家漆黑，现在是大白天，街道的破落就更为明显。还是有几户人家没搬走，门口放着痰盂，衣服被套挂在两户人家屋檐下连接的铁丝网上。

宴若愚不由得抱着一丝希望，觉得姜诺也有可能还没搬走。但姜诺家的窗户内侧糊满了纸，他上下左右找了好几分钟都没发现透光的地方，无奈之下拍了好几下门。

门锁松动，他一不做二不休，用力一踹，那木门就被踹开了，扬起不少灰尘。

宴若愚捂住嘴鼻，跟进入火灾现场似的往里面冲。里面的摆设和两天前相差无几，桌上还是那些易保存的食材，零零散散。姜诺的被子四四方方地在床上放着呢，他要么走得匆忙，要么肯定还会回来。

宴若愚坐到床边上，总算是松了一口气。这人一放松不再紧张的时候，别的感觉就会更加明显，比如饥饿。但他兜里什么都没有，他再看看桌上的东西，菜花不能生吃，青椒也不能生吃，葱他是喜欢吃的，他有多讨厌香菜就有多喜欢在食物上加点儿葱，但葱不顶饱呀。黄瓜？这儿又没削皮刀，黄瓜也不能吃，香肠更不能吃，但是他的狗爱吃。

宴若愚突然起身，脑子断片。

他喊了一声“出息”，把卫生间的门打开，里面“空无一狗”。

他再蹲下身看床底下，不仅没有狗，连那箱子手稿和设备都没了。

宴若愚傻眼，心中警铃大作，觉得自己不能守株待兔，狗都没了，他上哪儿逮姜诺？

他并不知道有人交代旁边另一户还没搬走的人家盯住姜诺的住处，只要有人回来，就马上给他们打电话。

他们来的速度也很快，全是大高个儿。待宴若愚观察完床底站起身，他们就黑压压一片堵在了门口，要不是带头那个啤酒肚的大哥戴着大金链子和墨镜以及扎着名牌皮带，宴若愚还以为是宴雪涛的保镖团找上他了。

宴若愚和那“社会大哥”面面相觑，大哥扶了扶墨镜，神色凝重地问身边的小弟：“这是姜诺？”

小弟愣了愣，对老大点头哈腰，讨好地说道：“应该是。”

“是你个头，你骗呆瓜啊？当我没见过姜诺？”“社会大哥”反手弹小弟的脑袋，说道，“你以为我不懂行情呀？这张脸这么帅气十万块钱起，他要是有这姿色，能欠钱到现在都不还？！”

宴若愚一脸茫然的表情。

“喂，你小子……”“社会大哥”进屋，坐在小弟自带的折叠椅上，跷起二郎腿，接过小弟点好的烟，问道，“和姜诺是什么关系？为什么会在这儿？”

宴若愚这辈子没怕过谁，不卑不亢地答：“他欠我钱，我来讨债。”

“哟，这么巧，”“社会大哥”吐了一口烟，摘下墨镜，眼睛比王墨镜的还要小，说，“我们也来讨债。”

“社会大哥”又抽了一口烟，眯着小眼睛打量宴若愚：“不知道兄弟是哪家公司的？平时都在哪儿讨债？”

宴若愚还想从这位大哥嘴里套话呢，只能硬着头皮演：“虎山庄园。”

“社会大哥”正要吐烟雾，听宴若愚这么一说，居然呛住了，两个鼻孔和一张嘴一块儿冒烟。小弟连忙给大哥拍背，不小心劲道大了，震得大哥指间的半根烟脱手掉到了地上。

小弟慌忙补救，将烟捡起来，二话不说就往大哥嘴里送。大哥被烫得从折叠椅上跳了起来，反手又给他的脑袋一巴掌，怒骂道：“你直播看傻了吧？搁我这儿反向抽烟！”

大哥一挥手，让他出去和其他人站在一块儿。

“哎哟，让小兄弟见笑了。”房间里只剩下“社会大哥”和宴若愚两人。“社会大哥”的鼻梁不够高，墨镜老往下掉，一掉，墨镜就变老花镜，小眼睛又露了出来，探究地看着他。

“小兄弟原来是在虎山那边收债呀，怪不得穿得人模狗样……啊不，一表人才。”“社会大哥”又把眼镜扶了上去，“不过我听说，你们放贷都是七位数起，姜诺怎么欠到你头上了？”

宴若愚反问：“姜诺欠你们多少钱？”

“我们是小额贷款，不能和你们大公司比。”“社会大哥”特谦虚，比了三根手指，“本金不多，也就三十万元。大半年前他们急着用钱，把老家的房子抵在我这儿了。”

大哥不愧是在社会上混的，聊着聊着，怀疑起宴若愚的身份，问：“姜诺什么都没有，户口都落在岭安大学，问你借钱，拿什么抵的？”

宴若愚眨眨眼，可机灵了，回答："他没问我老板借钱，偷了我老板的手表，市价好几百万元呢！"

"哎哟，这么贵呀？""社会大哥"扶了扶自己的名牌皮带，嘴上说着可惜，可眼珠子一转，觉得姜诺要是把东西当了还他钱，也不错。

宴若愚继续试探："你刚才说姜诺没落户，那房子是谁的？"

"姜庆云呀！"见宴若愚对这个名字陌生，"社会大哥""嗐"了一声，给他讲起姜诺的家庭情况。

姜诺三岁的时候母亲就死了，他父亲在岭安城打工，便把他接了过来，但没两年也死了。姜庆云和他父亲同村，就把小孩儿接过来给他口饭吃，吃着吃着，还就住下了，供他考上大学。不过姜庆云的大儿子去年生了大病，他也就没再读书，出去挣钱了。

"社会大哥"长舒一口气，感慨道："幸好有这个便宜儿子在，每个月都能拿出万把块钱，不然就姜庆云和他老婆卖麻辣烫那点儿钱，还利息都不够。哎，你说姜诺在 KTV 打工都能赚这么多，这小混混要是再干点儿别的——"

"他不是小混混。"

"社会大哥"说得宴若愚脑袋疼，他正要反驳，"社会大哥"的手机响了，铃声是时下的最新款："来，左边跟我一起画个龙，在你右边画一道彩虹……"

宴若愚寻思着"社会大哥"还挺潮，居然听说唱。大哥一看来电显示，小眼睛一亮，接起电话后嗓门大得像自带大喇叭，散漫地问道："终于肯开机了？"

"在学校门口堵姜智的是不是你的人？当初不是说好的吗？你要钱冲我来，去堵他一个小孩儿算什么？"

"你不是不接电话还跑路吗？""社会大哥"并没有被姜诺暴躁的语气传染，和和气气地说，"我现在就在 16 号街等着你来还钱。"

宴若愚完全能听清姜诺的声音："那你先解释，为什么我叔叔阿姨的房子已经在你名下了？铁老三，你阴我们！又要我们还款又要偷我们的房子。"

“哎，我可不是偷，我是为了保险起见。你们把钱还完了，我自然会把房本还给你们。”铁老三画大饼不打草稿，“你不希望我再去找你那宝贝弟弟吧？他们姜家可就只剩这一个儿子了，你可想好咯。哦，对了，我这儿还有一位帅小伙等着你呢！”

铁老三的墨镜又滑下鼻梁了，他一眼就能看到宴若愚，问：“小伙子你叫什么来着？”

宴若愚也扯开嗓子，故作凶狠地冲姜诺喊：“姜诺，我是宴大智！”

姜诺原本急得像热锅上的蚂蚁，一听见宴若愚的声音，突然沉默了。

“你先过来，”宴若愚同铁老三对视，暗示的话却是说给姜诺听的，“你又不是不知道我们老板是什么身份，只手遮天，就没有他办不成的事，你能逃到哪儿去？你还不如乖乖过来，有什么事情等来了再说。”

宴若愚这“威胁”非常给力，铁老三跟着得意地说：“听见没有啊？姜诺，咱们16号街，不见不散。”

姜诺挂了电话。

铁老三确信宴若愚和自己是同一战线的，话更多了，问：“我刚才的铃声好听不？炫不炫？”

宴若愚都还没回答呢，门口的小弟就来邀功：“是我帮三哥选的，嘻哈饶舌，年轻人都爱听这个。”

“是吗？”宴若愚是抬杠小能手，“我怎么听说年轻人现在都在听乐队的歌，今年的夏天都是乐队的。”

小弟露出触及知识盲区的尴尬表情，铁老三体形虽胖但心胸狭隘，又生气了：“让你说话了吗？”

小弟乖乖闭嘴。

“我也觉得这歌没劲，说不像说唱不像唱，净整些花里胡哨的。”铁老三自己给自己打圆场，说着说着，突然想起了什么，“我记得姜庆云的大儿子也搞这玩意儿，还上电视了，对吧？”

小弟眼巴巴地看着他。

铁老三拍自己的大腿拍得响亮：“说话！”

“哦！对，对，对，那节目好像叫什么……变更大！”

宴若愚觉得这翻译没毛病。

铁老三继续问：“什么名次来着？”

“听说原本可以拿冠军，但姜善不是得癌症疼得熬不住经常吃药，被查出来尿检阳性吗？那事情去年可火了，大哥，您忘了？”

铁老三哪里知道，他的手机里就几个短视频应用，哪里看过姜善参加的那档节目。

“之后姜善就退赛了，回岭安城治病，治着治着钱不够，不就找上您了嘛！”小弟倚在门边上，吊儿郎当地说，“我跟姜诺差不多岁数从老家来的岭安城，在 16 号街住了十来年。姜善后来当外卖员，有一辆自己的电瓶车，下班后姜诺就坐在他的车后面，两个人有事没事就爱一块儿骑着车在街上逛，也不知道有什么好看的，反正天天来来回回，莫名其妙。”

“姜善以前也住在 16 号街？”宴若愚突然插嘴问。

小弟看向他，挑了挑眉毛，轻浮地说道：“是呀，这房间以前是姜善的，姜诺有时候住学校宿舍，有时候来这儿找姜善，只要他来了，两个人晚上就叮叮当当的，烦死人了。”

这个动静是因为他们在录音编曲，但宴若愚没工夫纠正小弟，顺着他的话继续问：“姜善和谁叮叮当当？”

“不是刚说了吗？和姜诺啊。”那小弟灵光一现，别有深意地说道，“姜善有病，指不定姜诺的脑子也有病，不然两个人能凑到一块儿玩？”

小弟往前迈了一步，整个脑袋往屋内伸，躲过了姜诺挥过来的拳头。

姜诺也不知道从哪儿冒出来的，速度很快，但他们围在门口的人多得像一堵肉墙，还是把他拽住了。他的身板、个头儿比不上他们中的任何一个，后背往那些拉扯他的人身上一撞，他借力踹到了那个小弟。小弟捂住屁股，发出一声惨叫，另一只手气急败坏地戳向姜诺的眼睛，刚骂出一个“你”，姜诺连条件反射的眨眼动作都没有，咬牙切齿地说道：“你把嘴巴给我放干净点儿。”

空气仿佛突然凝固。饶是有这么多同伙撑腰，小弟被姜诺这么一瞪，愣是把手指缩了回来。

可他又咽不下这口气，三两步站到铁老三身后，叫声“大哥”，想让铁老三帮他出气。

姜诺被其中两个黑大个儿架住胳膊推到房间内，不再有反抗之力，眼见着其他几个人要上手教训他，宴若愚喊道：“住手。”

他的音色偏低沉，喊起来很有威慑力，那几个人还真下意识地停下，回过神来一想这个人又不是自己的老大，又要握拳头。宴若愚又说道：“我回头还要带他去见我的老板，你们把人伤了，我不好交代。”

铁老三挥了挥手，让黑大个儿们出去，窄小的屋子里终于不再拥挤。他问：“钱带来了吗？”

姜诺揉了揉手臂被弄疼的地方，瞟了宴若愚一眼，面无表情地从外套兜里掏出一个信封摔在桌上。

“你这不是能凑出来吗？”铁老三让小弟数钱，语重心长地教育姜诺，“早这么配合不就没这么多事了吗？再说了，科技进步了，没必要用现金，我的支付宝和微信都可以用。”

“对了，这地方你还住不住？你下次换住处了，主动告诉我们，不然我们只能再去学校问问你那便宜弟弟了。”

“铁老三，你——”姜诺冲上前，但被宴若愚抓住了手臂。宴若愚冲姜诺使眼色，然后和铁老三说：“那我把人带回去了，我的老板还等着见他。”

铁老三大度地摆摆手，让堵在门口的黑大个儿们给两个人让出道。两个人就要出门时，数完钱的小弟却突然高喊：“等一下！”

宴若愚回头，下意识地把姜诺护在身后。小弟拨弄着那一沓钱，慢悠悠地走近，绕过宴若愚对姜诺说：“还少一千块钱。”

“不可能。”姜诺走上前，将钱拿过来自己数了一遍，冲坐着的铁老三扬了扬：“九千五百块钱，不多不少。”

铁老三扶了扶墨镜：“九千五百块钱是上个月的价格，马上要过年了，通货膨胀。”

小弟眉飞色舞地附和道："得加钱。"

姜诺还能说什么呢？小弟要把钱拿走，第一次没能从他手里抽走，瞪了他一眼才得手。

姜诺无言以对，只能说："我身上就这么多钱。"

宴若愚寻思着他前几天给姜诺打了两万元整，那钱难道被花光了？

"那我把你倒过来抖一抖，兜里说不定还有好东西。"那小弟以前可能做过扒手，说话的时候和姜诺对视，一口烟的工夫，手就神不知鬼不觉地伸到了他的衣服兜里，还真摸到了一个小盒子。

姜诺要夺回盒子，小弟机敏地往后一退，献宝似的把盒子呈给铁老三。铁老三不会倒腾这玩意儿，只能看出做工很精良，又抛回给小弟，问他这是什么。

"这是蓝牙耳机，大哥。"

铁老三有概念了："什么红牙、蓝牙的，无线耳机就说无线耳机呗，这玩意儿能值几个钱？"

"但这个看起来挺贵的……"小弟把玩着，还把蓝牙耳机连接上自己的手机。

宴若愚以为他识货，那小弟也确实爱不释手，戴上耳机听着歌小幅度地摇摆，露出痴迷享受的表情，说道："比我上次花二十块钱买的耳机舒服多了。"

宴若愚："……"

姜诺："……"

宴若愚同姜诺私语："这个牌子的耳机我那边有，咱们先撤。"

姜诺没动，小声回应："那耳机是姜善留下的。"

"他都塞进耳朵里了，恶心。"宴若愚自带 X 射线，在他眼里，那副上千元的耳机和小弟的耳屎接触后一文不值。

他抓起姜诺的手再一次准备离开，那十来个黑大个儿没让路。房间里，小弟跳着自创的舞步踱到他们面前狐假虎威地说："一副蓝牙耳机就想把爷打发了，哪儿有这么好的事？"

小弟又开始掏姜诺的兜，里面没有钱包，手机是触屏的，用太久屏幕都有了划痕，他看不上，又还给姜诺。

但小弟故意没等姜诺接稳手机就先放手了，手机直接砸在了姜诺的脚上。宴若愚看到了这个小动作，反应比姜诺更快也更激烈，猛地将那小弟推倒在地，一脚踩住小弟的手背，冷冰冰地问："你干什么呢？"

这变故太突然，小弟疼得后知后觉，宴若愚把脚挪开了，他才放声假哭。门外的几个人做出往里冲的架势，铁老三制止了他们，息事宁人地说道："小兄弟，消消气，知道你赶时间，那我也给个面子，那一千块钱等下个月一起收。"

姜诺早就知道对这些人骂脏话、发脾气毫无用处，嘴皮子都懒得动。可那小弟还就不依不饶了，摇摇晃晃地爬起来，不许他们走。

铁老三呵斥，让他别胡闹。

小弟捂着被踩红有些破皮的手，扭头委屈地看了老大一眼，偏要和宴若愚抬杠："我就是故意让手机掉下去砸他的，你管得着吗？"

这次换姜诺拽住宴若愚的胳膊，劝他别冲动。

"我还就纳闷了，你这个人到底是在哪条道上混的？从来没见过。"小弟戏真足，拍了拍脑袋假装恍然大悟，"我知道了，根本没有什么老板，对不对？你是他的朋友！"

小弟嬉笑，颇为胆大地凑近，和宴若愚的距离拉近，说道："怪不得你不乐意——"

小弟突然发不出声，瞪大眼，脸颊比眼白处的血丝红得快。

姜诺原本抓成一个小丸子的头发轻飘散下，大约两个手掌长的头绳被宴若愚缠在两手食指上，而小弟的脖子被绳子紧勒，只能发出断断续续的声音："你……你到底……是谁？"

小弟的双手双脚毫无章法地舞动，求生欲强得连自己都打，耳朵里的蓝牙耳机掉落在地，被姜诺眼疾手快地捡起，兜里手机自动的外放音乐和宴若愚的一声"都给我让开"同步。

宴若愚丝毫不顾小弟的挣扎，用力收绳。他的眼帘微垂，完完全全是纯真善良的面相，但他发起狠来气势不比这些混混弱，威胁着外面的黑大个儿们后退。

姜诺被宴若愚突然的爆发惊着了，面上依旧冷静，跟在他身后，两个人一小步一小步地往外挪，不少黑大个儿亮出了随身携带的管制刀具，但碍于被扣住的小弟没有轻易上前，一直跟着他们到了巷子里。

他们站在巷子里，每退一步，黑大个儿们就会上前一步，跟他们保持三五米的距离。宴若愚用只有姜诺听得见的声音倒数，再过几秒到“一”，他们就一起跑。

但铁老三也从屋子里出来了，气急败坏地拍其中一个黑大个儿的脑袋，骂骂咧咧地说他们这么多人，不会从旁边包抄吗？

他大吼大叫的时候宴若愚还有五声没数，再开口直接跳到“一”，转身撒腿就跑。姜诺却面对面冲铁老三他们跑过来。

姜诺手里捧着一个痰盂，掀开盖子往前一抛，把里面的排泄物洒在大口喘气的小弟和跑在第一梯队的黑大个儿们身上。

宴若愚和姜诺在身后此起彼伏的哀号和呕吐声中向 16 号街的出口跑去。

“快！我的车就停在巷子口。”宴若愚看见不远处的那抹红色了，边跑边掏钥匙，使劲按上面的开锁键。他停得极其有水准，车身横在巷口，不挪开谁都过不去，可不管他怎么按，车子都没发出启动待机的声音。

“给力点儿呀，别这时候没油呀。”宴若愚跑得太猛，手有点儿抖，正准备用钥匙直接开车门，姜诺喊了一声“小心”，攥住他的手腕把他往后面拉。

车钥匙不小心掉落在地，那位在车窗上留下一甩棍的大高个子捡起钥匙，狐疑地瞅了好几眼，像是在辨认是不是真的。

宴若愚正盘算怎么把钥匙抢回来呢，姜诺一直没松开他的手，又一次拉着他往一条小径上跑去。城中村的道路四通八达、曲折迂回，原本应该很容易甩人，但铁老三的打手像是都在这儿住过，总能从某个角落冒出来穷追不舍。

“前面有个后门，正对大马路。”姜诺对宴若愚说。宴若愚对这儿不熟，毫无方向感，就跟着姜诺一路逃，还不忘把挂着的被单扯下来甩到后面的人的脸上。

他们身后终于暂时没了追兵，两个人也抵达了姜诺所说的后门。

可那道三人高的大铁门早不上锁晚不上锁，偏偏这时候被锁得结结实实。脚步声急速逼近，眼见着铁老三和他的打手们将于十秒钟后抵达后门瓮中捉鳖，姜诺瞥向铁门旁收集城中村的所有垃圾的垃圾仓，再同宴若愚对视。宴若愚义正词严地说："不可能，我宴若愚就是豁出去跟他们拼了，也不可能躲进这种地方。"

十秒钟后，黑大个儿们纷纷追到后门，那里空空如也，只有汽车在门后的大马路上飞驰，身上粪水未干的小弟气喘吁吁地走近，发现姜诺的头绳就躺在后门外头，气急败坏地喊道："给我继续追！"

有一个带脑子的打手劝小弟冷静："这门上锁了，这种门没什么可借力蹬腿的地方，又高，他们不可能在这么短的时间内出去，肯定还在巷子里。"

"你是大哥的小弟还是我是大哥的小弟？轮到你说话了吗？没看见那根头绳吗？"小弟嗓音都哑了，说得太起劲，捂住胸口呕了好几下，气味重得旁边的人都捂住鼻子。小弟更咽不下这口气了，指着那扇大门命令他们发起进攻："给我爬！"

躲在垃圾仓里的姜诺："……"

姜诺旁边的宴若愚："……"

宴若愚正捂着鼻子。他们运气好，垃圾仓刚被清理过，里面没有垃圾袋，但绝对算不上干净。无数种固体和液体混合后的糊糊顽固地留在仓底和仓壁，经年累月不曾被清理，散发出难以形容的酸臭味，别说呼吸，宴若愚连嘴巴都不愿意张开，就怕把这种恶心的气味吸进去。

他没能成功挑战人类极限，小弟还在外面指挥黑大个儿们爬门，他先败下阵来，反胃要吐。姜诺打开手机的手电筒，对他做出嘘声的动作。

宴若愚也不想发出声音，但是这气味实在是让人忍无可忍，他的眼睛、眉毛往下塌的模样是真的可怜。姜诺摸了摸衣服和裤子的口袋，找出条手帕递给他。

有东西捂着总比没有强，宴若愚接过手帕，也没细想冬天随身携带的手帕都有哪些用处，直接捂在鼻下，阻挡了弥漫在垃圾仓里的臭味，终于能稍微畅快地吸口气了。

宴若愚闻到了香味。

姜诺没关手电筒，拿在手里给宴若愚照明，自己则扭头盯着垃圾仓上的缝隙，观察他们什么时候离去。

借着灯光，宴若愚看清了那块布手帕的颜色，和姜诺的那些衣服一样，素淡到像是洗过很多次，都褪色了，还是舍不得扔。

这样节俭的人不可能为出门还高利贷喷香水。但那帕子就是香，和宴若愚那晚在车里闻到的味道一样，是那种有温度的暖香，闻着很舒服，可能连老天爷都觉得姜诺太苦，所以让他有体香。

宴若愚没姜诺这么紧张，不动声色地猛嗅帕子。没过多久他的手机振了振，他拿出来看，是裴小赵发来的信息，问他在哪儿，宴老爷子已经和村里的领导来城中村考察了。

宴若愚问："他们离 16 号街近不近？"

裴小赵发起位置共享，就在这边上。

宴若愚发送暴走表情"搞快点儿"，然后又发："来这儿找我，江湖救急。"

裴小赵发了几个问号。

宴若愚隔着手帕吸了一口气，回："没开玩笑，再不来我就要憋死了。"

宴若愚看到裴小赵疯狂移动，那一声声"老板"喊得是哭天抢地，一分钟不到就跑到了边上。他知道自己绝地反击的时刻终于要来了，不忍心把帕子弄脏了，用手肘处顶开头顶的垃圾仓门，掷地有声地喊道："给我打！"

只身前来的裴小赵一脸茫然。

全都艰难爬上门正在中间挂着的黑大个儿们同样一脸茫然。

姜诺慢慢从垃圾仓里站起来，为了缓解尴尬气氛，假装宴若愚的肩膀上有脏东西帮他拍一拍。

瑟瑟寒风里，脸上、身上一块黄一块黑的小弟捧腹大笑，声音和臭味随风飘散。宴若愚又要吐了，连忙用帕子再次捂住鼻子，刚爬上门的打手们纷纷下来，要将两个人活捉。

但还没等他们下来，裴小赵身后跟他们穿一样黑衣的人一个接一个渐渐聚拢，也都戴着墨镜，差别在于他们的墨镜是跟铁老三一块儿从网上团购来的，宴雪涛的保镖们的墨镜其实是监视器的伪装，连接蓝牙方便观察和联络。

“怎么回事？”这么中气十足的声音来自宴雪涛，村里的领导就陪在他边上，丈二和尚摸不着头脑。

铁老三终于姗姗来迟，跟镇长客客气气地说道：“都是误会，误会。”

铁老三是个人精，点头哈腰地冲宴若愚赔笑。宴若愚不吃这一套，掷地有声地说：“确实是误会，我歪打正着，给你们年终送‘业绩’，不信你们搜搜那些挂在门上的人，有惊喜。”

铁老三的笑再也挂不住了。垃圾仓有半个身子那么高，里外都脏，宴若愚不想碰，姜诺爬到盖子上后朝宴若愚伸出手，将宴若愚拉了上来。跳下垃圾仓后他才发现宴若愚的手腕早被自己拽红了，一时不知道先说“谢谢”还是“对不起”。宴若愚突然揽过他的肩膀，故意给束手就擒的小弟看。

“你之前不是问我是谁吗？”

他要在场所有人都牢牢记着，再也不敢找姜诺的麻烦。

“都睁大眼睛看清楚，我、是、他、哥。”

比二十岁的宴若愚还要大上三岁的姜诺：“啊？”

他以为宴若愚很快就会松手，但宴若愚搭在他肩膀上的那只手一直暗暗用劲将他带到了宴雪涛眼前。宴雪涛需要宴若愚解释到底发生了什么事。

“回去慢慢说。”宴若愚并不是敷衍，接着说，“我真的饿了。”

宴雪涛：“……”

第三章

我的新制作人

晏老爷子二话不说，在两个保镖和秘书的陪伴下往停车的方向走去。晏若愚跟在后面，稀奇地问裴小赵：“他的脸都这么臭了，怎么没讲大道理给我听？”

裴小赵欲言又止，扯了好几下嘴角才开口：“老爷子可能以为您精力旺盛，跑到垃圾仓里玩。他现在估计没心思教育您，更想自己静静。”

晏若愚：“……”

姜诺拢了拢头发，有些尴尬。晏若愚不打算放他走，半强迫地将他一同带上了车。

回虎山庄园后，晏若愚一头扎进浴室，要不是肚子一直咕噜咕噜叫，他能再洗半个小时。他穿上睡裤擦着头发出来后，餐桌上已经摆上了精致的吃食，是他惯吃的通心粉、牛肉和煮蔬菜。

晏若愚是左撇子，右手拿叉，再饿也吃得慢条斯理。晏雪涛就坐在他对面，眼睛从报纸那头抬起来，提醒道：“家里有外人，把衣服穿上。”

晏若愚不在意地说道：“他又不是女的，我还怕他把我看光了不成？”

他继续吃，并提醒宴雪涛："爷爷，您的报纸拿反了。"

宴雪涛咳了两声，把报纸转过来。

"小赵都跟我说了，你今天是见义勇为，不错，不错。"

宴若愚用餐刀切牛肉，正经地说："那个铁老三的放贷公司肯定有猫腻，猖狂得很。他们要是愿意挖，说不定能拔出好大一把保护伞。"

"我提醒他们留意了。"

宴若愚知道分寸，不再深聊。他嘴挑，吃了没几口就嫌腻，厨师给他上了一碗奶油南瓜汤，"卖相"特别漂亮，可他动了动鼻子就把碗推开，问："你放芹菜了？"

只滴了两滴芹菜汁提鲜的厨师顿时紧张了，看看宴老爷子又看向宴若愚，检讨道："是我疏忽，只知道您不吃豌豆、扁豆、黄豆、绿豆等各种豆，鲍鱼、鲇鱼等各种丑鱼，香菜、大蒜、味精……"

"行了，行了。"宴若愚连忙打断他的话。厨师说马上做新的，宴若愚摸了摸瓷碗温热的外壁，眼前突然晃过姜诺的出租房里的那些食材，说，"算了。"

宴若愚让厨师再给他烤几片面包，宴雪涛稀奇地把报纸放下，像看杂技表演似的目不转睛地盯着他蘸着南瓜汤吃面包。

宴若愚被看得后背发毛，问："怎么了？"

"你小子居然也会将就。"宴雪涛可不是在埋汰他，而是真的吃惊。宴若愚无言以对，继续吃东西。

裴小赵的声音越来越近，他和洗完澡的姜诺一同下楼。宴若愚没急着看过去，但宴雪涛的笑容很舒心，宴若愚迷惑地瞥过去，就一眼，目光便定住了。

姜诺换了衣服，灰棉圆领上衣和工装裤，全是宴若愚长个子后不合身压箱底的衣服。宴若愚从小对潮流走向就很敏锐，但在穿搭上不会过于刻意，平日里穿姜诺现在这一身衣服再趿双人字拖就出门了，随便得路人只会觉得他挺帅，不会联想到他是一个明星。

这一身衣服若是再给他穿，那就是街头篮球男孩儿，走在路上全程仰下巴，绝对叛逆；但给姜诺穿，就把人衬得内敛而白净。岭安方言里有个词叫“粉面淡翠”，意思是哪怕不施粉黛也白嫩，姜诺只要肯打扮，比宴若愚见过真人的那些明星状态都要好。

“我就说嘛，你穿老板以前的衣服肯定合身，你还不乐意。”裴小赵趁姜诺手足无措时，终于找到机会把他手里换下的衣服接过来，毫不商量地往花园外的洗衣房走去，转身的同时暗暗给宴若愚比了一个“OK”的手势。

宴若愚会意，招呼姜诺坐过来。姜诺的左边是宴若愚，右边是宴雪涛，他并没有紧张，但也谈不上淡定。

“介绍一下，”宴若愚手掌的方向对着姜诺，“我的新制作人，NoA。”

姜诺眨眼，再睁开，后背挺得更直了。

“NoA，”宴雪涛琢磨着这个名字，给了个下马威，“没听说过。”

“哎呀，您就别不懂装懂了，上次那个 Hugo 您就听说过了？”宴若愚是拆台小能手，不跟宴雪涛打太极，“他之后会跟着我做音乐，我准备明年夏天参加比赛。”

原来宴若愚都规划好了，只是通知他一声。

“嗯，挺好的，有计划就好，”宴雪涛点点头，又加了一句，“我就是希望你开心，若愚。”

“知道了，我开心，开心得不得了。”宴若愚没说几句话就不耐烦了，呼出的气有些颤，继续吃面包蘸南瓜汤。宴雪涛日理万机，宴若愚要是没突然从垃圾仓里钻出来，他现在正继续和村领导共议城中村的开发事宜。于是又老生常谈了几句，他便离开了。

他并没有把姜诺放在眼里，两个人也没有对话。

老爷子走了，姜诺才开口，规规矩矩地先来一句：“今天谢谢你了。”然后他否认：“我不是 NoA。”

宴若愚拿面包蘸南瓜汤的手没停，嘴里说道：“别装了，铁老三他们都告诉我了，给姜善混音编曲的人就是你。”

“我……”

宴若愚机敏地眨眼：“狡辩没意思，真的没意思，我过完年是二十一岁，不是一岁，这个年纪的人不好骗的。”

姜诺听了，原本放在桌上的手慢慢抽回来放在腿上。

“帮我做十二首歌。”

“我真的不想做歌。”

两个人几乎同时开口。宴若愚毫不气馁，心平气和地反问道：“是什么歌都不想做，还是只想给姜善做歌？”

姜诺抓了抓头皮，试图跟宴若愚说得实际一点儿：“我可以理解你的心情，你听了姜善的歌，觉得好，所以想找我来给你混音编曲，但是——”

他组织语言的能力其实并不差，只是句与句之间的停顿比较多，显然他是打着腹稿斟酌的，所以说得也慢：“你不是姜善，我也不是以前的我，我和他认识很多年，对他很了解，能帮对方抓住灵感，但我和你……”

他垂眸思忖，意识到自己概括不出来后笑了一下，觉得这两天很戏剧性：“我未必能做出你想要的效果。我是认真的，不想让你失望。”

“你又不是我，怎么知道我一定会失望？”宴若愚是“洗手怪”，吃完面包后又去餐厅后面的开放式厨房洗手，水流声大，他也抬高嗓音说，“我什么要求都没有，就做十二首，做完后我再给你一笔钱。”

姜诺不为所动：“这不是钱的问题。”

“这就是钱的问题，”宴若愚见软的不成就来硬的，“你现在欠我钱又欠我人情，我宴若愚不缺钱也不缺人情，只要你在歌曲全部做好前随叫随到就行。”

姜诺无言以对，自己确实没有任何理由不答应。

“还有，你放心，房子也能帮你要回来。”宴若愚的重音在“帮”上。

听着宴若愚开出的诱人条件，姜诺还是保持沉默。

“喂，你饿不饿？西餐吃得惯吗？”宴若愚终于洗完了手，坐回原来的位子，总算想起来还没客套，问姜诺饿不饿。姜诺没给他回应，假装自己不存在似的低着头。

宴若愚乐了，从来都是他给别人摆脸色，没想到风水轮流转，他也有哄人的一天。

他“啪”的一声拍了下桌，脸上的笑意也收了收，故作耐心渐失，说道：“我们这是合作关系，双赢，况且——”

他稍稍前倾，手掌还压在桌上，继续说：“你有没有想过，一年前唱完 *Bounce*，姜善为什么特意提到你？如果他还活着，看到你跟音乐唯一的联系就是去夜店打碟，他又会怎么想？”

“你在姜善眼里才华横溢、热爱说唱，”宴若愚摇摇头，表示自己目前还没看出来，“如果你喝完十杯洋酒混啤酒值两万元，你给我做十二首歌，你觉得自己的付出值多少钱？”

姜诺看着他，还真有点儿听到心里去了。

“不急着做决定，你也好好想想，不只是为了自己。”宴若愚留姜诺一个人在餐厅里考虑。

姜诺垂眸，手重新放上桌面，往宴若愚拍过的地方伸去。

那里有一只蓝牙耳机，加上自己兜里的那一只，是姜善除了手稿外留给他的唯一的东西。

姜诺盯着手机屏幕上显示的账户余额，刷新好几次后抬起头，对着宴若愚憋出三个字：“太多了。”

“多吗？”宴若愚不以为意，嘴角一勾，痞痞地笑。姜诺答应给他做歌后，他当晚就把人带到了沪溪山庄。16 号街的出租房是不能回去了，他就把姜诺安置在这儿，一百五十平方米的商品房除了工作室和乐器房，还有一个房间空着，刚好可以给姜诺住，也方便“随叫随到”。

姜诺还是第一次看到这么多专业的硬件设备。硬件要钱，而他和姜善没钱，没办法这么奢侈，玩了那么多年说唱还是只有一个声卡和一台电脑，混音、编曲全用软件。宴若愚这儿从键盘到合成器一应俱全，全是他以前在二手市场上各种打听又舍不得买的，隔壁乐器房更是个大宝库，连钢琴都有。

宴若愚就给他几天时间熟悉这些设备，把钥匙交给他之前特意强调，自己没什么别的要求，也不关心他的私生活，但有一点，他不能带任何人来这儿，哥们儿不行，女朋友也不行。

姜诺哭笑不得，让宴若愚放一百个心，他在这边没什么朋友，平时联系最多的人就是宴若愚嘴里的那个“拖油瓶弟弟”。

离开之前，宴若愚留给他两首自己写的歌词，希望下次来能听到合适的伴奏，并又给他转了一笔钱。他觉得太多了，宴若愚却说：“给少了你肯定又跑。”

姜诺三根手指头都并拢起来准备要发誓了，宴若愚摆摆手，说自己这头羊很肥，随便薅，然后正色问：“你叔叔没事吧？”

姜诺愣了愣，尚不知道自己的经历背景早被宴雪涛查过。虽然干过不体面的工作，但他没有浪费过一分钱，不是拿来还债，就是补贴对他有恩的叔叔阿姨。他离开16号街不是逃跑，而是姜庆云在去卖麻辣烫的路上不小心摔了腿，住进了医院。他那两天一直在医院，宴若愚给他的钱也基本都花在医疗费上。

“钱你先拿着，总要用到的。”宴若愚自我调侃，“我只有钱，你问我要别的东西我也没有。”

宴若愚再回到沪溪山庄是在三天后。他没在客厅看到姜诺，工作室也是空的，倒是推开乐器房的门后发现姜诺坐在地上玩吉他，弹出来的曲子很有爵士乐的调调。“出息”就趴在姜诺的腿边，像是听了很久，闭着眼睡了过去，耳朵耷拉着，连有人开门都没听到。

阿拉斯加犬在这个年纪长势喜人，一天一个样。姜诺想给宴若愚看看“出息”又长大了多少，但宴若愚面色冷淡，兴致不高，看了他和狗一眼就离开了。等他跟着宴若愚来到光线充足的客厅里，才注意到宴若愚眼底明显的疲惫之色。

“下午好啊。”裴小赵也跟着来了，乐呵呵地同姜诺打招呼，和宴若愚形成鲜明的对比。宴若愚没理他，径直进了工作室。裴小赵把姜诺拉住，小声地跟他说：“老板今天心情不太好。”

姜诺想说自己也看出来了。

“连着两晚都不睡觉去酒吧，早上四五点才回家，今天他就眯了两个小时，然后就说要来你这儿，你……你待会儿小心点儿，他要是故意找碴儿，很正常。”裴小赵是见识过自家老板脾气恶劣起来有多不讲道理的，先给姜诺打个预防针。

“行，知道了。”姜诺会意，也走进工作室。

工作室由两个房间打通，空间和客厅差不多大，绝对隔音的录音室靠内，和控制室之间隔着一堵镶嵌大玻璃的墙。姜诺原本以为他们会从歌曲概念开始聊起，可一进屋，宴若愚就直接进了录音室。

姜诺打开控制台的对讲话筒，宴若愚敲了敲麦克风，让他把那个也打开。

姜诺吃不准他的意图，不由得问：“你想让我直接放伴奏，给你录一段即兴说唱？”

“放 Hugo 的那个伴奏，”宴若愚说，“我想再录一次 *Coral*。”

Coral 这首歌发行快三个月了，上传第一天就登上音乐平台的榜首，粉丝奔走相告“奶奶，你粉的歌手终于发歌了，还是一首说唱”，路人再怎么看不惯宴若愚的性格和作风，也不得不承认这首歌本身很优秀。

但宴若愚依旧不满意。

事实上，他对自己所有的歌都不满意，恨不得全部下架压箱底。姜诺想劝他别太吹毛求疵，但回想一下宴大少爷洗手的偏执劲儿，觉得他确实是一个完美主义者。

姜诺坐在控制台前放伴奏，宴若愚戴上耳机，全英文的歌词不用看稿就能背出来。他出道以来总共发了八首歌，录过的不止这个数，但不管发没发，全都是英文的，虽然他喝了一晚上酒没休息好，一开口还是跟机关枪似的顺畅流利。

Coral 这首歌的结构非常传统，主歌部分共三段，用副歌部分连接。宴若愚唱完第一段主歌部分后就叫停，从录音室出来和姜诺一起重新听。姜诺觉得非常好，如果现场能有这种状态肯定会被夸“吃了整张 CD”，但宴若愚从第二句开始就摇头，说自己慢拍了。

姜诺也听出来了，除了几句慢拍，还有些吐字上的瑕疵。宴若愚很自觉地又录了一遍，第二遍不吞字了，但他还是听出自己慢拍了。

他似乎和节拍杠上了，声音和伴奏明明已经很契合了，可他就是觉得节拍有很细微的问题。第一段主歌部分录了不下十遍后，姜诺跟他商量："要不你就当自己在唱 lay back。唱的节奏如果比音乐节拍稍微慢一点儿，听着其实更舒服。"

宴若愚不为所动："这一遍我唱快了。"

姜诺强行造词组："那你就是在唱 lay before，听着也舒服。"

宴若愚："……"

宴若愚抱着手臂踱了两步，周遭的气氛仿佛比之前还凝重，像一个鼓鼓的气球，等着一根针来扎爆。

长痛不如短痛，早爆早超生，姜诺摆正自己制作人的身份，问宴若愚要不要听听他这两天做的一首录音小样。

宴若愚丝毫没有之前寻找 NoA 时的迫切和激动，平淡地说："行吧。"

他随意的样子让姜诺莫名有些失落，点了播放后更忐忑，就怕他不喜欢。录音小样一共一分钟，宴若愚的眉心全程没展开，听完后眼睛眯了眯，不是特别满意地评价："鼓点是不是太快了？听着很着急。"

姜诺解释："英式说唱这种音乐风格的鼓点就是要这么快，一分钟能有 120BPM 以上。而 trap 的频率只有它的二分之一，鼓点速度越慢，大家越会跟着摇，所以 trap 火到现在。"

宴若愚深知 trap 有多魔性抓耳，赞同地点了点头。当年 *Pick,Pick* 的主题曲就用了 trap 类型的伴奏，他唱高音部分，说唱部分则是汤燕关唱。主题曲的歌词简单到丧心病狂，但伴奏和人声叠加后很迷幻，异常洗脑。那首歌也传遍了大街小巷，不管是跳舞的广场还是蹦迪的夜店里都适合放，男女老少都会哼两句，在去年的神曲榜上如果排第二，没人敢说自己是第一。

可见 trap 在国内确实火，连比赛节目里的歌都会用到 trap 的鼓点特色。如今越来越多的人都去唱 trap，连一些老牌的说唱歌手都会在旧式嘻哈风格的专辑里加一两首 trap 吸引年轻人。

"是呀，大家现在都去唱 trap，几乎没有人尝试英式说唱了。"姜诺补充，“中国人。”

英式说唱是英国本土的音乐风格，并不能和嘻哈文化画上等号。

宴若愚在欧洲生活的时间其实更长，姜诺听他之前的歌，里面的英语标准流利，但并没有百分之百复刻美籍黑人的节奏和街头感，而是有自己的声音和发音处理上的特色。

于是姜诺就想到英式说唱，把鼓点的频率翻了一倍，觉得这种类型的伴奏可能会适合宴若愚。

可是宴若愚的心思还是放在以前的歌上，他并不想和姜诺继续交流其他的音乐风格，说：“我们再录一遍 *Coral*。”

姜诺挠了挠头发，差点儿要被宴若愚的固执打败，但宴若愚重新进录音室后他没放伴奏。宴若愚不耐烦地又出来，姜诺坚持说道：“你发到网上的那首 *Coral* 已经 99.9 分了，你没必要执着于那 0.1 分。”

宴若愚没被说动：“我乐意。”

“你应该往前看。”

宴若愚的脾气是真的上来了，他反问姜诺：“你管我？”

宴若愚等着他也冲自己亮嗓门，然后两个人吵一架。但姜诺居然没生气，只是看着他，眼里竟然流露出些许心疼之色，问道：“如果我陪你一直录，你心里面是不是会舒服点儿？”

宴若愚堵在心里头蠢蠢欲动的那股气顿时泄了大半。

他不想被姜诺发现自己的变化，气冲冲地离开了工作室，走进乐器房将门重重关上。姜诺在工作室里坐了好一会儿，才叹着气出门。

裴小赵正坐在沙发上逗“出息”，它抬起爪子和他握一次手，他就奖励它一颗狗粮。姜诺正郁闷呢，看着他们一人一狗手拉手，还是笑了：“别给它喂太多，胖了就瘦不下来了。”

裴小赵刚好把手里的狗粮喂完，两只手握拳朝下，想逗逗“出息”让它猜哪只手里有吃的东西，“出息”精明着呢，没上当，跳下沙发就往姜诺那边跑。姜诺将它抱在怀里，然后坐到裴小赵旁边的单人沙发上，裴小赵一见对方那低落的样子就猜得八九不离十：“你们闹不愉快了？”

姜诺心不在焉地给“出息”按摩脑袋和脖子，问裴小赵：“他是不是不满意我？”

“哎哟，你可别这么说。”裴小赵切换成戏精模式，一脸惶恐的表情，“他要是连你都不满意，我可就得卷铺盖走人，年终奖泡汤了。”

姜诺不解，裴小赵却见怪不怪。

他对姜诺说：“我的老板去年就想找你合作了，也就是说，他断断续续地给你写了一年的信，全发到了那个工作邮箱里，现在终于把人找到了，恨不得天天在你眼前孔雀开屏。”

裴小赵浮夸地叹了一口气，仿佛看透了一切，继续说道：“可惜啊，他性子拧巴脾气又急，巴不得跟你能有伯牙子期那种高山流水般的默契，不好意思明说，就铆足劲儿闹别扭，偏要和你对着干。”

姜诺笑了，问：“他几岁啊？”

“现在是十二月底，过完元旦他就虚岁二十一岁了。”裴小赵答。

姜诺点点头说道：“那就不是小孩子了，怎么还要脾气？”

“他这叫小孩儿脾气，”裴小赵更为精准地总结道，“男孩子嘛，本来就晚熟，父母去世后宴老爷子就剩他一个孙子，独苗，恨不得把他宠上天。再说了，他家境这么好，脾气再差也是他甩别人脸色，我要是这么会投胎，也乐意一辈子都当小孩子。不过我们老板本性不坏，很多时候脾气差也不是真的不开心，就是想和你闹一闹引起注意，让你哄哄他。”

裴小赵毕竟是从宴若愚的兜里拿工资，肯定要多说好话：“你别看他在国外的时候总有绯闻传出，我跟你实话实说，那些其实都是娱乐记者为了夺人眼球瞎写的。他谈过的女朋友只有一个华裔女设计师。那设计师比我的老板大十岁，这姐弟恋爆出来肯定是头条，但我的老板就是能把人保护得好好的，一点儿风声都没有。但女设计师是事业女强人，两个人聚少离多，老板不会告诉她自己想她，而是去朋友的派对上玩一夜气她，这样的事闹多了两个人又不说透，自然就分了。

“再比如我，我刚给他做助理的头一个月，他对我说的话不超过一百句。到了第二个月，好了，他会各种鸡蛋里挑骨头，铆足劲儿地要把我气走。但我是一个卑微的打工人，能辞职吗？我只能胆战心惊地熬。而等我真的熬过去了，他也知道我是真的在乎他这个人，就老爱给我加工资，偶尔还是会闹些小脾气，但肯定不希望我辞职。”

裴小赵觉得拿自己和老板的前任女友做比较简直是往自己脸上贴金，但意思就是这个意思，跟宴若愚相处就像与一条恶龙同穴，很多人被恶龙喷出的火吓跑，只有留下的人能吃到“龙式烧烤”，获得多到搬不动的黄金。

裴小赵都这么深入浅出地给姜诺分析了，姜诺多少能理解宴若愚的拧巴劲儿了，也恍然大悟宴若愚为什么给他这么多钱。原来宴若愚从一开始就对自己的品行和脾气有自知之明，希望他看在钱的分儿上再忍忍。

姜诺感叹：“还真是一个没长大的小孩儿。”

“是呀。”裴小赵附和，心里想着总算有人能跟他一起吐槽宴若愚了。

姜诺却说：“父母去世对他的打击肯定很大。”

所以他才用这种方式封闭自己不让别人靠近，逃避长大。

“你刚才说他给我发过邮件？”姜诺问。

裴小赵继续说：“他之前收到过你的回信，你说你只给‘不真诚祷告者’写歌，可把他委屈坏了，狗都不想要了。对！就是我们遇到你在夜店打碟的那个晚上。”

姜诺眨眨眼，终于了然。他那天把手机落在姜智那儿了，手机的锁屏密码很简单，就是他的生日，姜智破解后要是好奇心重登录邮箱帮他回复，也不是不可能。

姜诺觉得有必要和宴若愚解释一下，可一想到他对姜智那种莫名其妙的敌意，敲开门后一时不知道该如何开口。

姜诺以为宴若愚在房间里捣鼓乐器，但推开门，就见宴大少爷整个人陷进懒人沙发里刷手机，眼皮子一抬，见来的人是他，没什么精气神地问：“什么事？”

姜诺："那张沙发'出息'趴过。"

宴若愚瞬间就跟打了鸡血似的弹跳起身，使劲拍自己的后背和屁股，好像他躺的不是沙发，而是一堆狗毛。姜诺进屋，绕着他转了一圈后说已经干净了。宴若愚神经兮兮的，总觉得有毛掉进衣服里，撑开衣领低头往里面看，没看见有狗毛。倒是姜诺时不时会抱抱"出息"，衣服上总会粘几根狗毛。

宴若愚本能地稍稍后退，抿了抿嘴唇，还是没把警告姜诺别靠近的话说出来。

姜诺提议："你要不先休息休息，放松一下？"

宴若愚知道姜诺是希望他去睡一觉，于是扬了扬手机："我刚刚就是在放松呀。"

姜诺余光瞄到他在看视频，问："看片？"

"是呀，动作片，手法老到，毫不拖泥带水，最重要的是不见血。"

姜诺寻思着总不能是什么不能看的影片，便站到宴若愚边上。听他的描述，姜诺还以为是什么经典打斗场面合集，真一起看了才发现他是在说拍摄者挤黑头的技术精湛，下针不磨叽，挑开皮肤后只挤出脏东西而不流血，清理后毛孔里干干净净的。

姜诺惊呆了，觉得自己要重新认识宴若愚，一个吹毛求疵的洁癖加强迫症患者，居然会喜欢挤黑头这种重口味视频。

他不由得确认："你经常看？"

"这取决于裴小赵，他先看，筛选出好的资源再发给我，"宴若愚的表情挺一言难尽的，但他还是莫名其妙地被吸引，"你不觉得挺减压吗？一个萝卜一个坑。"

"你会给自己挤吗？"姜诺问。

"那我也得有呀。"宴若愚揉揉鼻子，看向姜诺，一双眼亮晶晶的，好像一旦发现有什么黑头、粉刺，他势必要学以致用。

可惜姜诺的脸和他一样清爽干净，连毛孔都找不到，没劲。

"你还是想挤的，对吧？"姜诺给他支招儿，"要不要试试火龙果和草莓？你可以挑籽。"

“那感觉和皮肤完全不一样。”宴若愚露出“你以为我没试过？”的表情，关了手机屏幕，情绪好像真的平和了点儿。他认真地说道：“那首英式说唱的伴奏我还想再听一听。”

姜诺和宴若愚又回到工作室里。宴若愚这次比刚来的时候配合，还写了几句词，但并不满意。不过第一首歌的大方向终于定下了，伴奏的特点在鼓点高频率，他继续用英文写歌。

那天之后，宴若愚又连着好几日没来，颇有三天打鱼两天晒网的架势，搞得姜诺也吃不准他到底是不是在玩票。

姜诺拿钱办事，不管宴若愚是什么态度，他必须把自己分内的事做好。宴若愚给的钱很多，足够他给姜庆云请专业的护工。林萍阿姨不用再医院、家里两头跑了，给他打电话道谢，还问他什么时候回去一趟，不然姜智老念叨。

姜诺每次都说等等，挂完电话继续做伴奏，给那段英式说唱找合适的采样，丰富曲子的音响效果，只有遛狗的时候才会出门。这天“出息”该洗澡了，他把狗带到了小区附近的宠物店。别看它平日里又乖又聪明，一听到水声，还没淋到身上，就开始惨兮兮地叫，换了一个男店员才把它抱住。

胳膊拧不过大腿，“出息”还是被花洒淋透，一脸生无可恋的表情。那店员一边洗一边和姜诺聊天，问一些狗的基本信息。店员又说“出息”现在小，还算听话，等到八九个月大体形稳定了，它再抗拒洗澡，可就拿它没办法了。

店员健谈，渐渐地从狗聊到日常生活。姜诺不是社交型选手，有一句没一句地回应，店员也就识趣地不再多问。等待的过程里，姜诺翻开自己的电子邮箱，按照倒序找那些宴若愚给他发的邮件。

裴小赵说夸张了，宴若愚并没有给姜诺发很多信，从一开始商业口吻的合作信到后来偶尔把他当成树洞，也就二十几封。最长的那封滔滔不绝，讲了很多宴若愚对嘻哈文化的理解。他认为说唱是所有音乐类型中最适合宣泄情绪，也是最容易表达自己的，这种直白真诚的方式是他想要尝试说唱的最大原因。

然而在最近也是最短的那一封信里，宴若愚问他：“NoA，我什么时候才能成为一名真正的歌手？”

姜诺牵着洗完澡吹干毛的“出息”散步，耳畔隐隐像是能听见宴若愚在喃喃。金字塔尖的家境和优越的自身条件并没能让他逃避某种危机感，他迫切又茫然，想知道自己为什么唱，又应该唱什么。

他在别人眼里冷漠疏离，却会为姜诺涉险，忍不住耍脾气。

这竟让姜诺生出私心，觉得宴若愚找不到答案才好，就这样永远当个长不大的彼得·潘吧，永远纯良，永远快乐。

他正神游，突然牵不动绳子，回头一看，“出息”蹲坐在一筐刚出壳没几天的小鸭子前，吐着舌头，异常兴奋。

姜诺连忙把“出息”拽过来，跟卖雏鸭的老爷爷道歉。老爷爷笑了笑，指了指旁边几个关成鸭的笼子，问他要不要买，价格比前面超市里的便宜。

姜诺挺心动的，但买活鸭回去还要自己宰杀放血，这些鸭子个个十来斤重，万一没处理好，就是一地鸭毛加狗毛。老爷爷看出他的担忧，把三轮车上的脱毛机子搬下来，说只要他买，就免费帮他处理。

老爷爷年纪大了，但服务到位，鸭子在脱毛机子里被褪掉大羽毛后还有不少小绒毛，他就戴上老花眼镜，准备帮姜诺一根根拔干净。姜诺一见那些生长在楔形毛孔里的短硬绒毛是黑色的，突然心生一计，让老爷爷别拔，他回家自己处理。

“出息”一看能拎着鸭子回家了，终于抬起久蹲的屁股，屁颠屁颠地跟着姜诺回去，原本以为会分得一杯羹解解馋，结果姜诺把鸭子往冰箱里一放，并没有拿它做菜。

“出息”竹篮打水一场空，心情正沮丧呢，宴若愚来了。它早就不认宴若愚是自己的主人了，不摇尾巴也不叫唤，特别有骨气地钻进姜诺的房间里，下定决心在宴若愚离开前都不出来。

但“出息”很快就觉得“真香”了——空气里的鸭肉味真香呀，

纯天然、原生态，是只有放养在村子里的土鸭才有的绿色健康气息。估计它知道姜诺要是把鸭子全都用来做菜，它就只能饱眼福，便没出息地跑了出来。餐厅里，它心心念念的鸭子摆在桌上，宴若愚和姜诺面对面坐着。

“你干吗？”宴若愚不知道姜诺为什么给自己端来一只生鸭子。鸭子被洗过好几遍，没有异味，但总让人觉得怪怪的。

姜诺将鸭子往宴若愚那边推，提示道：“你看它毛孔里的东西像什么？”

宴若愚皱起眉，露出有些嫌弃的表情。他只吃过处理得干干净净的鸭子，这样还有小绒毛的是第一次见，乍一看有点儿恶心。

可经姜诺这么一提，他也觉得有点儿眼熟，再加上这只鸭的毛色发黑，像极了某些在空气中氧化的……

“你不是觉得挤黑头的视频看着减压，自己也想试试吗？”姜诺给他递上一次性手套和镊子，怂恿道，“你看，这么多够你拔吗？”

宴若愚在那只毛孔里塞着黑绒毛的鸭子面前失去了灵魂，呆呆地问道：“你在逗我？”

“你不觉得这些毛的颜色很像黑头吗？而且这些毛硬，不容易被拔断，基本上不会出现黑头挤一半留一半的情况，看着很不爽。当然了，拔毛肯定会有阻力，在手感上比剔草莓和火龙果的籽更真实，拔出来后，鸭子的毛孔会变成小坑，里面干干净净的。”

姜诺的讲解为宴若愚和鸭都注入了新的灵魂。

宴若愚还是觉得这太扯淡了，自己这样的人怎么能拔鸭毛呢？就算他不要面子，人设总得保住吧？他放不下面子，镊子握在手上无从下手。姜诺体恤他，先做示范，直接用镊子夹住绒毛裸露在外面的那一毫米长的一小部分，缓缓地提起，中途松开好几次调整镊子尖端夹绒毛的位置，最后拔出一整根绒毛展示给他看：“你真的不试试吗？”

宴若愚看着那根被镊子夹住的黑毛，再低头看看那根毛留下的坑，下巴都要惊掉了。还别说，拔鸭毛的过程和视觉效果跟挤黑头是真的像，姜诺自己都觉得有意思，继续用镊子拔，兴致勃勃，成功地把刚才还一脸嫌弃的宴若愚带动。他戴上一次性手套开始拔另一侧的毛。

机械又重复的动作很容易让人沉浸，没过多久，宴若愚就进入和姜诺一样的境界，全身心投入拔鸭毛的“事业”。宴若愚爱看挤黑头的视频减压。鸭子的绒毛量大且分布规则，他拔上手了，不管是体验还是观感居然都比看别人挤黑头爽。

理智告诉宴若愚，自己现在所做的事情拍张照足以发到网上给“迷惑行为大赏”投稿，但他就是停不下来。原本想着姜诺什么时候拔累了他也跟着停下，但姜诺兢兢业业地陪他一直拔。等他把自己那一侧的绒毛都拔光，姜诺这边也处理得差不多了，他一看时间，他们足足弄了两个小时，把原本有黑毛堵在毛孔里的鸭子打造成了无毛可拔鸭。

姜诺放下镊子，捶了捶因长时间维持一个姿势而有些酸胀的后背，将光洁的鸭子端到厨房里。等他们拔毛等到睡着的“出息”被饿醒了，一吸口水跟着姜诺，绕在他的腿边，他给它在狗粮里拌了些新鲜的碎鱼肉，才让它暂时打消了对鸭子的执念。

“你吃饭了吗？”姜诺准备剁鸭子了，转念又问，“你吃粉吗？”

“吃。”宴若愚犹豫了好几秒才回答。他对中餐没什么要求，因为饮食习惯西化，家里的厨师单独给他做饭首选西餐，粉是地道的中国主食，他都想不起自己上一次吃是什么时候了。

但这鸭子的毛是自己辛辛苦苦拔的，他当然要尝尝劳动的果实。

而当他亲手拔过鸭毛再看那些挤黑头的视频，就觉得没意思了，放下手机晃晃悠悠地进了工作室，听姜诺做的那首英式说唱风格的伴奏。

和上次的录音小样相比，现在的这个伴奏更成熟，每分钟鼓点依旧在一百次以上，但姜诺听取了宴若愚之前的建议稍稍放慢。除此之外，姜诺还加了一些爵士乐的采样，伴奏里的鼓点紧凑激烈，旋律散漫舒缓，一张一弛控制得非常精准，拿出去给内行人听，绝对会被称赞高品质。

宴若愚循环播放，听的同时开始写词，不知不觉就写到姜诺来叫他吃饭。

姜诺做了鸭肉粉，说不上特别好吃，但很家常。他端出两碗，然后拿出一罐辣椒酱，眼睛眨都不眨地夹出一筷子辣椒酱。

那辣味扑鼻又刺激，宴若愚傻眼了，看着姜诺将他能吃半年的量搅拌进米粉里，匪夷所思地问："你这么能吃辣？"

"我是平芗人，没辣椒，东西吃到嘴里就没味。"姜诺又搅了两筷子粉后就开始吃，吃米粉的速度比宴若愚快多了，丝毫没发出被辣到的"嗞"声，显然是对这个辣度习以为常了。

宴若愚惊呆了，迅速用手机查找平芗是何方宝地。网上说平芗人吃辣称第二没有人敢说自己是第一，他不自觉地咽了下口水。

他也有些困惑地问："你们老家有人不吃辣吗？"

姜诺毫不犹豫地摇头，说没有。

宴若愚较真儿："万一呢？万一以后你的小孩儿跟你说他不爱吃辣，你难道逼他吃？"

"不需要逼呀。"姜诺不紧不慢地说道，"平芗人的小孩儿，从娘胎里就开始吃辣。"

宴若愚闭上嘴巴，异常珍惜地吃起这碗没加辣的鸭肉粉。

"出息"刚吃完一碗狗粮，但还是嘴馋，蹲在桌子底下冲姜诺摇尾巴，眼巴巴地等着他给自己投喂骨头。姜诺怕宴若愚发现了又说它不干不净，就偷偷给它骨头吃。鸭骨头都要喂完了，宴若愚居然罕见地没再说一句话。

姜诺听惯了宴若愚咋咋呼呼，突然这么安静还挺尴尬，于是强行找话题："裴小赵怎么没跟着来？"

"他都不知道我来你这儿，嗯……我其实就是路过，歌词都没写好呢，今天没打算来录歌，就是上来看看。"

姜诺"噢"了一声，继续绞尽脑汁地找话题。好在宴若愚给面子主动开金口，问："你什么时候买的鸭子？"

"就今天下午呀，"姜诺笑了一下，"你来得还真是时候。"

"那我今天要是不来呢？"

姜诺不觉得这是个问题："我就把鸭子放冰箱里冻着。"

"那我要是明天也不来呢？"宴若愚钻牛角尖，"一个星期不来、一个月都不来，以后都不来呢？"

"那我就……一直把鸭子冻着。"姜诺听出了别的意思，"你不需要我帮你做歌了？"

"怎么可能？一首歌都没出来你就想跑，哪儿有这么好的事。"那个姜诺熟悉的宴若愚终于上线了，"我就是想问问你到底是怎么想的。"

"什么？"姜诺不明白。

"专门买一只鸭子来给我拔毛。"

"也算不上专门吧，"姜诺有些无辜地说，"拔完还要吃的。"

"啊，你是想问我怎么会知道鸭绒毛和黑头长得像对不对？"姜诺尝试去理解宴若愚的想法，解释道，"我老家在山区，没有岭安城这种大型超市，只有菜市场和小卖部，鸡、鸭、鱼肉没有现成的，都是买来后回家杀，我会帮着拔毛，自然而然就发现了。"

"我问的不是这个。"宴若愚皱着眉，说了好几个"就是"，"就是"后面到底是什么死活憋不出来。二十年来他收到过的惊喜礼物多到让他麻木，可是只有姜诺如此直白地投其所好，因为他爱看挤黑头的视频减压，就给他买了只鸭。

所以二十岁的宴若愚执着地问："你到底是怎么想的呀？"

"我……"姜诺被问住了，在宴若愚炯炯的目光里无言以对，如同在考场上做阅读理解的原作者，因为没有正确答案，所以答不出"笔者写这篇文章有什么目的"一题。

"是这样的，我以前听别人说过一句话：与其把时间和精力花在追问'为什么'上，不如想想自己接下来能做些什么事。"

宴若愚一猜一个准："听姜善说的？"

姜诺又无辜地眨了眨眼，问："你怎么知道？"

"除了他还能有谁？"宴若愚笑着说，"他连唱那首炫技的*Bounce*都不忘加些讲道理的歌词，要是还活着，肯定是良心说唱的领军人。不过我可不爱听，无聊。"

“那我跟你说些关于他的其他事。”姜诺继续说道。

姜诺的母亲在他三岁的时候去世，他在老家无依无靠，吃了几年百家饭后才被父亲勉为其难地带到岭安城。

那时候，他不爱上学，父亲自顾不暇，从未关心过他为何逃课，只有大他五岁的姜善会在接到老师的电话后来找他。

“有一回我午休结束后没回学校，而是去了工地，姜善想把我劝回学校，我不愿意，说砌墙比读书有意思。我看他们砌墙能津津有味地看一下午，但看半小时课本就发困。姜善就说‘那行，你看吧’，然后一言不发地陪着我。”

姜诺莞尔一笑，说自己到现在都记得，那天的天气很好，风吹在脸上很舒服，他们坐在树下看别人干体力活儿，里面很有可能就有他们的同乡。

他原本信誓旦旦地说砌墙有意思，可没过半个小时就想睡觉，还不如读书写字的时候注意力集中。他这才意识到，书本里的知识更有意思，读书未必是他唯一的出路，但砌墙肯定不是他想要的生活。

宴若愚听完，若有所思地点了点头，说道：“你觉得在我眼里，拔鸭毛比做歌有意思，我拔鸭毛能拔两小时，录歌我分分钟不耐烦。”

姜诺沉默，非常平静地同宴若愚对视。宴若愚没几秒钟就坐不住了，不再像之前那么抬杠，而是说道：“你倒是说话呀。”

“我刚和姜善认识的时候和你很像，就爱没事找事地气他。他会一声不响地看着我，我也像你刚才那样，希望他快点儿说话。”

宴若愚不想承认自己被看穿，支支吾吾地说：“我……我才没有。”

“所以我信任他。”姜诺说，“我都这么不思进取了，他还不放弃、不离开我，我才会毫无保留地信任他。”

姜诺平静不闪烁的双眸让宴若愚相信他说的是真话。

姜诺说：“我说这些不是要你也这么信任我，而是有时候，我们也得听取别人的建议。于我而言，我为什么给你买鸭其实不重要，重要的是拔完鸭毛后我眼里的你有什么变化。你是沉得下心的人，不然不会拔那么长时间的鸭毛。你总觉得以前的歌需要重录，是因为你在进步，对音乐的审美和自我要求都有所提高，这是好事。你不需要纠结为什么以前的歌不好，而是要换个思路——我接下来该如何变得更好。过去的瑕疵是过去的，无法也不需要弥补，我们不应该后悔懊恼，而应该向前。”

宴若愚故作满不在乎地用手蹭了蹭鼻子：“我能确定你就是 NoA 了，你说话全是姜善良心说唱那种感觉。”

姜诺露齿一笑，眉眼开始变得很真实，饶是宴若愚，也觉得他这样笑特别好看。

“那首伴奏的鼓点我是按你给我的两首歌词定的，你要是愿意，可以套进去试试，说不定比你重新写更合适。”

“是吗？我怀疑你是在忽悠我赶紧做歌，做完一首是一首，然后卷钱跑人。”宴若愚也笑，吊儿郎当地扬起嘴角，不再故意找碴儿和姜诺斗嘴，而是纯粹地开开玩笑。姜诺把“出息”抱起来，给宴若愚看它的身形，说，如果跑路，他一定会记得把狗带上。

“那我先进去等你，你吃完了把碗放桌上就行，我回头收拾。”姜诺把“出息”放下，先进了工作室。看着人进屋了，宴若愚端着还有大半鸭肉的碗蹲到“出息”的狗碗旁。“出息”再怎么有出息，闻到鸭肉味，还是没出息地冲他摇起了尾巴。

“想吃？”宴若愚明知故问。“出息”吐了吐舌头，奶声奶气地叫唤。

“那他刚才说的话你不许当真，他哪天要是背着我有跑路的打算，你就好好藏起来。他找不到你，就不舍得跑了。”

宴若愚夹起鸭肉问“出息”：“成交吗？”

“出息”的口水控制不住地往下流，它汪汪直叫，宴若愚那叫一个满意，把所有的鸭肉都倒在了它的碗里。

宴若愚最终决定把 *Amsterdam*（阿姆斯特丹）的歌词用在那首英式说唱上。

他转学离开苏黎世那年正好十五岁，之前的十年都是在欧洲度过的。对那个年纪的男孩儿来说，苏黎世的风光再优美宁静，也比不上阿姆斯特丹的灯红酒绿。

他在歌词里写自己如何纸醉金迷，给剧院的女主演送花，把自己的联系电话藏进贺卡，撒钱让别人帮他花，爬上豪华游艇品香槟。

总而言之，这首歌的调调就是“我在阿姆斯特丹坏事做尽，那些看我不爽的人可以在这座城市find me（找到我）”。

宴若愚的歌词稿里并没有出现重复的段落，姜诺就没特意设计副歌的桥段，少了两段，共八个八拍，整首伴奏只有不到三分钟。

刚开始录的时候，宴若愚全程都在说唱，但多录几遍后，他会在“find me in Amsterdam（在阿姆斯特丹寻找我）”这儿不由自主地唱起来，唱完之后哼“yeah”，让前面那么多发狠的话听起来没那么有攻击性。

两个人都认为这个灵光乍现的处理是点睛之笔，保留唱的版本，一鼓作气地熬到凌晨两点把音轨全部混好。宴若愚听了一遍成曲，觉得特别不真实，怎么这么快就算做好一首了？姜诺说这很正常，姜善对自己要求也很高，他给姜善做歌的时候，有些曲子和歌词磨合一两个月都还有可以改进的地方，但要是双方灵感都到位了，从一无所有到做出成品也就是一夜之间的事。

大功告成，宴若愚和姜诺一起去阳台抽烟。

宴若愚点上烟吸了一口后，姜诺还没摸到自己的打火机。宴若愚便歪了歪头，又吸了一口，让烟头部分的烟丝烧得更红，姜诺叼住自己的烟凑过去，两个人的烟头相碰，点燃了姜诺的那支烟。

然后他们分开少许距离，自顾自地抽烟，整个过程没有任何言语和眼神交流，有种心照不宣的感觉。

过了一两分钟后先开口的是姜诺。他趁热打铁，问宴若愚对下一首歌有什么计划。宴若愚对主题倒不怎么关心，但迫切地想要用中文写歌，不然他出道到现在没一首母语歌，太憋屈了。

姜诺说行。他不矮，但人太瘦，体脂低，冷热一交替就容易被冻出鼻涕，所以随身携带手帕擦拭，清洗后可以重复使用，省下不少卫生纸钱。

宴若愚看着姜诺用手帕在鼻子下面擦了擦，然后放回口袋。这一系列操作摆明了那天在垃圾仓他给宴若愚的手帕也是这一用途，但宴若愚摸了摸自己兜里的手帕，并没有觉得脏。

当晚宴若愚并没有离开，姜诺很有寄人篱下的自觉，住进来后一直睡沙发而不是卧室，房间里的双人床干干净净没人动过，也省得宴若愚叫家政来清洁消毒。

宴若愚年轻，太阳一出来就醒了，精神抖擞、容光焕发，掀开被子只穿着睡裤就从卧室出来了，正好看见“出息”往还睡着的姜诺胸膛上爬。

“喂，你在干吗？他还在睡觉。”宴若愚的声音特别小，他就怕不小心吵醒姜诺。但他对宠物的毛发还是抵触，在沙发前走来走去，就是下不定决心把狗抱离。

“出息”像是算准了宴若愚拿它没办法，得寸进尺地吐出舌头舔姜诺的脸，提供特殊叫早服务。宴若愚被眼前这只真“舔狗”震撼到了，更加无从下手，眼看着“舔狗”一路往下，要舔姜诺的锁骨，睁不开眼还想睡回笼觉的姜诺熟练地将它抱到怀里，塞进被窝，侧了个身正对着宴若愚，鼻音浓重地嘟囔：“别闹。”

宴若愚和在被窝里只露出脑袋的“出息”对视，它的微笑意味深长，像是在说它是姜诺的小宝贝，无论做什么都被宠着。

“嘁，看你这出息样儿……”宴若愚故作不在意，不和一只狗计较。就在这时，姜诺挠挠耳朵把头发往后捋，露出发丝间几根狗的白毛，宴若愚管不住手，坐到沙发边上把那几根毛挑了出来。

姜诺迷迷糊糊地睁开眼，看到宴若愚时庆幸自己没做被追债的梦，不然肯定腿快于脑子，直接跑路。

宴若愚看到姜诺醒了，突然想起来他手心的向日葵，问他：“为什么要在手心文向日葵？”

姜诺笑，但也没瞒着：“我爸喝酒喝得厉害，撒起疯来会用烟头烫我的手心，这向日葵是用来遮烫疤的。”

“那你怎么笑得出来，不疼吗？”宴若愚听着都心疼了。

姜诺摇头：“都过去了。”

宴若愚努了努嘴，唱起歌来："又是姜善教你的吧？ let it go，let it go（随它吧，随它吧）……"

姜诺垂眼，嘴角有些弧度，但算不上微笑。

宴若愚算是全明白了，合着姜诺每每跟他动之以情，晓之以理，所用的理论都是从姜善那儿学来的。这样看来，姜善英年早逝实在可惜，他要是还活着并写出《一个说唱歌手的自我修养》，中文说唱赶英超美只是时间问题。

"我……我先走了。"宴若愚倏地站起来，回房间套上衣服，拿起各种钥匙就三两步走到玄关，手握门把手往下拧，没推开门，而是扭头看向姜诺。

姜诺依旧坐在沙发上，两个人相视无言。

宴若愚推门而出，连声"再见"都没有说。

第四章

不知鱼美

离开后，宴若愚在停车场的车内坐了很久，有些委屈地反复思忖姜诺为什么不留他，哪怕只是问一句要去哪儿也成。

但姜诺什么话都不说，不管宴若愚怎么耍脾气、闹情绪，姜诺的那双眼睛永远柔和平静。

宴若愚趴在方向盘上，都想回去找姜诺了，脑海里又突然晃过对方每每提到姜善时的笑容，生动灵活。

他烦躁地“啧”了一声，莫名其妙地有些不甘心。

宴若愚踩下油门驶离沪溪山庄。他不希望自己总想着让姜诺做歌的事情，便一头扎进工作。

离元旦只有一个星期了，他连轴转，给不少杂志拍开年封面，还要准备二月份的国际时装周活动。

说来满满都是戏剧性，兜兜转转，“杀克重”的股份重新回到了宴若愚手里。他之前给齐放的转让合同对方一直没签，宋玉投资的奶茶品牌急需用钱，就低价把手里的股份也一并卖给了他，一来一回间，他赚了好几百万元。

这个品牌是宴若愚创办的，他肯定有感情。既然又回到自己手里了，他也乐意操心。

到了十二月三十日，宴若愚终于收到了姜诺的电话，美滋滋地接通，却听到姜诺问他可不可以有假期，想回姜庆云租的地方和姜智他们一起跨年。

电话那头的姜诺非常诚恳，电话这头，宴若愚脸都黑了，蛮不讲理的话堵到喉咙口，想要勒令他乖乖待在沪溪山庄做歌，哪儿都不准去。

“行，记得早点儿回来。”宴若愚说完立即挂断电话，乘电梯上了写字楼的天台。

岭安城的十二月真冷，宴若愚一个人吹着风抽烟，仿佛能看到姜诺和那一家三口挤在窄小的出租房里吃团圆饭，每个人碗里都有平芗特产的辣椒酱，下肚后胃是暖的，心是热的。

宴若愚不知道自己到底抽了多少支烟，不知不觉，再摸烟盒已经空了。

之后宴若愚忘了买烟，第二天晚上去参加晚宴，进了抽烟室才发现自己的兜里空空如也。站在他身旁的一位叔叔微笑着递给他一支烟，他道谢后接过，转动烟嘴看了看，不由得笑了笑。

这场晚宴是宴家一位叔叔包下整座临江酒店举办的，受邀前来的人非富即贵，可刚刚那位给他烟的中年男人抽的却还是十几块钱一盒的本地烟，不比姜诺抽的那个牌子的烟贵多少。

宴若愚叹了一口气，想起那天他和姜诺在阳台上抽烟，姜诺说岭安城买不到老家那边的烟，只能抽差不多的解乡愁。宴若愚聊到一款烟盒上西湖水的波纹，说自己在太多地方生活过，反而对岭安城最没归属感。

他回到晚宴大厅，规规矩矩地跟在爷爷身后，乖乖做他的“矜贵大少爷”，丝毫没有平日里张扬的样子，更不像在姜诺面前那样耍小孩子脾气。旁侧女士的手包不小心掉到地上，掉出来口红之类的小物件，他帮着把地上的烟盒捡起来。女士不好意思地道谢，接过那盒烟，放回包里的动作特别慢，像是刻意要给他看烟盒上的字——与君初相识，犹如故人归。

宴若愚如醍醐灌顶。

他想不出别的借口，干脆不跟宴雪涛讲原因，完成自己的致辞后就先行离开，开着跑车往郊区驶去。

跨年夜的街道上空无一人，除了红绿灯，没有任何阻拦，宴若愚在新年钟声敲响前来到那片出租房前。

这是他第一次来姜庆云家的住处附近。那排出租房在村镇的最后方，外观并不比 16 号街的棚户区好多少。他不熟悉路况，就把车停在一棵枝叶繁茂的樟树下。他正准备开门从车里下来，他要找的人恰好从其中一个房子里出来，倚着粗糙的外墙，手往兜里掏了掏，拿出手机，另一只手捋了捋头发，露出耳朵，仰头看夜空中的星和月。

“喂。”

电话那头的人沉默，姜诺为了确认再次看了一眼来电显示，屏幕贴住耳朵，又“喂”了一声。

电话那头的宴若愚依旧沉默，但姜诺没挂断电话，也没出声，同他分享这份安静，仿若一切无声胜有声。

不知过了多久，屋内有人喊姜诺的名字。他应声，挪动视线正要回屋，发现不远处停着一辆显眼的红色跑车，里面坐着那个不愿意开口的少年。

姜诺不动了，直到一个十五六岁的男孩儿从屋内跑到他身边，二话不说拉住他的衣袖，他挣了一下，没跟男孩儿回去。

男孩儿不免疑惑，顺着姜诺的目光看向那辆车，眼里的戒备呼之欲出。姜诺摸了摸他的脑袋，手放在他的后颈处将人推回屋，然后朝宴若愚走过去。

“怎么了？”这是姜诺坐上副驾驶座后说的第一句话，宴若愚没回答但挂了电话，姜诺又说，“今夜月色挺美的。”

宴若愚放在挡位上的手紧了紧，他抬起手按了另一个按钮，跑车车顶缓缓打开，没有城区严重光污染的夜空一览无余。

“你……”姜诺笑，“你不冷吗？”

宴若愚终于开了金口："你觉得好看呀。"

"先关上。"姜诺哭笑不得，打开车门要下去，说自己一会儿就回来。

宴若愚盯着姜诺下车回屋，数着秒等他再次出来。重新坐上车的姜诺双手都拿着东西，先把一杯插上粗吸管的热牛奶递给宴若愚。

"你要是不想喝可以握着暖手，你的手好冰啊。"他补充，"里面还加了珍珠，这个倒是你爱吃的。"

推小车卖麻辣烫的小贩千千万，姜庆云卖了这么多年也想着转型和改变。别人顶多在车上放些罐装饮料，他则连带着卖珍珠奶茶，奶粉和茶的品质不能跟那些精装修的店铺比，珍珠的口感倒是一样的。

宴若愚愣愣地问："你怎么知道我爱吃珍珠？"

"我们见面的第一天我就知道了。齐放说你是珍珠的狂热爱好者，喝什么饮品都要加珍珠。"姜诺将头往宴若愚那边歪了歪，笑着说，"我记得呢。"

宴若愚双手捧住那杯牛奶，吸了老大一口，细细地嚼嘴里的珍珠。吃着吃着，他别过脸，望向车窗外，不想被姜诺看见自己的眼底有些发红。

他平复情绪后重新坐正，看向姜诺。姜诺"啪嗒"一声按亮那个从纸盒子里拿出的六边体星空灯，内部暖黄色的光透过镂空的灯片投射出来，使车顶遍布星星亮光。

"果然还是在小空间里明显。"姜诺喃喃，细细端详和头顶只隔了一二十厘米的星空。他还没意识到自己身上也都是星星，在宴若愚眼里，他灿烂得像是和这片星河融为一体。

宴若愚问："要躺下来看吗？"

说完，他把两个位子的靠背放平。两个人一起倒下。姜诺看着头顶的星空，宴若愚看着姜诺，轻轻地说了一声："新年快乐，NoA。"

姜诺闻声扭头。

爆竹和烟火在同一刻此起彼伏地响起，声音被车窗隔绝了大半，唯有色彩依旧斑斓，在姜诺身后远远近近地绽放。

而姜诺弯着眼，扬起的笑容在宴若愚眼里比任何烟花和星光都温暖明媚。

“新年快乐。”他也认认真真地呼唤对方的名字，“宴若愚。”

新年新气象，整个一月份，回到沪溪山庄的姜诺对宴若愚说得最多的一句话是：“你有即兴说唱吗？”

刚开始宴若愚一脸困惑不解的表情，他是录音棚歌手，在说唱圈鄙视链里，他这种即兴作词能力较差的录音棚歌手在 battle MC 之下。不过他本来就是注重精雕细琢的人，姜诺能理解，也有些好奇，问：“你平时到底是怎么写歌的？”

“你是问英文的还是中文的？”宴若愚说得头头是道，同姜诺细数，“英文的 flow 和韵脚本土说唱歌手都已经玩烂了，所以我另辟蹊径，把诗歌那一套韵律带进来，听起来更朗朗上口且有节奏感，又为了让听众不觉得重复，每四个八拍都换长短格，或者短长格，短短长格，长长短格，长短长格，短长短格……”

刚睡醒没多久还坐在沙发上的姜诺挠挠头发，露出一个非常友好的微笑：“那中文呢？”

非常友好的微笑也出现在宴若愚的脸上，旋即他从地板上弹起来向姜诺哭诉：“诺诺老师，救救我那一团糟的中文吧。”

好在宴若愚回国时间不短了，天天讲中文，认得拼音，岭安话也能来两句，就是烫嘴，进录音棚后嘴巴嘟起咂巴好几下，才唱出来一句夹杂普通话的方言。

所以，方言说唱就不在两个人的考虑范围内了，宴若愚还是要说好普通话，走遍天下都不怕。不过宴若愚出道近两年一首中文歌都没有，跟新手没什么两样，姜诺就建议他别在 flow 和韵脚上绞尽脑汁，而是练练即兴说唱，把用中文说和唱的感觉找到。

宴若愚寻思着这还不容易吗？他进录音棚后打了一个响指，表明自己已经准备好了，姜诺可以随时放伴奏。

可等姜诺真的放伴奏了，宴若愚在麦克风前“哎，哟，哎，哟”

了好几遍，愣是没能说出一个字，手尴尬地继续打响指，不像在唱饶舌而像是在玩快板儿。

宴若愚叫停，跟对讲话筒另一头的姜诺商量："你给我一个题目吧，不然我都不知道该说什么。"

"行，题目就叫'嘻哈文化'。"

宴若愚叫苦不迭："换一个吧，这范围也太大了，你说和没说一个样啊。"

"我不管给你什么题目你都会这么说的，所以这不是题目的问题，而是你迈不出那一步。你想想看，你去过很多地方，读过的书、见过的人全在你的脑子里，你的肚子里是有货的，只是你从没想过要整理。那就不要整理了，有什么就直接说什么，想唱什么就唱什么，别有心理压力。"

"行吧。"宴若愚勉强答应，又开始唱，"哎，哟，哎，哟。"

"哎，今天天气真好，我出门和你说早——"宴若愚泄气地停下，皱着眉，"不行啊，太傻了！"

姜诺继续鼓励："别停，完整地唱完就行。"

宴若愚硬着头皮，刚开始好几天都经常性词穷，没办法用即兴的歌词将三四分钟的伴奏填满。姜诺为了不打击他的自信心，每天都盲目鼓励他到睁眼说瞎话的地步："你刚刚唱了好几遍'one two three，three two one（一二三，三二一）'，四舍五入你也算跳押了，非常棒！"

宴若愚本想吐槽说用即兴说唱练语感就是在扯淡，一听姜诺对自己的滤镜都厚成这样了，还能摔麦克风离开吗？他只能凑合着继续练呗。

有如此擅长挑优点的制作人，宴若愚的即兴说唱可谓突飞猛进，每天早上进录音棚，到晚上出来都能实现一次对自己的超越，折腾到二月份，歌虽然一首都没写，但即兴说唱的东西总能给姜诺惊喜。

哎，哟，哎，哟

一二三四五六七

七六五四三二一
找呀找呀找朋友
找到一个好朋友
…………

姜诺听不下去了，停了伴奏，从控制台进入录音室，捏住宴若愚后颈，假装那儿真的有个发条，拧动好几下给他续上青春活力。

宴若愚非常配合地状态焕然一新，让姜诺放个 trap 伴奏，低鼓点频率和又脏又磁的摩擦音配合上他的声音，不管唱什么都很洗脑。

我宴若愚就是帅，哎
所以才会这么“跩”，哎
歌唱得像垃圾菜，哎
但他们就是把我爱，哎
全都因为我人长得帅，哟
没别的原因我就是帅，哟
歌写得烂也疯狂热卖，哟
理直气壮靠脸吃饭，哟

姜诺又听不下去了，打开对讲话筒，义正词严地说：“这位甲方，请不要对你的颜值过于自信，也不要对你的才华妄自菲薄。”

“前几天不是还喊我小鱼儿吗？今天怎么生疏成甲方了？”宴若愚问道，显然心情很不错。

“那你希望我怎么称呼你？”姜诺第一个想到的居然是裴小赵，学着他的语气叫了一声，“老板？”

“可千万别，说得我像一个资本家，你上哪儿找出手像我这么大方的‘剥削者’？”

姜诺问：“你用艺名吗？或者别名？”

“别名 Bruce，这是我的英文名，在国外认识的朋友都这么称呼我。”

姜诺有些没想到，问道："你喜欢李小龙？"

"不是耍双节棍的 Bruce Lee（李小龙），而是晚上变身蝙蝠侠的 Bruce Wayne（布鲁斯·韦恩）。"宴若愚说着，扯了扯身上穿着的薄 T 恤衫，"杀克重"与漫画公司有过联名，他身上这件印花 T 恤衫就是蝙蝠侠经典起源漫画的分镜头。

姜诺对超级英雄电影没多大兴趣，但诺兰导演的《蝙蝠侠》三部曲还是看过的，宴若愚这么一提，他才恍然发现他们身份上的相似之处：都是家财万贯，父母双亡，世人只当他是纨绔子弟，难以窥探他隐藏在面具下的真正自我。

姜诺突然想起曾经无意中看到的宴若愚胸口处用来遮子弹伤痕的图案，他之前觉得像是猫耳朵，现在看来应该是蝙蝠侠的头盔装束。

"你也想叫我的英文名？听起来怪怪的。"宴若愚不是很乐意，"反正你比我大三岁，你可以和我爷爷一样叫我若愚、小鱼？"

他和姜诺相处了近三个月，不再在意称谓，但一说到自己的小名，突然就想到了什么，笑得别有深意："不对啊，我明明是你的哥哥，而你是我的姐姐。"

刚回过神的姜诺："啊？"

姜诺随即放了个伴奏，希望宴若愚把跟自己耍嘴皮子的工夫放到即兴说唱上，宴若愚也真争气，张口就来。

在外面的姜诺是我姐姐
随叫随到辛苦日日夜夜
帮我做歌混曲兢兢业业
感动得我想一直说谢谢

"我会双押了，姜诺！"宴若愚激动地说道，"我再送你个无限押，姐姐姐姐！"

姜诺彻底听不下去了，关闭对讲话筒，留宴若愚在录音室里发疯。姜诺不理他，他再怎么胡闹也是自讨没趣。宴若愚从录音室里出来坐到姜诺边上，献宝似的说："你快看我，快看我，我新学了个好玩的。"

姜诺勉为其难地看过去。宴若愚双手合十准备就绪："顺便放个伴奏。"

姜诺满足他的要求，放了一个鼓点强劲的伴奏，宴若愚即兴开始他的埃及手表演，肌肉的每次定格都恰恰踩在鼓点上，一丝一毫都不差，将强迫症发挥到极致。他当年在 *Pick,Pick* 能占据核心位置不是没道理的，就算不比歌喉，也没几个练习生跳得比他好。他在写给 NoA 的信中也提到过，他最先接触的嘻哈文化是街舞，十岁出头就开始学，近两年才接触说唱。

他最擅长的舞种是机械舞，姜诺见他埃及手还未玩尽兴，心照不宣地给他换了首骤停打击乐风格的歌曲。

"我的天！你的曲库里居然有这么老的乡村爵士。"宴若愚吃惊地笑了。这些天他听过的伴奏和歌曲没一千首也有八百首，姜诺在这个过程中了解他，他也模模糊糊地感知到姜诺在音乐上的审美，这种二十世纪七十年代迪斯科风格的音乐绝不在他的采样范围内。

但诙谐幽默的曲子最能展现机械舞的感觉，宴若愚因两个人之间的心照不宣喜不自禁，随即从椅子上站起来跳舞。既然音乐都换成迪斯科了，他也不再耍帅，浑身上下的肌肉都控制得很好，时不时会对姜诺挑一下眉、眨一下眼。

帅哥跳舞当然赏心悦目，姜诺边看边忍不住笑，被宴若愚从椅子上拉起时毫无防备。房间里充斥的音乐依旧是过时但欢快的迪斯科，姜诺手足无措地站着，说自己不会跳，宴若愚也不再炫弄技巧，说想怎么跳就怎么跳。

如果是在夜店，姜诺肯定没有任何心理障碍，但在只有两个人的工作室里，他没有任何伪装，身心都放不开，腿僵直着不肯动，只是随着音乐鼓掌。

宴若愚握住了他的手腕，往后一仰，拉着他也往自己这边倾，眨眼问道："你会即兴说唱吗？"

"别闹——"姜诺还没说完就变成宴若愚之前的姿势，而宴若愚靠在他的身上，故作成熟地说道："不会的话，哥哥教你哈。"

旋即，宴若愚双手举在胸前，像一个拳击手，姜诺犹犹豫豫地学他的动作，动作幅度很小。宴若愚就和他互动，一脸"你看我都这么放飞自我了，你还在矜持什么？"的表情。

横竖就一首歌的时间，姜诺眼一闭一睁，也就豁出去了。他对音乐很敏感，但在肢体语言上并无天赋，只会随着音乐前后扭肩膀。宴若愚给他鼓掌，眉飞色舞地说道："诺诺迈出第一步了，诺诺好棒！"

"动动腿……好嘞，真棒！扭扭腰，像我这样，对，对，对！"宴若愚青出于蓝，姜诺当初怎么昧着良心夸他的"数来宝即兴说唱"，他在迪斯科教学过程中就怎么活学活用。姜诺虽然跟着他舞动，但表情一言难尽，嫌弃自己跳得太垃圾，浑然不知这样需要手把手教的自己在宴若愚眼中格外有趣。他嘴角向下嫌弃腿脚不听使唤的样子更是可爱，需要一个人来给他加油打气。

那我在他眼里是不是也是这样？

这念头在宴若愚的脑海中一闪而过。

一曲作罢，姜诺坐回控制台前。

宴若愚对外人高冷，但对熟识的人非常情绪化。相处久了，姜诺也摸清了门道，比如宴若愚戏弄他的时候他绝对不能害羞，不然宴若愚得了趣，又会这么捉弄他。

"好了，我们该干正事了。"姜诺这严肃的样子可不像是在开玩笑。宴若愚乖乖和他一起听伴奏，时不时接受他的灵魂拷问："有灵感吗？"

宴若愚眨眨眼，摇摇头。

这一幕似曾相识，*Pick,Pick* 的编导曾建议他写一些走心的歌，讲亲情、友情或者进行自我剖析，哪怕写给粉丝都行，这样更有辨识度。

但宴若愚不愿意，还是喜欢 *Amsterdam* 那种风格的说唱。那种风格的说唱乍一听很爽，可听多了会腻，因为这样的词谁都能写，谁唱都一样。

"你今天怎么这么开心？"姜诺问。

宴若愚原本听伴奏都要听睡着了，猛然清醒，掏出手机打开微博，给姜诺看自己同 Shadower（影子）舞团官方微博的互相关注。这是一个初出茅庐就已经崭露头角的新街舞团队，主理人和他是大学同学，诚邀他加入，一起去参加这个月在欧洲举办的街舞大赛。

宴若愚浮夸地叹了一口气，说道："我现在烦都烦死了，比赛的日子和时装周撞上了，地点放在瑞士的一个法语区，我比完初赛就得马不停蹄地往巴黎赶。不管舞团成绩怎么样，我跟决赛肯定是无缘了。"

姜诺听宴若愚说抱怨的话，注意到他忍不住上扬的嘴角。"杀克重"是一句无法普通话化的岭安话，意思是勇敢去做想做的事，两年前这个品牌横空出世，首秀即巅峰，不枉他前期付出的大量时间和精力。

可等品牌的口碑和销量双双爆棚，他却又只想着退出，一如他在比赛节目里的操作，明明可以出道，却执意退赛。即使没有那个记者作为导火索，他也会找到别的理由退赛。

很多人为争名夺利挤破脑袋，宴若愚的事业轨迹却永远似曾相识，常在成功唾手可得之际离去，让身边了解他的人时时刻刻为他捏把汗。

"你出过国吗？"宴若愚大方地邀请，"要不要一起去欧洲？我们直接在那儿过春节得了。"

姜诺摇了摇头，说道："我和姜智他们一起过年。"

"噢。"宴若愚挺遗憾的，原本乐呵呵的，一转眼就蔫了，瘫在办公椅上，不开心地转圈。

"若愚。"

宴若愚没回应。

"小鱼。"

宴若愚还是没回应。

"哥。"

"哎！"宴若愚精神了，规规矩矩地端正坐好，"什么事？"

姜诺："……"

姜诺："我可不可以问你个问题？你老老实实地回答我。"

宴若愚打包票："好嘞。"

“你在说唱这条路上到底打算走多远？”

“什么意思？”宴若愚有些茫然，觉得姜诺严肃得像那些比赛里盘问自己“你的梦想是什么”的导师。

“我知道你没有经济压力，不需要靠说唱吃饭，可能今天加入这个舞团，明天又组乐队，这很正常，但我想有个心理准备。”姜诺也很难解释自己现在的担忧心情。

姜诺问：“你确定要我做十二首歌？”

宴若愚并没有想到姜诺到底在担心什么，而是在心里打算盘，虽然他们已经做好了一首英式说唱，但他平均一年也就发四首歌，十二首歌就是三年，时间不算长，但也不短。

他的素材其实很多：为什么总在离成功只缺临门一脚之际拱手相让，是性格的缺陷还是不屑？为什么身上会有蝙蝠侠的简笔画，还这么丑，难道是自己设计的？为什么不乐意别人提到他的父母，亲子关系是否真如传闻中那般不和……

可这些事又恰恰是他一直在逃避的。他为了逃避，回国参加比赛，又为了逃避当偶像退赛做潮牌服装，等新的事业风生水起，他又不能承受似的重新开始做音乐。现在他突然说要加入舞团，姜诺也不觉得意外。

姜诺只是觉得这样下去不是办法。人的困惑和精神危机不是突如其来的，而是一直存在的，挥之不去，到了不可忽视的地步。宴若愚一次又一次地逃避，注定他要一次又一次地站到十字路口，一次又一次地选择接下来的路该怎么走。是继续自欺欺人，粉饰记忆到以假乱真的地步，还是放手一搏？

“你就没有什么……特别想表达的东西吗？”姜诺问。

“比如说……”宴若愚一脸茫然的表情。

“你对你的城市有感情吗？”姜诺突然想到了什么，问道，“LZC刚发的 cypher MV 你有什么看法？”

“我在岭安城待的时间都没你长，哪儿来的乡愁？”宴若愚笑道，“你是说梁真的那个音乐厂牌吗？我还没听呢。”

既然没听，那就择日不如撞日，两个人肩靠着肩坐在电脑前，一个表情严肃，另一个满脸都是好奇之色。点击播放键前，姜诺想到宴若愚如果没看过，刚好可以做个反应视频，就把相机架在上方，自己并没有入镜。

cypher 在说唱中指的是麦克风接力，一个团队、一个音乐厂牌或者朋友之间一人来一段自己的说唱。

有些音乐厂牌每年都会发 cypher，歌词里有对过去一年成绩的总结，也有对未来的期许。代表兰州说唱的 LZC 厂牌成立了十多年，鼎盛时期曾汇聚十多名西北地区的说唱歌手。后来一些歌手出于个人发展和追求，退出了 LZC。到现在，除了主理人梁真，LZC 还有四位成员。一个成立十余年的厂牌有它独有的风格和底蕴，当屏幕还是黑的，前奏响起，宴若愚注意到他们采用了电影质感的刀光剑影，不由得“哇”了一声。

随后，镜头闪回展现好几个兰州的标志性建筑，再从高处航拍银装素裹的黄河母亲像，镜头迅速拉近后环绕式俯拍站在黄河母亲像前的 LZC 五人。

“梁真第一个唱呀。”这是宴若愚没想到的。一般来说，音乐厂牌的核心人物会压轴，LZC 以往的 cypher 也会这么安排顺序，但这次梁真打头阵，所有人都以不同的角度侧对镜头，唱的时候只有到自己那部分时才直视镜头，整个 MV 的基调和伴奏一样，都透露着肃杀感。

“我喜欢这个伴奏，鼓点很强。”宴若愚不由自主地跟随节奏摇摆。这是比较典型的 boom bap 伴奏，鼓点是伴奏的核心，被高度强调，梁真每个字的重音又刚好落在节拍的重音上，力量感十足，听起来很爽。

宴若愚没仔细看歌词，注意力都放在编曲和伴奏上，镜头给到第二个说唱歌手后，他能听出音轨中有新的鼓加入，鼓点开始变得复杂，说唱歌手的唱腔也没有梁真那么狠，和伴奏很好地融在一起。每个说唱歌手登场，伴奏都会有些许变化，突出说唱歌手的个人特色。而当最后一个歌手准备开口时，宴若愚点了暂停，觉得眼熟又一时没想起来，所以特别纠结地说：“我好像见过这个人。”

“先听。”姜诺按了播放键。

在这个人之前，其他人的伴奏中鼓的节拍数都在每分钟一百以上，轮到他，军鼓频率明显放缓，衔接上的808鼓鼓声拖沓，伴随着“哧哧”的镲声，旋律一下子变得迷幻，意味着编曲风格从旧式嘻哈变成了trap——

今年才十九/就功成名就/依然百尺竿头/堵住所有讪口
身前是我战友/援手/轮到我紧握拳头/绝不善罢甘休
在这紧要关头/参透/前辈所有传授
漫游/在这黄河湾头/泛舟/天地一览全收
…………

这人扶着镜头往前走，再从侧面离开，屏幕里就有了奔腾的黄河、川流不息的快艇，梁真和他的兄弟们站在河中一块滩地上像拥有一座孤岛。镜头推至梁真身前，他最后说道——

这里是金城兰州
由LZC看守

姜诺按退回键，又放了一遍宴若愚觉得眼熟的那个歌手唱的部分，问宴若愚：“你觉得他这段双押写得怎么样？”

宴若愚抬抬眼，眼珠子转了一圈，目光落在手指头上，抠一抠，不服气地嘟囔：“给我时间我也能写出来。”

“真的？”姜诺不相信地说道，“他们从录音到MV杀青只用了三天。林淮在岭安大学读书，拍完就赶着回来上寒假小学期。”

姜诺一看日期，还有二十天不到就要过春节了，当代大学生居然还有寒假小学期这种堪比初、高中补习班的“丧心病狂”的安排。他在音乐平台里搜林淮的名字，跳出来的每首歌评论都超过999条，出现频率最高的字眼是“小梁真”。

"你想和他合作吗？你们是同龄人，交流起来可能更有共鸣。"

"什么意思？咱们才差三岁。"明明没必要反驳什么，但宴若愚就是要来这一句，表明如果一定要二选一，他肯定不稀罕那什么林淮。

"不是年龄的问题……"姜诺无奈地笑了笑，"他现在应该还在学校，你要是愿意，我帮你把他约出来。"

宴若愚双眼一眯，警觉地问："你们是怎么认识的？"

"这首 cypher 是我帮他们混音的，"姜诺无辜地说道，"我们整个一月份都没做出一首歌，你又没说我只能给你一个人干活儿，我就去摸鱼赚外快了。"

宴若愚："……"

宴若愚想着反正闲着没事，不如去会会这个林淮。电话接通后他让姜诺开免提，林淮开口闭口"诺老师"叫得极亲切，听得宴若愚的眼皮子不停地跳。

姜诺全都看在眼里，后背发凉，怕再不开门见山宴若愚就会把他的手机摔了，于是直接问："我有个朋友想和你交流交流，你看成吗？什么时候有时间？"

林淮刨根问底："什么朋友啊？"

姜诺抬眼与宴若愚对视，喉结动了动，说："你见了就知道了，算是一个……说唱爱好者。"

宴若愚歪了歪嘴角，对这个回答并不是非常满意。

"你着不着急啊？这电话来得可真是时候，我明天要赶最早的航班去参加一个活动，嘿嘿，哥们儿我牛吧？都受邀去做演讲了……对了，你那个朋友叫什么名字来着？"

姜诺如实说道："宴若愚。"

林淮突然安静，姜诺还以为他断线了，正要问问发生了什么，他惊叫了一声："哪个宴若愚？大智若愚的那个若愚？"

"对，是我。"宴若愚开口了，又一次庆幸父母没用前两个字给他起名。

"那肯定要见面喝一杯呀。"

宴若愚觉得有趣，问道："你知道我？"

林淮理所应当地说道："这年头，还有谁不知道你？"

没有人不爱被拍马屁，宴若愚心中的窃喜情绪就要藏不住了，正要问林淮喜欢自己的哪首歌，林淮继续说道："你在网上搜索'哪些明星证实只要长得好看就有人粉'，或者'颜值即正义'，再点精华部分，高赞的答案说的全都是你。"

宴若愚："？？？"

宴若愚根据林淮的提示，打开网页，搜索"颜值即正义"，不用点开精华部分，就看到了自己的照片。

那道题是："长得帅的人知道自己长得帅吗？"

其中一个回复获得了最高赞，里面附着一张他的照片。那张照片不是什么精修图，而是他出门买包烟不小心被人拍到了，穿着白背心、大裤衩、人字拖。

他都这么邋遢了，在照片里居然白得有点儿反光，又因为是偷拍，手机从下往上，用死亡视角冲着他的鼻孔。这年头"正脸杀"和"侧脸杀"层出不穷，"鼻孔杀"从始至终也就他一个。

那位答主先是表白了一番，说宴若愚颜值高就是任性，什么角度都驾驭得了。至于这道题的答案，别人知不知道自己长得帅他不知道，但宴若愚肯定是一点儿都不知道。

下一题是："有哪些明星反差大，天使的面孔、魔鬼的脾气，说动手就动手？"

宴若愚寻思着自己又是退赛又是天天被拍到去酒吧，这道题简直是为他量身定做的，果不其然，有关他的回复又是最高赞。

Pick, Pick 播出期间，他们也有不少商演，需要全国各地飞。有一次宴若愚给一个男人签了百来张海报，原本以为他是拿去送粉丝的，结果却发现他是黄牛，把自己的签名海报高价挂到网上售卖。

宴若愚气不过，专门找到那个男人理论，那个男人哪里占什么理，就说了一句"这个圈子就是这样"。

然后宴若愚就发火了，没动手打人，但把人家的相机摔了。这件事当时闹出的动静不小，他的暴躁也和节目组剪辑过后的高岭之花人设不符，所以笔者没有证据地揣测，可能从那天起，他就意识到自己不适合当偶像，开始找机会退赛。

写这个答案的人应该是宴若愚的铁粉，举了好几个例子，但得出的结论是那时候的宴若愚只是个孩子，还请大家多多包涵。现在的他，脾气已经好很多了，比如这段与某短发主持人的访谈——

主持人："你是为了更好地让自己投入'杀克重'这个项目里，所以才退赛的吗？"

宴若愚回答得中规中矩："没有，这是在时间上完全不冲突的两件事，只能说一个人在不同年纪想做的事不同。"

主持人："真的吗？我不相信。"

宴若愚挑眉："啊？"

主持人："你是不是在为接班做准备？"

宴若愚摇头："不会，我对经商没有兴趣，而且我的钱够花。"

主持人："真的吗？我又不相信。"

宴若愚再次挑眉："什么？"

主持人担忧地看着他，问道："你现在的钱真的够花了吗？"

宴若愚笑了笑，没回答。

主持人回以尴尬而不失礼貌的微笑。

宴若愚也微笑："你是我见过的第一个担心我钱不够花的人，谢谢关心。"

宴若愚自己都不记得这段采访是什么时候录制的了。他太久没参加过综艺节目了，难为那些粉丝从以前的视频里找乐子。他一直不知道该如何处理与粉丝之间的关系，也不认为自己是偶像，值得那么多人风雨无阻地追逐。

他的手指往下滑，跳到了下一个问题："一家人长得都很好看是一种什么样的体验？"

那张全家福只加载到一半，他就迅速把手机屏幕关闭了，抬头问出租车师傅："快到了吗？"

“就在前头，”师傅指了指边上，“前面掉头难，就给你们停在这儿，行吗？”

宴若愚还没看清师傅指的到底是哪一家呢，姜诺就说“可以”。两个人一块儿下车，宴若愚还是一副被拐过来的困惑模样，有些抗拒，不想见生人。姜诺就在他旁边轻轻地问：“你知道大家为什么叫他‘小梁真’吗？”

宴若愚当然不知道。

“他从十一二岁起就跟着梁真跑演出，给梁真唱 back up，舞台经验不比你少。今年夏天如果他也参赛，你们很有可能在决赛场上见。”

宴若愚跟着姜诺往美食巷里走去。

姜诺轻车熟路，不带停步的，宴若愚跟在他身旁，才想起来姜诺以前也在这儿读书。

宴若愚问：“你以前学的是什么专业？”

姜诺答：“编程。”

宴若愚瞪大了眼睛，问道：“你曾经想过当程序员？”

“是呀。”姜诺也不像是在开玩笑，推开一扇酒吧的门，回头说道，“我想挣钱。”

光听名字，“青年里”很像青年旅舍，但它实际上是一家音乐酒吧。第一任老板是一支红极一时的乐队，后来酒吧被转手给了某个退役的摇滚主唱，接下来是一个民谣歌手，最后被林淮的几个朋友盘下，而他也是在这家酒吧里演出的第一个说唱歌手。

宴若愚跟着姜诺进屋上楼，远远就看到了演出所用的音响设备，算不上新，但质量、效果绝对是能够在小型演出场馆里演出的级别。

林淮已经在二楼等着了，没点酒，只要了一杯汽水，对上姜诺追问的目光，无比遗憾地说道：“我明天早上七点的飞机，跟你们聚完我就要往飞机场赶。今天是我招待不周，你们什么时候来兰州，我一定尽地主之谊。”

“真到了兰州，见的可就不只是你了。”姜诺侧身，“介绍一下，这是宴若愚。”

然后他又对宴若愚说：“这是林淮，梁真的儿子。”

“我说怎么这么眼熟。”宴若愚终于想起来了，把鸭舌帽摘下理了理头发，“我看过梁真的演唱会后台 vlog，你当时喊梁真上台，还说要回家告诉你妈梁真在外面有别的漂亮小姐姐。”

这回轮到宴若愚打量林淮了，眼前的少年和他差不多高，五官分明、线条明朗，整个人干净利落，还非常应景地穿了一件“杀克重”和知名运动品牌 Neverland（梦幻岛）联名的限量卫衣。

“你抢到了?！”宴若愚吃惊地说道，“行呀，兄弟，这件我都没有自留。”

“别说了，我太难了。你们这个系列的衣服不是在海外先发售嘛，还没开始预售就从两百美元炒到了一千美元，而我出价一千二百美元也没有人代买，实在是太难抢了，比‘双十一’和‘黑五’都疯狂，然后我就放弃了。但那段时间梁真在海外巡演，有粉丝送了他一整套，包括鞋子，不过那个粉丝可能太激动，全都买小了一号，就便宜我了。”

姜诺看到两个人同时发出夸张的“哇”声。他对时尚潮流一窍不通，对物质的需求也少，两百美元够买他一整年的衣服。宴若愚和林淮聊着共同喜欢的品牌和球星，有相同的消费和价值观念，说到 Kevin Kim 会一起激动到跺脚。姜诺并没有因为被忽视而感到不安或是打断他们的对话，而是耐心地做一个旁观者，听他们这个年纪的人都在关注什么——

永远抢不到的篮球场和永远不嫌多的篮球鞋；说是街舞表演但背景音乐永远是韩文歌；球鞋和潮牌市场热火朝天，有人在莆田成了百万富翁，也有人在大洋彼岸血本无归；学校里有些老师的课无聊又注水；这年不流行脏辫而是锡纸烫，但扛得住寸头的人永远不会过时；Kevin Kim 说不定能拿诺贝尔文学奖，成为说唱界的鲍勃·迪伦；去年国内没有一场大型说唱音乐节……

林淮学的专业很正统，自己思想觉悟也高，和宴若愚聊顺了还是叫了不少酒，并开始了他的嘻哈小课堂，为未来的大讲台提前做准备。

按林淮的话来说，当初他填报志愿时选的全是理工科，奈何分数不够，阴错阳差被调剂到了马克思主义学院。拿到通知书后他当真是两眼一黑，跟他父亲促膝长谈，觉得自己绝不能去马克思主义学院。他出身“说唱歌手世家”，总感觉自身的气质与这个专业格格不入。

十七八岁不知复读苦也不知赚钱难的林淮觉得：不行这书不念了，继续跟着梁真跑演出得了，反正饿不死。

“但你猜怎么着？一切事情都策划好了，第一站的票也都寄出去了，主办方在开演前三天说不干了。问原因，他们不说，上上下下全打听了一遍，也没什么明文规定说不能搞嘻哈演唱会，但主办方就是不干了。”

宴若愚表示能理解。

“所以去年……嗯，今天都二月初了，那就是前年的下半年，连梁真都闲到在家抠脚。”

林淮说的是玩笑话，揭示的现象却的确令人唏嘘不已。姜善的乌龙更像是一个导火索，把中文说唱内容低俗、说唱歌手素质堪忧等问题摆到了台面上批判，逼着这个刚冲出“地下”的圈子又退回“地下”。*Make It Big* 第四季停办，音乐节被取消，梁真的全国第二次巡演泡汤，只有一些小型演出场所还在办演出，卫视跨年不再请说唱歌手而是乐队……

现如今，嘻哈音乐已经没有刚开始那么吸引人投资了，“地下”与商业的格局基本定型，想挣钱的人就得弯膝盖，写推广曲参加真人秀，比如 *Pick,Pick* 第二季 *Up,Up*。

林淮这时候求生欲很强地插讲一句：“无意冒犯，但有一说一，我那几个天天批判偶像不真诚的老弟，他们要是有你一半好看，巴不得去又唱又跳，毕竟没有人跟钱过不去。所以有句话说得好，一切都是最好的安排。我要是真去复读或者不读大学了，这辈子也不会有这么大的思想觉悟上的飞跃，是不是？”

“所以你这是打算转型了？”姜诺抿了抿酒，笑着，眼里藏着令人捉磨不透的柔意，“我看到一些人在你的新歌下面留言，说不能想象出道曲是《差不多大学生》的人居然会玩喜剧说唱。”

林淮摆了摆手：“我现在觉得开心就完事了。”

姜诺这次喝了一大口酒，又喝了一口，盯着酒杯看了好一会儿，才说：“挺好的。”

林淮和宴若愚都看向他，因为不知道他这句话是对谁说的。

“我还以为写《差不多大学生》这样的歌你会更开心。”姜诺又喝了一口酒，丝毫没有醉意。

有很长一段时间，人们没听说过林淮的名字，但都知道LZC的新成员是个“小梁真”。两个人的岁数差没到父子的程度，但梁真手把手带他进圈，把他当儿子教养，他十八岁那年的正式出道曲《差不多大学生》也没辜负所有人的期望。

大家原本以为他会和梁真一样走叙事风，但嘻哈音乐凉久了回暖后，他连做了好几首喜剧说唱，也就是他说的“开心就完事”风格。

“但《差不多大学生》这种歌的投入和收益不成正比，还时刻有被下架的风险。”一直嬉皮笑脸的林淮也会惆怅，那双眼像是能看到过去的时刻与很远的地方，“梁真那首《梁州词》被下架前的那个晚上，他熬了一整夜截屏十多年前的评论，也再没在任何演出里唱过这首歌。”

林淮眨眨眼，眼前的那层雾很快散去，他又懒散地靠上椅背：“这么一说我才发现，这是我唯一的一首旧式嘻哈的歌曲，我之后都是用trap伴奏。”

“我也很少用旧式嘻哈的伴奏了，我喜欢尝试新的东西，新歌用了英式说唱，要听吗？”宴若愚有些炫耀地挑挑眉，递给林淮一只耳机。姜诺为了让他们看手机更方便，主动让出了宴若愚旁边的位子。

宴若愚原本只打算让林淮听这一首歌，但都提到英式说唱了，林淮就想到Rising Sky（腾空）新签的说唱歌手Dove（鸽子），他的新专辑里也有好几首英式说唱。

Dove的留学经历和宴若愚相似。他在年纪很小的时候就去了国外，虽然起了个名字叫鸽子，但发歌速度一点儿都不“鸽”，格调极高，歌词里没一个低俗字眼。*Make It Big* 如果设有海外赛区，那他的经纪人肯定会让就读于常春藤大学的他也去参加节目。

“那梁真会来当导师吗？”宴若愚问。

林淮沉溺于 Dove 唱副歌时的音色中，头都没抬地答：“不知道。”

宴若愚看出他心不在焉，将他的耳机摘下来，贴着他的耳朵问：“你是他的儿子，你会不知道？”

林淮吓了一跳，继而哭笑不得地说：“哥啊，你没发现我们不同姓吗？而且我今年十九岁，梁真才三十二岁，他得多混账才能十三岁就有小孩呀？我当然是他从垃圾桶边上捡来的。”

宴若愚无语，然后说道：“你怎么不说你是从西瓜里蹦出来的？”

“反正就是这个意思，我是他收养的。”林淮重新把耳机戴上，听不厌 Dove 的副歌，估计都不知道自己说了些什么，“节目重启后不会有什么大咖和‘老炮儿’来参加，都是些年轻的说唱歌手，我们相聚就是一场缘，今天就由我做主，我第一，你第二，Dove 第三，就这么定——”

林淮的耳机又被宴若愚拿走了。没能听到高音部分，他不免有些茫然：“老哥，我知道你是‘颜值即正义’，但你肯定赢不了我，我从小到大写的检讨书都押韵。”

“行，行，行，你第一就你第一，反正你现在说了又不算，”宴若愚拍拍林淮的肩膀让他站起来方便自己出去，“先找人，姜诺不见了。”

林淮的淡定与宴若愚的着急形成了鲜明的对比，林淮说：“老哥，打电话呀。”

宴若愚边拨号码边往外面走，迈了两步后扭头，见林淮还在听 Dove 的歌，问：“他这么对你的胃口，你怎么不联系他？”

“那也需要点儿契机呀，”林淮摸摸下巴，认真说道，“他在国外用 Instagram，我在 Instagram 上的关注人只有他。他要是哪天看到我发在网上的搞笑视频或者听到我的歌，觉得挺有意思，去搜我的名字，不搜不知道，一搜发现我早就关注了他，这缘分不就来了吗？”

“行吧。”宴若愚万万没想到林淮还挺含蓄，没再说什么。他问服务生有没有见到一个瘦瘦的人，服务生指了指后门，说那人去河边抽烟了。

宴若愚道谢，出了后门电话被接通了，但姜诺并没有下意识地“喂”一声。宴若愚听他没出声，也不说话，没走几步，就看到他正坐在一座石桥的台阶上。桥上有月光和姜诺，桥下有水和宴若愚。

这石阶都不知道被多少人踩过了，但宴若愚还是勉为其难地坐到了姜诺的左边。姜诺微微驼着背，转过头，眼睛一眨不眨地与他对视，寒风在冬夜徐徐而来，吹荡起桥下的涟漪，只有眼眸不起波澜。

“你还真是挺帅的。”良久，姜诺才淡淡地评价了这么一句。宴若愚笑，说他反射弧太长，都认识这么多天了，怎么现在才反应过来。

姜诺说：“我脸盲。”

宴若愚：“行吧，我知道了，不知鱼美姜 NoA。”

姜诺很轻地笑了一下，没和他贫嘴，就这么静静地坐着。

不知道从什么时候开始，宴若愚以美化室内环境为由，将姜诺的衣服全换成了自己中意的。宴若愚心细，把标签全剪了，姜诺问他多少钱，他就故作不稀罕地让姜诺别问，问就是打样不要钱。姜诺现在穿的也是“样衣”，褐黄色抓绒工装外套，拉链拉到顶遮住一部分脖子，里面那件无帽藏蓝卫衣是即将于二月份亮相国际时装周的走秀款，官方都还没出“图透”呢，他就拿来给姜诺穿了。

“姜诺。”

姜诺侧过头，已经很久没听宴若愚叫自己的全名了。宴若愚却一脸正经的表情，像是要替他做主似的说道：“我和林淮聊那么久没顾上你，你是不是有点儿不开心？”

“不是因为这个。”姜诺抿嘴笑了笑。

“那你为什么……”宴若愚也说不准，就是看到姜诺孤孤单单的模样，心里也有点儿难受。

“没事，走吧。”姜诺叫了一辆车，和宴若愚一同回去。两个人一起坐在车后排座位上，宴若愚老往姜诺这边瞟，但姜诺一直垂着眸，怅然若失，心事重重，也不知道在想什么。

宴若愚觉得姜诺这样子像是在难过，抑或在生闷气，可他又是为了什么而不开心呢？难不成真是因为自己和林淮聊太久了，冷落了他？

这念头一冒出来，宴若愚就忍不住笑了出来，姜诺闻声瞥向他，眼眸里不起波澜，哪里像是在不高兴？

这让宴若愚更郁闷了，他又不想先开口，便摆脸色说自己当晚回虎山庄园。姜诺眨了眨眼，回过神，说："好呀，你喝酒了，不找代驾的话记得打电话让裴小赵来接。"

"好吧。"宴若愚气得牙痒痒。

好你个姜诺，竟然不留我。

"怎么了？"姜诺抬眼看他，见他不说话，又漠然地看向了窗外。

这种眼神宴若愚不是第一次见到，姜诺被宋玉欺负时也是这样的神情，冷冰冰的，满不在乎，好像没有什么东西可失去，所以什么都能给。

宴若愚原本以为这种淡漠是姜诺的心理伪装，但相处久了，发现双目无神才是姜诺的常态，只有少数时候姜诺的眼睛才会亮起来。当他第一次送姜诺"无限押"的时候，姜诺脸都红了；可他这天再逗姜诺，姜诺却心不在焉、爱搭不理；林淮虽是姜诺主动要联系的，但姜诺基本没加入他们的谈话。

宴若愚觉得姜诺一定有什么事情瞒着自己。他要逐个击破，第一个就是找裴小赵。

裴小赵都已经钻被窝了，还是为了老板毅然决然地选择"翻山越岭"，开着自己的车来接人。宴若愚捂住鼻子，适应车里的气味之后问："你确定跟姜诺签的合同没有问题吧？"

裴小赵回答："全都是按您的吩咐拟的，没有确定截止日期，只写做十二首歌。合作期间甲方——也就是老板您，每月需支付乙方姜诺两万元人民币，直到十二首歌全部做完。也就是说，如果乙方姜诺做了十一首歌，老板您'吧唧'一下去世了，这份合同还是有效，您的义务将由信托基金承担。"

裴小赵咽了一口唾沫，倒不是觉得自己举的这个例子不吉利，而是当他把宴若愚的要求转述给律师时，所有人都再一次向他确认，并用一种别有深意的眼神询问："你确定要拟的是音乐合作与版权相关的合同？"

连宴雪涛也听到了风声，以为宴若愚被哪个骗子给哄了，像冤大头一样给别人塞钱。裴小赵好说歹说反复强调两个人是志同道合的朋友，不存在任何欺诈行为，宴雪涛才稍稍放心。

也就只有宴若愚觉得这合同没毛病，点了点头："不错，是这个意思。"

裴小赵："……"

宴若愚又问："那合同姜诺已经签了？"

"他住进沪溪山庄那天就签了啊，您盯着他把手印摁上去后，高兴得不得了，当场给他转了一笔钱，他还说太多了。"

裴小赵好奇心作祟，追问道："您到底给了他多少呀？"

"也没多少，就是点儿小意思。再说了，什么叫高兴得不得了，我是这么情绪化的人吗？"

裴小赵把那句"是"吃回了肚子里："但您那天真的和平日里不一样，您是真的高兴，眼睛里都有光。"

宴若愚原本在笑，听裴小赵这么一说，嘴角慢慢收了回来。裴小赵光顾着开车，没注意到他的表情变化，继续从旁观者的角度细数他这些天的变化。

他不去酒吧和夜店了，也不开"野"车了，药盒里的安眠药半个月没碰了，就是不知道住在沪溪山庄的那些日子是在睡觉还是在熬夜练歌。

"不过，老板，您接下来几天的重心可不可以往'杀克重'上挪呀？这眼看国内要放假，国外时装周又催得急，您看……"

"行，我知道了，明天我就去办公室。"宴若愚二话不说直接答应。

"好嘞，老板。"裴小赵都想给姜诺发红包了，殊不知宴若愚打的小算盘其实是快点儿把工作处理完，然后再一身轻松地去找姜诺做歌。

宴若愚并不知道，姜诺睡习惯了沙发，收到“接下来几天我都有事忙，你可以去睡主卧”的信息后给宴若愚回复的那个“好”字有敷衍的成分。他一整天都鲜活得似能榨出汁，在文件上签名都恨不得再画一条简笔的鱼。

“杀克重”是个正好赶上风口的品牌。在过去，潮流是由西方定义的，不少国人会觉得衣服上出现本国元素看起来很低档，但在国外生活多年的宴若愚并没有这种刻板印象，反而将国风元素灵活运用于品牌首秀上，服饰造型结合朋克摇滚等元素，商标不用英文迎合“洋气”的审美，就用宋体字的“杀克重”营造“中国味”。

这场秀对宴若愚来说更像个概念展，连他都没预料到后期订单会这么多，再加上自身流量吸引来的合作商里有他钟爱的品牌，也就正儿八经地一直做下去了。其中最让人津津乐道的就是和 Neverland 第一次联名制作的篮球鞋。

那也是宴若愚在服装设计界第一次出圈，很多人其实抱着看客的心态，不觉得一个“花瓶”歌手能设计出什么好东西。

但那双破天荒选用丝绸布料的球鞋一上线就全球售空，想去线下店买的人得连夜排队。裴小赵也终于在有生之年看到宴若愚因才华上了热搜榜，喜极而泣，见宴若愚也眯着眼，以为他也要哭，就扑进了老板的怀抱。宴若愚嫌弃地将裴小赵推开，说自己是上个月看丝绸对色卡看得眼睛都要瞎了，到现在都迎风流泪。

从那之后，“杀克重”与 Neverland 每年都会出两期联名款商品，和其他品牌也有合作，算是国内潮牌的第一梯队。“杀克重”线上和线下的店铺运营都是齐放在管，宴若愚更多是负责与外界沟通。

虽然他性格有点儿暴躁，但法国那边的联络人就喜欢听他的小舌音，明明可以自己上网查，却偏偏要问他瑞士法语和法国法语的区别。

要放在以前，宴若愚肯定会来一句“我又不是人工智能软件”，但鉴于两国有时差，他也只有保持微笑才能让法国人在非工作时间与自己继续洽谈。

第五章

别让我消失

如此忙活了整整两天，宴若愚终于能在接下来的几天什么都不管，到日子直接飞就行了。他很早就和宴雪涛打过招呼，不打算在家过春节。宴雪涛到了这个年纪什么都看淡了，也就没挽留，只说让他记得早点儿回来，正月十五可以一起吃汤圆。

宴若愚虽已是 Shadower 舞团的一员，但对比两个行程的重要性后只能忍痛割爱。队长非常能理解，并表示如果拿了冠军，他们肯定会把宴若愚的照片毫无违和感地用修图软件修上去。

如此，宴若愚当真是一身轻松，直奔沪溪山庄。

他到小区门口时发现自己那辆越野车就停在边上，愣了好几秒才想起自己一直忘了把这辆车开回去。

他往地下停车场开去，下车后正准备上直达电梯，突然瞥了一眼旁边的一辆跑车，总觉得眼熟。他虽没多想，但记住了车牌号。他到了工作室所在的楼层后有意识地放慢了动作，密码锁被解开后也没有声音。

“嘘！”宴若愚半个身子躲在门后面，见到的第一个活物是躺在沙发上的“出息”。这一人一狗平日里不待见彼此，真出什么事了那可就马上统一战线了。它不仅不叫，还跑到玄关处，怕他没看见似的拱了拱那双皮鞋。

那明显是一双男人尺码的皮鞋。

宴若愚心里一惊，拖鞋没穿、袜子没脱就往工作室走去。当初为了不扰民，接下这个项目的负责人给他打包票，说十个人在里面唱摇滚都没问题，但有一个前提，那就是门必须关紧，不然会适得其反。比如现在，他就清清楚楚地听到那个人问姜诺："Bruce 一个月给你两万元，我出双倍价钱，怎么样？"

那声音一出来，宴若愚就知道了，是齐放。

姜诺正坐在电脑前，可能没休息好，声音疲惫但又觉得搞笑："你想转行当说唱歌手也请先问问行情，四万块钱我能做整张专辑、配MV、垫巡演路费。"然后他感慨："我以前做歌往里面贴钱的时候怎么没遇到你们两个？人傻钱多。"

"你觉得 Bruce 傻？"

姜诺缄默了片刻，然后说："他确实有点儿傻，连我都不觉得自己值这个价，他完全可以找更好的制作人给他做歌。"

"那如果他不只是想做歌呢？"

宴若愚眼前的门缝像突然绷成一条线，耳鸣声尖锐而短暂。他无法冲进去，质问一句："我自己怎么不知道？"

他只能干站着，继续听齐放别有深意地说："你知道圈子里的人现在都怎么说他吗？"

姜诺刚才听到呼叫铃时还以为宴若愚忘记带钥匙了，强打起精神去玄关处接电话，那头却传来另一个人的声音。

"Bruce？"

姜诺知道 Bruce 是宴若愚的英文名。他没出声，那个人继续说："我路过这儿，看到你的车停在旁边，就过来看看。"

姜诺这才回应："他不在。"

那个人可能也猜到他要挂电话，声音很急："是姜诺吗？我们之前在酒吧见过面的，我叫齐放。”

对方这么一提，姜诺还真想起来了。在他的初印象里，宴若愚不成熟，宋玉油腻，裴小赵机灵，旁边那个斯斯文文的人从头到尾没说上一句话。

“你找他有什么事？”姜诺依稀记得自己从酒吧后门跑出来后，是这个人让宋玉别追了，就多说了两句，“你还是给他打电话吧，我也不知道他在哪儿。”

“我不找他，我——”齐放的停顿非常短暂，“我今天来是想借用一下工作室录音。你也知道，他这两天在忙时装周的沟通工作，就让我一个人来，说到了之后拨呼叫就会有人帮我按电梯。怎么，他没和你提过吗？”

齐放这个反问就很有心机，姜诺肯定不能实话实说坏他们的兄弟情谊，只能出门按独栋电梯的按钮。十来秒后，一身西装的齐放出现在他面前。

姜诺不免打量，目光明晃晃地落在他身上，齐放更为自信地摆弄了一下袖扣，等着姜诺夸赞他的香水、发型或者是鞋，姜诺却缩了缩脖子，单纯表示疑惑：“录音为什么穿这么正式？”

精心打扮了一上午的齐放：“啊？”

“进来吧。”姜诺先进屋，从鞋柜里拿出一双新的拖鞋给客人穿，防止宴若愚嗅到别人的气味又跟他闹。而且也不是所有人都跟宴若愚一样，一进屋就将袜子一脱，踩人字拖。反正只要在室内，一年四季于他而言都是夏天。

齐放穿上拖鞋，走到客厅环顾四周，发现没什么装饰。他一直以为宴若愚喜欢热闹，但这个住处其实很寡淡，白色装饰随处可见，阳光透过落地窗大面积地照射进来，干干净净。

“先喝杯水吧。不好意思，冰箱里只有水。”姜诺给齐放递了一个玻璃杯，齐放抿了一口水，想起了那天在酒吧里的事情。

姜诺不知道他为什么喝了一口水就陷入沉思之中，正觉得尴尬，不知道该说什么，“出息”从阳台上跑过来，“嗷呜——嗷呜——”地冲他叫唤。

“别叫，乖。”姜诺眼疾手快地将狗抱起，“它平时很乖的，带它出去遛都只跟女孩子握手，今天也不知道怎么了……”

姜诺把它抱回阳台上，故作生气地说：“乖！”

“出息”“嗷呜”了一声。

“是我上次见到的那只吗？”齐放很稀奇地说，“Bruce 居然允许你在这儿养狗。”

“嗯。”姜诺总觉得他的话怪怪的，听着很不舒服，但没在意，带他进了工作室。如今这些设备姜诺使用得比宴若愚都游刃有余，打开麦和对讲器后问他：“还需要别的设备吗？”

齐放摇头。姜诺比了一个手势，示意他可以开始。他念了一段手机里的文字，是对岭安城附近一个市里的酒吧的介绍，内容全面且真实，包括酒水价格以及洗手间分不分男女。姜诺越听越迷惑，倒不是因为内容，而是因为这样的录音完全可以用手机录制，没必要用到专业设备。

录完后齐放出了录音室，站在坐着的姜诺边上，问：“怎么样？”

姜诺听了一遍，评价道：“没有杂音。”

齐放缓慢地点点头，还是没等到姜诺问他为什么做这段录音，只能给自己加戏：“我和 Bruce 是在国外认识的。你也知道国外的治安环境，天一黑，富人区的街道上都很难看见人影，夜生活都在室内。他失眠很严重，年龄又不够去酒吧、夜店，所以很喜欢在自家别墅里办派对，不管对方是什么圈子里的，他来者不拒，只要能闹到天亮就行。后来他爷爷来了，家庭医生也束手无策，建议他们去找咨询师。”

“PTSD（创伤后应激障碍）。”姜诺抬眼，问道，“有什么好笑的吗？”

“没什么。”齐放总不能实话实说，自己之前还很苦恼该如何和姜诺解释 PTSD 吧。他对眼前这个男生确实有与日俱增的兴趣，但同时，他的优越感不允许一个落魄到穿裙子打碟的人与自己平起平坐，想当然的鄙夷他的背景、学历、教养。

“总之，等 Bruce 能进酒吧和夜店时，他也已经回国了。但你知道，国内绝大多数人对这些场所是有偏见的，就是些口碑好的老店，他也觉得不尽如人意。于是我们几个就一起创办了这方面的科普公众号，每次去新的酒吧都会写篇介绍文章以及注意事项，既是宣传，也是帮想去的人打消顾虑，更好地保护自己。这个领域在国内完全空白，我们很快就能获得融资，很快就会更新语音和视频功能，帮助关注者更全面地了解酒吧文化。”

姜诺看了看还未关闭的录音界面，问道：“你这段也要传上去？”

齐放点头。

“那你们应该请专业点儿的配音演员。”

齐放：“……”

“不好意思，我不是说你的普通话不标准，”姜诺笑了笑，“挺好的，挺好的。”

齐放：“……”

姜诺只能没话找话，故作思忖后说：“我没听宴若愚提到过这个项目。”

“你们都一起做歌这么久了，他是什么性格你还不了解？以前去酒吧，他观察得最仔细，有几个保安他都能数出来，后台回复过‘晚上更新’就一定能写出来。上次去你兼职的地方的时候，公众号的阅读量已经稳定在十万以上，但他觉得没劲，退出了我们的团队，也没跟我们要什么分红，所以我们背地里都叫他‘送财童子’。”齐放笑了一下，“他呀，就是运气好，从来没失败过，所以也不屑成功的果实。他跟我们说要回归老本行，为夏天的节目做准备，其实是天天往这儿跑。”

“送财童子”这个外号姜诺非常赞同，只是点头，没赔笑。都这时候了，他再神经大条，也不可能听不出齐放的暗示，于是纠正道：“他来这儿确实是做歌。”

“两万块钱一个月，就只做歌？”

姜诺看着他，那种从内到外的安静压得齐放非常尴尬，齐放干咳一声，友好地说：“在国外的时候我也会听说唱，我能听听 Bruce 的歌吗？”

姜诺觉得没必要，直截了当地说："你不懂说唱。"

"那 Bruce 就懂吗？"齐放终于有了些主动权，"还记得你都写过什么词吗？'将嘻哈文化扭曲成潮流，掩盖说唱的本质始于贫穷''你们搞说唱图的到底是面子和钱，还是自由和尊严'。那时候你几岁？和现在的 Bruce 差不多大吧？你和姜善穷得只买得起二手声卡，而他开豪车玩潮牌，不正是你在那首歌里唱的'写滥俗歌词的傻瓜富二代'？"

姜诺的眼神有些微妙。

"那首歌你还传过字幕 MV，我查到当年的 IP 地址，寻过去发现那家商业录音棚不仅没关门，还保留了近五年的出入登记，猜猜我发现了什么？"他把一张照片放在姜诺面前，那一天只有一个人借过录音棚，后面跟着的电话号码姜诺现在还在用。

齐放说："'不真诚祷告者'不止一个人。"

姜诺没否认，也没什么情绪波动，甚至觉得有些无聊，问："然后呢？"

齐放愣了愣。

"你想从我这里得到什么？"姜诺这次眼睛眨得很慢，整个人看上去很疲惫。

"我没有别的想法，"齐放说道，"我只是……在更深入了解你之后，觉得你并不适合同 Bruce 合作。这样吧，Bruce 一个月给你两万元，我出双倍价钱，怎么样？"

姜诺笑："你想转行当说唱歌手也请先问问行情，四万块钱我能做整张专辑、配 MV、垫巡演路费。"然后他感慨："我以前做歌往里面贴钱的时候怎么没遇到你们两个？人傻钱多。"

"你觉得 Bruce 傻？"

姜诺缄默。

"你知道圈子里的人现在都怎么说他吗？宴若愚，燕合集团董事长的独孙、一线潮流品牌主理人、不营业的'顶流'偶像、街舞新秀、时尚娱乐杂志开封首选，这样一个人，一门心思地扑在说唱音乐上，他重金挖来的制作人却一首完整的歌都没做出来。他被一个大学都没毕业的酒吧混混玩得团团转。”

齐放的意思很明显，觉得姜诺骗了宴若愚，但齐放突然又想到另一种可能。

“还是说宴若愚那边对歌曲的要求太高了，你做不到？如果是这样，你大可跟他敞开天窗说亮话，只管要尾款结束合约，吝啬不是他的做派。他当年喜欢上一个女设计师，将电话打进拍卖行拍下她多看了两眼的项链，然后让主持人当场匿名赠送给她，他则在嘉宾席上随众人鼓掌。”

齐放顿了顿，又说道：“那设计师直到分手都不知道那条常戴的钻石项链是他送的。”

“还真傻。”

“什么？”齐放没听清。

“你刚才不是问我吗？”姜诺抽出一支烟衔在齿间，再掏打火机点烟，吸了一口，觉得味道不对，才发现那是宴若愚的烟。随着宴若愚在这儿待的时间越来越长，他们很多东西开始混着用，比如衣服和烟。

姜诺盯着烟嘴下方的小字，再抬眼，说：“他确实有点儿傻，连我都不觉得自己值这个价。他完全可以找更好的制作人给他做歌。”

齐放等他慢悠悠地又吸了一口烟。

“但我拿钱办事。”

姜诺的不为所动似乎在齐放的意料之中，齐放站着，余光能看到故意没关上的门后面站着的宴若愚，便继续引导道：“哪怕对方是你以前最为不屑的傻瓜富家子弟？”

姜诺只盼望着他快点儿走，便自贬道：“我刚才看到一条新闻，年年创新高的只有失业率，而我随便给他混几个伴奏一个月就能拿两万块钱，我为什么不干？”

“这是你的心里话？随便？”这个词被齐放抓住了，“你不怕我把你刚才说的话告诉 Bruce？”

“随便。”姜诺无所谓地说，“那我也告诉他你今天来挖墙脚，没成功所以瞎编的，地下室和电梯里都有监控，‘出息’也可以做证。”

“嗷呜——”“出息”听到自己的名字，叫了一声。

姜诺意识到门没关紧，微微皱眉。

“你比我想象的还要聪明，但是……”齐放边说边往门口走去，打开门。宴若愚果然在外面，目光越过齐放的肩膀落在姜诺的脸上，又冷戾气又重，显然是偷听了不少对话。

“别以为我猜不到是谁叫你来的，我们的账之后再算。”不等齐放煽风点火，宴若愚就龇着牙警告他别再生事端，声音很轻，只有他能听见。

齐放识趣地退了出去。在宴若愚粗暴地关门前，齐放最后那个眼神像是在劝姜诺好自为之。齐放本以为圆满完成了宴老爷子给布置的任务，自己可以深藏功与名，嘴角正要扬起，等候他多时的“出息”冲他龇牙。

宴若愚把门关紧，听不到外面的任何声音。他的愤懑都写在脸上，精致的五官都往鼻子处挤，当真是气到模糊。

“臭！”宴若愚怒道。

姜诺以为他说的是烟，赶忙掐灭。

“不是烟。”宴若愚三两步上前，“我说过不许带别人来这儿，哥们儿不行，女朋友不行，这么臭的男人更不行！”

姜诺：“……”

姜诺试图讲道理：“你先搞清楚状况，是他自己来的。”

宴若愚疾声说：“你不给他按电梯，他能进来？”

姜诺：“……”

姜诺从他身边绕过，说道：“你先冷静冷静。”但他没能迈出第二步，就被对方死死地抓住手臂，硬生生拽了回来。

“你刚才凶我？”

姜诺叹气，知道他肯定要发脾气。宴若愚一看他一脸“你说吧，你骂吧，我绝不会还嘴”的冷淡表情，更气了：“你今天是成心要和我吵架，是不是？”

不管是不是成心的，他们现在的对话画风确实挺像小学生的。

“他刚才说的话都是真的？你也用过‘不真诚祷告者’这个账号发歌？”

姜诺点头，知道宴若愚在外头听了全须全尾，想建议他向齐放多学学说话的艺术和反侦查能力。

“那你为什么不告诉我？”

“我来这儿是给你做歌的，没必要什么都告诉你，”姜诺试图掰开宴若愚的手指，“而且没意思。”

姜诺不仅没掰动，还感受到原本没使全力的宴若愚突然用劲，手臂被他握得生疼。

“什么没意思？”宴若愚终于有些冷静下来，“给我这种写滥俗歌词的傻瓜富家子弟做歌，没意思？”

姜诺正要说“不是”，突然有了别的想法，偏往火坑里跳：“你要是想这么理解也行。”

宴若愚松开了手，姜诺揉着被弄疼的地方，抬眼，宴若愚眼眸里冷得没有一丝暖意。

而姜诺坚持站在制作人的角度，尽职尽责地说道：“我们在这儿快磨合两个月了，还是只有 *Amsterdam* 一首歌。”

宴若愚语气不屑：“是呀，用一个你随便给的伴奏。”

“宴若愚，”姜诺正色道，“就以你现在这个态度，不管给你什么伴奏都做不出好歌。”

工作室里静得连呼吸声都异常清晰。

“我跟你说过别的说唱歌手的效率！我不拿你和他们比，但你有没有发现，哪怕林淮连出了好几首喜剧说唱，他在 cypher 里也会把自己真正的实力拿出来，该正经的时候就百分之百正经。可你这几天的即兴说唱……”

姜诺稍稍停顿，耸了一下肩膀表示无奈：“有些人演出的时候忘词能用即兴说唱掩饰过去，而你，真的就是在瞎说。”

他很早就想和宴若愚聊这事了，但一直没找到合适的机会。这些天他是越来越不懂宴若愚，明明已经找到中文说唱的韵律感了，反而不再愿意做作品，不管听什么伴奏都兴致索然，就爱进录音室瞎胡闹地喊“姐姐”。*Amsterdam* 的伴奏是他两年前做的，当时很新颖，但用现在的眼光来看确实差点儿意思，他先把这个伴奏拿出来也是为了降低难度，希望两个人的合作能循序渐进。

“你这些天就是在玩，嬉皮笑脸、吊儿郎当，这不是一个合格的说唱歌手应该有的态度，而且……”姜诺都没意识到自己一直在慢慢靠近，“而且你又把真正想说的东西压住，压不住就逃跑，跑去时装周，跑去参加街舞比赛。”

“我还以为你要说什么呢，原来是担心我这个长期粮票跑了。”宴若愚戏谑道，“你以为你很了解我吗？我们才认识三个月而已，姜诺。”

“但你给我写了一年的信。”姜诺没放弃，像是能透过眼前这个一碰即爆的宴若愚看到那个深更半夜给自己发邮件的 Bruce。

刚开始宴若愚只是想同 NoA 合作，迟迟没收到回信后并没有太坚持这种单方面的联系。

那三四个月也是他花边新闻最密集的时候，直到某天凌晨，他酒后意识不清，昏睡一通醒来，才发现自己稀里糊涂地写了一些歌词发到那个邮箱里了。

他又重新发了一封邮件解释那篇幻想自己是蝙蝠侠的幼稚歌词不是他写的，忐忑了好几天依旧没收到回信。

他不淡定了，渐渐地把这个邮箱当成树洞，到后来什么都说、都问，比如他到底什么时候能不再痛苦，成为一个合格的歌手。

而当他时隔一年终于收到回信时，NoA 却说只给“不真诚祷告者”做歌。

姜诺的喉结动了动：“那些信我都看过了，但之前的回信是姜善的弟弟发的。我那天把手机落在他那儿了，一直没找到机会解释，抱歉。”

“是吗？”宴若愚喃喃，“我倒觉得那就是你发的，那语气和你刚才说话的语气多像呀！NoA 只给‘不真诚祷告者’做歌。”他带着些鼻音，“你看不上我，姜诺，你从一开始就看不上我。”

姜诺听他这么一说，心里自然不好受，开始解释：“我没有，我——”

“可你凭什么看不起我？”

宴若愚突然阴戾的低吼声惊得姜诺缩回欲放在他肩头的手，也不知道是他终于撕下了伪装，还是又一种自我保护。

“你有什么资格、立场、身份看不起我？要不是我，你早被宋玉欺负了，被铁老三打残了，再被卖到哪个犄角旮旯割器官。你那拖油瓶弟弟也不会参加岭安二中的提前批考试，‘恰好’抽中免费体验课，在 CBD 上英语辅导班。”

宴若愚字字诛心：“你以为你现在的生活是谁给的？这种地段的房子我就算自己不掏钱，也有人上赶着送。你呢？你出了这道门能找到什么工作？不吃不喝多少年能在岭安城买一套这样的房子？”

姜诺呆呆地说：“我从来没要求过要住在这儿。”

他继而求证：“你就是这么看我的？”

宴若愚第一次在姜诺眼里看到某种类似脆弱的情绪。他有那么一瞬间清醒了，但还没生出懊悔情绪，就被更阴暗的想法淹没。

“他那时候是骨癌晚期，对吧？为了继续录节目所以瞒着，结果被后来替补他的人摆了一道。多可惜呀，这个节目虽然被你批判过，但他还是要参加，用你做的歌参加！万一能拿冠军，他以后就能轻轻松松地挣钱，多——好——啊！呵……我还以为他有多清高，还不是图钱，装什么装？他怎么就比我值得了？就凭他能讲几句大道理？我宴若愚吃喝玩乐，游艇、跑车、别墅……哪一句在吹牛？我唱这些是不真诚，他装人生导师就有才华了？”

宴若愚的脑袋一侧，整个人踉跄着往后退了一步，差点儿没站稳。脸上那一拳的疼痛感还没传到大脑皮层，他的衣领就被姜诺揪起。

“宴若愚，你的嘴巴放干净点儿！”姜诺红着眼说。

宴若愚竟有些心满意足地说：“你知道止痛药上瘾是什么滋味吗？国内这些药管制得那么严，他就算能治好病，瘾又该怎么戒？戒不掉找什么替代？姜善要是还活着，也不过是凡身肉体！”

“他不会这样。”姜诺就是相信姜善。他的眼泪就要掉出来了，他突然笑了笑，盈盈的泪眼弯起，像月亮落到水里。

“是呀，他要是还活着……”他问宴若愚，“你觉得还会有你什么事？”

宴若愚从在门口偷听时就绷着的那条线猛地断裂。

姜诺松开手，将人推开，出工作室回房间收拾自己的东西。“出息”跟着他打转，不明白到底发生了什么事。宴若愚在他身后，只说了一句：“先看看合同上的违约金相关条款。”

姜诺往包里塞旧衣服的手一顿。他再回头时，宴若愚先他一步离开，关门声响亮得像是要把门撞坏。

宴若愚开车离开，强行克制着自己，告诉自己要冷静。他把车开到离小区五六百米的地方后停下，打了辆车回虎山庄园。直到他到家进卫生间后，手还在不受控制地颤抖。

他开了水龙头，不停地洗手，手背全被搓红。

浑身的肌肉也越绷越僵，直到他一拳揍上镜子后才有所缓解。红肿了一边脸的自己在镜中破碎成几十个……

后来他是怎么停下自残的……好像是进屋后就有个保姆出于担忧一直跟着他，听到里面传来砸镜子的声音，吓得赶紧给宴老爷子打电话。

家庭医生及时赶到将他抱出来。卫生间内一片狼藉，瓷浴缸被砸得稀巴烂，花洒和水管“哗哗”冒着水，宴若愚被抱离的背影落在了地面上的每一片沾水的碎玻璃上。

所有人都强装镇定，听到宴若愚压抑难耐的哭吼声也不敢抬头，假装什么都没发生地继续做手头的事情，那些小声的叹气更多是在同情——他们这些打工人没什么娱乐活动，私下里肯定会议论这位大少爷的怪毛病，不能理解他那么有钱，为什么会不止一次痛苦到几乎发疯。

宴若愚被关进自己的房间，两三个训练有素的保镖将他摁在床上，方便医生给他打一针。

注射的药物很快就起了作用，宴若愚浑身的肌肉慢慢泄力，原本紧握的拳头和瞳孔一同散开。

他在极致宣泄过后迎来极致安静，逐渐模糊的视野里，满是鲜血的双手被白色的绷带一圈圈包起来，疼痛感丝丝缕缕地往他的大脑里侵袭，又被镇静剂的药效截断。

他已然看不清近处的景象，只能望向远处。房间里没有光亮他是睡不着的，这点所有在这儿工作的人都知道，所以卧室的大窗永远留了两臂长的风景，夕阳的黄光照进来，刚好通过那条长缝把床头柜上的相框映得清清楚楚。

他张了张嘴，迟到又懊悔的眼泪从眼角止不住地滴下，仿佛将那张十五岁生日时拍摄的全家福整个浸透。

然后他闭上眼，看到黑暗中的自己把相框紧紧抱在怀里。他侧倒在床上，肩膀还是抖得厉害。急剧抽泣后不可避免地咳嗽，他弓着腰，喉咙口清了还在咳，像是要把整颗心都呕出来，直到回归在母亲腹中被孕育的姿势。

他的大脑一片混沌，还没明白到底发生了什么事，但他知道自己重蹈覆辙，又一次一无所有。

“门口有娱乐记者。”

少年睫毛颤动，继续给对面的警察回顾那天都发生了什么事。

那天下午他们在国外的家里给杂志拍封面。宴松亭很看重这次拍摄，因为程婴梦通过了好莱坞著名导演的新电影的试镜，不出意外，接下来几个月都会待在国外拍戏。

这是程婴梦时隔多年再一次接大制作的商业片，还是女主角，宴松亭为爱人高兴自豪的同时还有些吃醋，于是就通过拍摄全家福的方式告诉那些妄想女神的人，她早已心有所属，有所爱。

“然后我们去餐厅吃晚餐，那地方是我订的，因为我喜欢法餐。还没开始上前菜，我突然身体不舒服，但我们才入座不到十分钟，这么离开很奇怪，怕蹲在门口的记者乱写，我们就走了后门，况且后门离停车的地方也近。出门后，我母亲扶着我的肩膀，我父亲在我的另一边握着我的手。他们很着急，太着急了，只想着抄近路，就走进那条坏了路灯的窄巷，不小心绊到了那个喝醉酒躺在地上的流浪汉，他很凶地喊我们，我们也没回头，就想着快点儿、快点儿，直到他朝天开了一枪……"

"然后我的父母全都挡在我面前……"十五岁的宴若愚闭上眼，睫毛被眼泪沾湿成一缕缕的，他哑声说道，"在这之前，我们谁都没想到他会有枪。"

宴若愚睁开眼，发现自己躺在家里的大床上，一时间什么都感受不到，唯有心"扑通扑通"直跳。

窗外满是乌云，肉眼可见地要酝酿一场雨，昏暗得像极了十五岁时的那个傍晚，他跪在窄巷里，滂沱大雨也无法洗刷他沾满父母的鲜血的手。

他无法控制地掉了两滴眼泪，用手掌擦了擦，完全不顾疼痛地把贴在手上的胶布都撕下来，抓起床头的医用绷带就冲出门。

裴小赵等在客厅里，见宴若愚下楼，连忙站起来。但宴若愚根本没看他一眼，一门心思要出去。裴小赵赶紧将他拦下，问道："老板，你去哪儿？"

"我睡了多久？"宴若愚问。

"一天多，快两天了。"裴小赵劝他，"老板，你先吃点儿东西，你觉得晕吧？空腹这么长时间血糖肯定低，你先……"

"姜诺呢？"宴若愚跟没听见似的，握住裴小赵的肩膀，手上的伤口崩开了，有血沾到裴小赵的衣服上。

裴小赵像是早猜到他想问这事，轻叹了一口气，说道："老板，你放心，人没跑，还在沪溪山庄里住着呢。而且他们不像是要回老家过年的样子，姜智的英语辅导班还没结束，姜庆云的腿还打着石膏，不方便走动，他们没订回老家的票，很有可能就在岭安城过春节了。"

“那就好……”宴若愚没那么紧张了，又问，“我爷爷呢？”

“老爷子，”裴小赵咂了咂嘴，“老爷子有点儿被你吓到了，说早知道这样，就不让齐放去试探姜诺了。”

“我就知道是他。”宴若愚倒没多生气，就是觉得又郁闷又委屈。他现在的状态很奇怪，混混沌沌，眼里明显蒙着一层薄雾，心跳速度快到持续有心悸感，他脑子里只有一个念头：去找姜诺。

他摊开两只手，让裴小赵帮他包上绷带。

“啊？”裴小赵不理解地说，“医生说贴创可贴就够了，不然活动也不方便。”

“不行，”宴若愚执意要包绷带，“这样视觉上一点儿都看不出多严重，影响我卖惨。”

梦里那条十五岁时走过的窄巷历历在目，宴若愚一刻都等不了，魔怔了似的喃喃：“我要去找姜诺。”

裴小赵：“……”

裴小赵将进食的劝说咽回肚子里，按宴若愚的要求把他的两只手捆成了粽子，好像他不是砸了镜子，而是把手放火里烤了一遍。

这样一来，宴若愚自己开不了车，就由裴小赵送他去沪溪山庄。两个人马不停蹄地赶到门口，宴若愚正要开门，又把钥匙拔出来了，问裴小赵：“你说我就这样进去，合适吗？”

裴小赵挠挠脑袋，不知道该怎么回答。他鲜少看到宴若愚的双眼如此空洞，但不是没有过，最近的一次是去年七月份的生日宴，宴若愚请了一众朋友聚会，结束后浑身上下都是红酒的酒渍，猩红得像沾满了鲜血。

他不要命了，喝水一样地灌酒，醉生梦死般胡乱说话，脸上分不清是水还是泪。和那时候比，他现在还算清醒的，至少脑子还会转，想着姜诺很有可能还在生他的气，他进屋后要做的第一件事就是道歉。

“姜诺，对不起，昨天我说错话了，我保证以后绝不会犯浑了。”宴若愚清了清嗓子，把裴小赵当成姜诺，先练练该用什么语气和说辞。

“不行，这样太干巴了，听起来没诚意。”宴若愚自我否定，把鼻音调动起来，一副蔫蔫的样子。他的五官随母亲，极为标致，眼波流转的样子很讨人喜欢，饶是裴小赵天天被这位大少爷压榨得苦不堪言，一见他那微垂发红的眼角，心疼都来不及，哪里还能有什么怨气？

“不行，这样太女气了。”宴若愚一秒钟变脸，还想琢磨一些别的方式，但心越跳越快，连带着视野时而清晰时而模糊。

他用钥匙开门后，恨不得脱掉上衣来一出负荆请罪。

然而，他目光所及之处空无一人，低头，鞋柜处没有姜诺常穿的帆布鞋。

“姜诺！”他喊那个名字，鞋都没脱，慌慌张张地快步往里走去，先是乐器房，然后是卧室，全都没有那道身影。他唯一欣慰的是“出息”还在，听到动静后从阳台的笼子里钻出来，垂头丧气得连尾巴都懒得摇。

宴若愚便往工作室走去，翻开控制台上的笔记本。那是姜诺的工作日记，用来记自己即兴说唱的歌词，然后写下分析和备注。他没找到什么信息，正要把本子合上，突然注意到中间几页密密麻麻地记着数字。

他重新翻开，发现姜诺把账都记在那上面，包括给其他说唱歌手做伴奏和后期的收入以及衣食住行的花费——宴若愚把衣服的标签全都剪了，姜诺找不到品牌，就按着这类衣服的均价记了个数。房租也是，没人问姜诺要钱，但姜诺不当自己是白住，最后算出这几个月要还他小一万元。宴若愚拿出手机点开短信，在他依旧昏睡的清晨，姜诺正好把这个数字的钱转给了他。

宴若愚闭上眼，若不是扶着桌子，根本站不住。镇静剂和安眠药的后劲让他浑身发软，胃部酸胀异常。他捂住腹部疼痛的地方，竭力把那恶心的感觉压下去。

这时候裴小赵进来了，一只手拿着果汁，另一只手拿着一包吐司，要求宴若愚行行好，吃点儿东西填肚子。宴若愚接过那些食物，握住他的肩膀将他转了个身往门口推，要他开车去姜庆云一家的出租房。

裴小赵见宴若愚脸色苍白到发青，想直接给姜诺打个电话，宴若愚把之前接过的食物都随手放在工作室了，夺过他的手机制止。宴若愚更愿意慢慢找，给自己留个念想，而不是听电话那头宣判“您所拨打的用户已关机”。

他正要把门关上，又推开，径直走到阳台将百无聊赖地趴着的“出息”抱起来。“出息”不依，挣扎着要咬他的手臂，他托起它的狗脸揉了好几下让它冷静，然后掏出手帕给它嗅了嗅，问：“你记得他的气味吧？”

“出息”有点儿明白宴若愚的意图了，“汪”了一声，像是在说自己会走。他二话不说，直接将它扛到肩头，坐上副驾驶座后也没松手，将狗摁在自己的腿间。

姜庆云一家租的地方和沪溪山庄有近一个小时的车程，就在燕合集团的服装加工厂附近。其间宴若愚不停地摸“出息”的脑袋，把这一机械动作当成转移注意力的减压方式，力道重得能把狗子揉秃。裴小赵可怜“出息”，即将抵达目的地时给姜诺拨了一通电话，“嘟”声响了十来下，无人接听。

裴小赵不免紧张，倒不是担心姜诺真的跑路，而是怕宴若愚又发神经。再次启动车辆后，车窗上淅淅沥沥地沾上了雨滴，漫天的乌云终于憋出一场大雨。

乡镇小路不比城区的宽敞，两边不时冒出奔走躲雨的行人，裴小赵只能慢慢开。

他们两侧的房屋是岭安农村里最为常见的三四层自建房，在里面租个小隔间不会特别贵，而且还有独立卫生间。但姜庆云和妻子做麻辣烫生意，不放心把电动三轮车锁在外头，存食物的大冰箱又占地方，只能十数年如一日地住在一处平房——那里有十来间出租房，每间每个月三百块钱的房租，这些房租是一位本地孤寡阿婆的全部收入。

那片出租房靠近农田，和水泥道路之间有条石子路，雨水淌过更是泥泞，大型越野车开进去都不容易，倒车只会更困难。裴小赵便将车停在路边，扭过身子去后座取雨伞的工夫，宴若愚已经自己下车了，不管不顾地往前跑去，溅起的泥水很快弄脏了裤脚，浑身上下被雨淋得湿透。“出息”跟在他身后，应该是闻到什么味道所以叫起来，兴奋地摇晃被雨打湿的尾巴，跑得比他都快，也更早看到那几片废墟，以及在雨天也未停止工作的挖土机。

那台挖土机在“出息”眼中宛若庞然大物，使得它后退几步，恐慌地“嗷呜”叫了两声，不明白这个大家伙为什么要攻击这间有姜诺居住痕迹的房子。

而它的战斗力与大家伙太悬殊，它只能蹲到屋檐下暂时避雨，也看到宴若愚冲到大家伙前奋力挥手，希望挖土机能“铲下留人”，停止拆迁。

他浑身湿透，脸上淌满雨水，哪儿还有半点儿骄矜贵公子的气质。挖土机里坐着的师傅没理会他，还是住在旁边的一个本地人于心不忍地撑着伞将他拉到屋檐下，跟他说那位老奶奶几个月前就把这块地送给她的一个亲戚了，条件是亲戚给她养老送终。这不，老奶奶前脚住进医院，那亲戚后脚就叫来拆迁队把老平房拆掉了，准备以后起高楼，可以租给更多人，赚更多房租。

“那姜诺搬到哪儿去了？他……他叔叔叫姜庆云，阿姨叫林萍，弟弟十四五岁，叫姜智。”宴若愚抹了一把脸，一个个说名字。看到那本地人一脸茫然的表情，宴若愚急了，说他们家卖麻辣烫，那个人才恍然大悟。

“他们在这儿住了十几年嘞，跟老奶奶的关系不错，每年这时候都提前给下一年的房租，但今年只能搬家了。你看——”

本地人往已经被挖土机铲下一小半房顶的屋子里指，还能看到曾经有人生活过的痕迹，挖土机又铲了一下，所剩无几的房顶摇摇欲坠，这个不足二十平方米的出租房再没有丝毫家的模样。

宴若愚此时突然往房子里冲，本地人都没来得及拉住。

挖土机里的师傅也被吓到了，赶忙关了机器，喊钻进床底下的小伙子快出来，自己不敢靠近。裴小赵则是腿软手软，差点儿握不住雨伞，就怕床靠着的那面墙下一秒便会塌下来，唯有“出息”陪着宴若愚，将床底下的杂物拱出来不少，终于在雨水渗入之前将那沓手稿抢救了出来。

“我就知道他不舍得扔，不放在工作室里，肯定就放在这种地方……”宴若愚自言自语，将姜善的手稿放进塑料袋里系紧，防止雨水将其打湿。

然后他将这袋手稿塞进最内层的衣服里贴着胸膛，刚从床底下爬出来直起腰，房顶就要倒塌。

“出息”敏捷，第一时间就退了出去，宴若愚则眼睁睁地看着墙和屋顶塌下，直直地站着，任由那些灰尘如烟雾般将自己笼罩，和废墟融为一体。

但那种虚无的消失感只有一瞬。

一声真实的呼唤将他从崩塌的场景中剥离出来，他被拽着往后退了两步，身边的人踉跄地跌倒，和他一样坐在地上，没有气力再喊一遍他的名字。

两个人面对面，在雨里、废墟里，所有声音汇成一句——

“别让我消失。”宴若愚眼角滑出的泪与雨水混为一体。

姜诺动了动并不明显的喉结，没说话。

他并不知道宴若愚为何突然触景生情，莫名其妙地来这么一句话，但他义无反顾地用力点头。

他也看到宴若愚将怀里的手稿掏了出来。他们都湿透了，那些歌词却干干爽爽的。

“对不起，我昨天不应该说那些话，对不起。”宴若愚扯开两边嘴角抱歉地笑，勉强得谁见了都毫无怨气，只剩下心疼。

“你原谅我好不好？”

姜诺再次点头，检讨道：“我昨天的话也不中听，我也向你道歉。”

“原谅我，不要生气，好不好？”宴若愚又重复一遍，都没管周围糟糕的环境。

“不生气。”姜诺保证。

宴若愚得寸进尺：“不管我做了什么事你都不生气？”

姜诺予取予求："好，你做什么事我都不生气。"

"我偷偷拿了你的护照去办签证。"宴若愚的突然摊牌让姜诺猛然警醒，意识到不对劲，但他抬头看到那双微垂的眼波荡漾的眼，没有了脾气。

没有消失的宴若愚请求道："我们一起去欧洲，好不好？"

姜诺从隔间出来吹干头发后，宴若愚还没洗好。这个专门给外来务工人员开设的澡堂按次数收费，他没催促也没敲门，就坐在靠近宴若愚的隔间的地方等。

闲着也是闲着，他拿出手机刷微博上的各种信息，首页一更新，刚好跳出一条林淮的新微博。原来林淮受邀参加的活动是 TEDx，上台后先是简短概括中文说唱的发展，重点介绍现在年轻人喜欢的风格，比如无厘头的喜剧说唱、唱腔模糊的 mumble rap、比起歌词内容更注重整体听感的 new wave。

这场演讲总共十分钟，林淮准备充分，条理清晰，在没有提词器的情况下依旧表述得非常流利。演讲的最后免不了升华主题和提升价值，他的表达依旧口语化，提到："没有一种音乐形式像说唱一样拥有无限的可能，只要你愿意开口，你就能吃这碗饭。"

他注视着镜头，鼓励热爱说唱文化的所有人："如果你还在犹豫，那就去听听我最新的几首喜剧说唱。我瞎唱成这样都能在这个圈子里混下去，你为什么不可以？相信自己，只要你想成为一个说唱歌手，你就能成为一个说唱歌手。"

林淮全程歪拿麦克风的演讲收获如雷掌声，一条弹幕飘过，说他演讲的内容没毛病，但看他这个姿势，真的好怕他讲着讲着突然无缝衔接开始说唱。

姜诺被后面跟着的"献上膝盖"的表情图逗笑了，没及时退出，微博自动播放了另一个与嘻哈有关的视频。

那是一个国外的访谈节目，好巧不巧，被访问的人正好是林淮欣赏之情溢于言表的 Dove。

Dove 真名宋舟，家境殷实且天禀聪颖，刚被一所常春藤大学录取，还是唯一拿到全额奖学金的亚洲人。

受好奇心的驱使，外国的主持人忍不住问这个从小到大的学霸为什么要去搞说唱，宋舟礼貌地笑了笑，说如果主持人对说唱的态度和对其他普通爱好一样，而不是觉得不务正业，他也不会出来做歌。

主持人觉得宋舟的回应特别有意思，于是问道："你想改变人们对说唱的刻板印象？"

"这很难说，也分情况，"宋舟摇头回应，"嘻哈文化的根在这个国家，在中国并没有一个循序渐进的发展历史。"

"也有人会说，时代不一样了，如今的嘻哈文化更看重音乐性……"宋舟再次摇头，正色说道，"我知道有不少同行会看到这档节目，如果你想发歌，不妨先听听我的。不是所有人都有资格自称说唱歌手。人贵有自知之明，也要懂知难而退。"

姜诺滑动手指翻回林淮的言论，又听了一遍宋舟的，只觉得这两个年轻人对说唱的理解简直是水火不相容，若是有见面的一天，免不了要针锋相对。

而他们本质上又都是涉世未深的少年。

也只有十八九岁的少年会有如此理想化的观点并义无反顾地付诸行动，这种坚持天真又可贵。姜诺正这么想着，眼前晃过一只手，他抬头，宴若愚正站在自己面前。

按农历算，这天已经是腊月二十六，返乡的外地人基本上都已离开，岭安城的村镇几乎成了空城，又逢下雨，整个晚上也就他们来洗澡，但姜诺还是怕宴若愚会被眼尖的人认出来，让他把外套的帽子戴上。两个人撑着一把伞走在空无一人的街巷里，每路过一个小吃店面姜诺就会问一句："你想吃这个吗？"

宴若愚每次都摇头，又被问了一次后反问："我们怎么还没到家？"

"先带你去吃东西。"姜诺牢记裴小赵离开前的叮嘱。宴若愚醒后就没进食，饿过了头又洁癖作祟，所以选择先洗澡。

“不用这么麻烦，你叔叔、阿姨那儿不是有珍珠奶茶又有麻辣烫嘛，我们回去吃这些都行。”

姜诺停步，上上下下地打量着宴若愚，完全有理由怀疑只吃新鲜食物的他被塌落的天花板震傻了，居然想尝试流动小摊卖的东西。

“那你……你就算在我家吃了晚饭，也得回自己的大房子呀。”姜诺越说越缓，因为宴若愚的眼神越来越沮丧，双唇紧闭、嘟起，饶是他再想提些现实的建议，也说不出口了。

“我不是心血来潮，也不是在跟你耍脾气，就是想去你们现在住的地方看看，不行吗？”

宴若愚目光闪烁的亮眸堪称撒手锏，至今没人能拒绝。姜诺没再坚持，带他回新安置的出租房。宴若愚一脸高兴的表情，要不是天还在下毛毛雨，他肯定要跳着跑两步。

当初不知道房子具体什么时间被拆，保险起见，姜诺很早就看上了附近另一个本地人的空房。他没什么资本和本地人谈条件，还好小丽姐也租的是那个人的房子，给他做担保，他才拿到空房的钥匙，并保证一旦在年前搬进去就多付一个月的房租。两个人回去时，小丽姐正在把所有干净的衣服挑出来放到柜子里。

姜诺不知从哪儿掏出几张现金塞到小丽姐手里，道谢的话说得可比两个人相遇的第一晚自然多了。她没收，说大家都是老乡，互相帮忙是应该的。

“我看你们的枕头都湿了，跟我去房间里拿几个先用着吧！”小丽姐绕过宴若愚离开，全程都没和他有过眼神接触。宴若愚挺纳闷的，不认为小丽姐这么快就不记得他了，不然不会隐隐有局促感。

这种局促感和林萍听到他想吃麻辣烫时的表情如出一辙。他们桌上就摆着一盆煮好的麻辣烫菜品，她垂在两侧的手攥紧裤子的布料，特别不好意思地说：“这些东西……不是很卫生呢！”

“没关系，没关系，饿了什么都好吃。”宴若愚不客气地坐到小板凳上，并做出很享受的表情吃东西，希望自己的随便能让这一家四口人也放开些。

二老见他不嫌弃，总算少了一些紧张感，直到默不作声的姜智突然站起来，端着碗要坐在门槛上吃。林萍瞬间变了脸色，训他没礼貌。他有理，说家里就四个板凳，他要把自己的让给姜诺哥。

抱着两个枕头的姜诺刚好从小丽姐的屋里出来，听到了姜智气冲冲的话。林萍只当这孩子是叛逆期不听大人的话，但姜诺知道他对这天所遭受的一切事情不甘心又无能为力，只能这样来维护小小的自尊心。这时候，最好的做法就是让他一个人静静，于是姜诺没说什么，坐到姜智的位子上吃麻辣烫配饭。

姜庆云本性好客，问宴若愚要不要尝尝他们自制的辣酱。姜诺抢在宴若愚之前开口，让他别冲动，平芗人自己吃自制的辣椒酱都会被刺激得“眼泪不值钱”。

宴若愚好奇归好奇，但还是命重要。可现在在姜诺家里，东西再难吃也要假装好吃，实在咽不下就偷偷便宜蹲在脚边的“出息”，自己多吃白米饭。

吃完饭后，腿脚不利索的姜庆云躺在床上休息，林萍收拾洗碗，姜诺去外面打扫，姜智则坐在折叠餐桌前把星空灯拆开，将里面的零件仔细擦干后再组装好，按下开关，灯依旧没亮。

宴若愚坐到姜智对面，轻巧地说道：“算了吧，我再给你买一个。”

他这么说纯粹是出于好心，可谁知姜智不但不领情，抬眼时眼皮敛起，像对他翻白眼似的。他怎么可能没脾气，顺便跟这位小老弟算起了老账。

“哎，小孩儿，”他拿出哥哥的姿态教育，“要尊重他人的隐私权，知道不？你怎么能偷看你姜诺哥哥的邮件呢？”

姜智不说话，继续擦星空灯的零件。这一次灯亮了，但能投射的范围其实很小，在开灯的屋子里更是不明显。宴若愚扬了扬车的钥匙，问他要不要去车里试试，他又没领情，言之凿凿：“我哥只给我哥做歌。”

宴若愚抓住了他的逻辑漏洞，语气也很坚定：“我年纪比你大，也是你哥。”

姜智："……"

姜智将星空灯放到桌下，气呼呼地趴到姜庆云旁边一张宽不足一米的小床上，背对着宴若愚，拿出一个小单词本背。宴若愚也就不和小屁孩儿一般见识了，出门找姜诺。姜诺把一家人被淋湿的衣服用冷水洗了一遍再挂到屋檐下的竹竿上，见他出来了也没停下手里的动作，弯下腰边拧衣服边说："让裴小赵来接你吧！"

宴若愚假装没听见，上前想帮姜诺，姜诺握住他的手腕不让他碰水，同他对视道："你有伤。"

"没事，都是小伤。"宴若愚满不在乎。他准备用于卖惨的绷带早在帮忙搬东西前就被自己拆掉了，只有手背上还贴着两三块防水胶布，一些细小的划痕全都暴露着，看上去确实挺惨的。

姜诺语气强硬，一定要宴若愚坐在边上什么都别干，宴若愚见桶里也没几件衣服了，便没逞强，也没给裴小赵打电话。

姜诺只能又提醒："很晚了。"

宴若愚连到附近找家旅馆这样的退让都不愿意做，又用那种谁都拒绝不了的眼神望着姜诺，姜诺晾完衣服后直叹气："你怎样才肯回去？"

"除非你跟我一起回去。"宴若愚急急忙忙地说道，"我都看过了，这么小的出租房里只能睡三个人，没你的床位。"

"行。"

"嗯？"宴若愚眨眨眼，万万没想到姜诺这么快就答应了，不由得试探，"那么欧洲……"

"也陪你去。"姜诺几乎没有犹豫，也没逃避两个人相碰的视线。姜诺不是拧巴的人，也好说话，但现在这样也太好说话了，反而让宴若愚心里头空落落的。

宴若愚得寸进尺地问："你是真心陪我去的吗？"

姜诺恭敬地说道："你是我的雇主，这是我应该做的。"

宴若愚眼里的喜悦之色明显变成了沮丧，更多的是没想到："你对我的定位居然是雇主，你怎么不说我是你的债主？还好意思说我态度不端正，你……你现在和我半斤八两嘛，根本没放开来为我做歌，你这种心态也出不了好伴奏呀。”

姜诺缄默。宴若愚的指责他无一句能反驳，可他又想不出对策。他以前一穷二白时做出来的音乐确实灵得很，因为每一个小设备都是自己送外卖、当家教五块十块地挣来的，他问心无愧。

可他现在用宴若愚的工作室和乐器房，拿人家的工资，要是没把笔记本里的那笔账算出来转账给人家，他连衣食住行都靠宴若愚。哪怕宴若愚对他没要求，他也会觉得不自由，不知不觉就把让宴若愚满意放在了第一位，新制作的伴奏和采样或多或少迎合了宴若愚原来的风格，反而失去了制作人的特色。

而宴若愚觉得值得一个月两万块钱的，恰恰是 NoA 本身。

宴若愚万万没想到两个人的磨合进入瓶颈期的原因出在这儿，想当然地说道：“那你把我当朋友不就成了？”

姜诺匪夷所思地问：“你真的觉得我们算是朋友？”

宴若愚也觉得匪夷所思，反问：“为什么不算？”

“你能忍受这些气味？”

“我——”宴若愚抿了抿嘴唇，说不出话来了。

他知道姜诺指的气味是什么。还没进屋他就闻到了香菜味，真的进屋了，那些食材串味后的气味可就更精彩了，刺激得他连打了好几个喷嚏。

出租房很小，他置身其中还能闻到汗和雨、药和酒、潮湿的木头和水泥地板的气味以及铁勺钢盆用久后的锈味……姜智坐到门槛上后自顾自地加了一勺辣椒酱，宴若愚在气味消散前都不敢大口呼吸，后来他坐在姜智面前，也能闻到不天天换洗的衣服与皮肤接触后特有的气息。

他以为自己不说就不会被发现，但姜诺全都看在眼里。

姜诺紧紧攥着背在身后的手，低了低头，说道：“‘出息’可以被寄养在这儿，我们——”

“为什么会觉得我不能忍受？”

姜诺抬头，宴若愚胸膛起伏，露出一个笑容。

“这种味道，我羡慕都来不及。”

“什么？”

“家的味道。”宴若愚朝他走近，重复那个字，“家。”

药是姜庆云吃的，酒是他舍不得喝的，受伤后他出不了门，只能给妻儿洗洗衣服，所以姜智宁肯将衣服多穿几天也不愿意给父亲添麻烦；床板、地板被林萍打扫干净，唯独放过了蜘蛛，因为那是益虫；锅碗瓢盆陪着他们从平芗到岭安，最终还会从岭安回平芗——他们当了大半辈子外地人，埋葬姜善的平芗永远是故乡，那儿的辣椒酱才最正宗，和他们自制的一模一样。

那绝不是穷人的味道，而是挣扎的希望、世俗的温暖、平凡的坚守。正是这样的味道培养出了姜善和姜诺，“不真诚祷告者”和 NoA，让他们在数不清的无能为力的事情前依然互帮互助，从未放弃。

宴若愚真心实意地说道：“我喜欢这样的味道。”

姜诺吸了吸鼻子，有些手足无措地侧过脸，脖颈处的线条绷得更为明显。他笑着呵斥：“别闹！”

“你怎么又凶我……凶得好，不然惯着我的人太多了。”宴若愚也笑，接着还酸溜溜地把姜智的话复述给姜诺听。

姜诺便回屋和姜智聊了几句，姜智爱搭不理，听到姜诺说要走时才从床上蹿下来，眼巴巴地问哥哥可不可以留一晚，他们可以挤一挤。

宴若愚怎么能让这小屁孩儿得逞呢？他正要说四个人根本睡不下，姜诺摸摸姜智的头发，柔声说：“你总是要一个人睡的。”

这话明明不是对自己说的，宴若愚却能听出背后的潜台词——小孩儿都是要长大的。

“哥哥先走了。”姜诺没让姜智再扯自己的衣角，并且告诉他，自己春节也不回来了，到时候给他带礼物。

姜智不要礼物，就是舍不得人。他问：“你要去哪儿？”

“欧洲。”宴若愚帮姜诺回答，正要把地点具体到城市，姜诺制止了他。

姜诺问："还记得姜善最喜欢的说唱歌手是谁吗？"

姜智不听说唱，但这个人太有名，他当然知道："Kevin Kim。"

"嗯。"姜诺笑了笑，话是说给弟弟听的，亮晶晶的那双眼却凝望着宴若愚，"我们要去中国未来的 Kevin Kim 曾经生活过的地方。"

第六章
你信我吗

宴若愚和姜诺在大年三十那天中午坐飞机去瑞士洛桑。

在这之前他们在工作室里做出了两首 trap。宴若愚从以前写的歌词里挑出两首普普通通的，主题还是 *Amsterdam* 那种炸裂风。姜诺则把自己的几首半成品翻出来加工，给他当伴奏。

这样的歌非常公式化，没什么新意，放在以前宴若愚根本看不上，但姜诺分析得很有道理，他们待一块儿做歌不是为了出专辑，而是为了准备这年夏天的比赛。那他肯定需要几首公式化的歌用于前期海选，大招儿要留到后面放。

“那你也报名参加比赛吧，杀杀林淮的锐气。”自从知道 *Make It Shit* 是姜诺创作的，“不真诚祷告者”这个马甲下的经典作品也有一些是他从歌词到混曲全包揽的，宴若愚对他的情感除了欣赏还掺杂了崇拜。纯拼实力，接触说唱没几年的自己肯定在林淮之下，但姜诺要是愿意出山，别说林淮，和梁真都能正面对决。

但比起站在舞台前，姜诺更乐意做幕后工作。他太安静寡言了，不喜欢抛头露面，宴若愚整天叽叽喳喳地怂恿他和自己一起参赛，他听多了也会跟宴若愚说实话，自己在写 *Make It Shit* 前并不知道姜善得了病，如果姜善的病是能治好的，他们谁都不会主动站在聚光灯下。

“也就是说，你和姜善都不渴望知名度，除非人生进度条要撑不住了。可是……可是参加比赛就是为了提高知名度呀！”

宴若愚还是不解，觉得姜诺的解释前后矛盾。姜诺也说不好，给他放点儿别的音乐，不再谈论这个话题，他也识趣地没刨根问底。

飞瑞士洛桑的前一晚他们收拾行李，姜诺除了衣物还放了一个款式老旧的口袋型录音机。宴若愚很好奇，就问：“你专门带这玩意儿漂洋过海干什么？”

“收集声音。”姜诺把录音机从箱子里重新拿出来，给宴若愚随机播放几段录音，全都是姜善还在的时候他们一起走街串巷录下的：外地女人用奇怪的口音叫卖“韩国小馒头，一块钱四个，一块钱四个”；凌晨时分，卖夜宵的人重复“鸭架、鸭爪、鸭脖子”；普通话并不标准的岭安本地老人慢慢悠悠地吆喝“白糖要伐，白糖”……

宴若愚从未听过这么市井的声音，可稀奇了，正要问怎么都是卖吃食的，录音机播放了下一段背景嘈杂的音频。有人正在用大喇叭宣传服装店的折扣福利，说着说着，就有律动感地唱了起来，把无聊的宣传词念出“江南皮革厂倒闭了”的诙谐感。宴若愚同对方隔着时间和空间，但靠着这段鲜活的声音，他眼前立刻就能浮现出一个唾沫星子横飞的兢兢业业的销售员形象。

而除了人声，这个录音机里还有风声、水声、树叶的沙沙声……宴若愚听入迷了，恨不得即刻拽着姜诺下楼再找些声音。姜诺无奈地摇摇头，说他们早两年还能在岭安城录到自行车过马路的声音，但现在，汽车驶过的声音覆盖了一切。所以他想借着这次机会去别的国家和城市找声音，说不定会有新的理解和灵感，让歌曲的采样更丰富和别致。别的制作人采样无非是重新混音、复古、致敬，宴若愚还是第一次见到直接从日常生活里找素材的情况，当真是被惊艳到了，抢过那台录音机想把里面的其他声音都放一遍，突然他听到一声沙哑而又虚弱的呼唤：“姜诺。”

姜诺也是愣了愣。宴若愚眨了一下眼，没按暂停或者跳过，默默听完那首没有伴奏的歌曲，姜善的绝笔《追忆》。这首歌是用“不真诚祷告者”的账号发的，至今在网站的评论数已突破一万。无数人留言讲述这首歌带给自己的温暖，但没有人知道，这首歌里的“你”全部是姜诺。

谢谢你给予我陪伴理解与温暖
让我有勇气不惧怕冰冷的针管
是时候由我一个人将痛苦承担
韶光荏苒，曲终，你我永远不会散

原本欢愉的气氛因为这首歌变得沉重，两个人都有些逃避，姜诺没说姜善为什么要写这么一首歌，宴若愚也没问，笑嘻嘻地假装什么都没发生，把录音机还回去。离开的前一晚他们都没睡好，第二天上了飞机头等舱，宴若愚在飞机进入平流层后就躺平睡觉，到了饭点也没动静。坐在旁边的姜诺纠结该不该将人叫醒，连接上机内WiFi询问裴小赵，已经在巴黎的裴小赵边忙时装周的事宜边回复，说他不睡觉才稀奇。

姜诺良久不知道该说什么，裴小赵继续发来文字。他第一次跟宴若愚坐头等舱的时候也很震惊，不过后来也就习惯了。宴若愚坐头等舱完全不在意服务，只是为了能一路睡到目的地而已。

裴小赵：“不要有压力，他睡他的，你享受你的，把菜单上的食物全都吃一遍，红酒、香槟搞起，最后别忘了把赠送的名牌洗漱包带回来，还可以问空姐多要几份，要到就是赚到！”

裴小赵这话肯定有玩笑的成分在，姜诺当然不会真的这么干，但他没睡意，就看起了电影。首页专门有个超级英雄的分类，蝙蝠侠系列排在最前头，他还没看过《蝙蝠侠大战超人》，就点了进去。

对蝙蝠侠稍有了解的人都知道，父母的死是主人公Bruce的童年噩梦，也是他成为蝙蝠侠的契机之一，所以蝙蝠侠系列每重启一次，Bruce的父母就要死一遍，堪称超级英雄电影中的最惨配角。意料之中的，《蝙蝠侠大战超人》的开头以葬礼为切入点，然后画面闪回油画滤镜的案发现场，年幼的 Bruce 脸上洋溢着笑容与父母走在回家的路上，钢琴曲同镜头一样缓慢，歹徒都掏出手枪了，整个画面在审美上依旧美得无可挑剔。

姜诺的乐理知识扎实，电影开播没几分钟，他的代入感还没被调动起来，更多的是把注意力放在音乐上，条件反射地拆分出音轨，钢琴声什么时候弱下，其他管弦乐以及和声又怎么插进来。

和声响起时，歹徒的枪正好穿过 Bruce 母亲的珍珠项链，枪声一响，珍珠应声撒了一地。

姜诺陡然屏住呼吸，仿佛能听见 Bruce 被消音的哀号，母亲最后的几声喘息反而是清晰的，同样倒地的父亲没有看儿子一眼，用最后的气力轻唤着妻子的名字。

姜诺摘下耳机，低着头，不愿意再看这一画面。这个版本的父母之死比诺兰版的绝情多了，在《蝙蝠侠前传：侠影之谜》中，Bruce 的父亲至少会安抚 Bruce 不要害怕。

姜诺关了屏幕，站起身，静悄悄地走到宴若愚边上。他睡得很熟，裹在被子里，只有双手在外面。手上的划痕全都结痂了，不需要再贴胶布防水，就这么暴露在空气中。姜诺也不知道自己端详了多久，轻轻扯住他的被角往上提了提，免得他的手冷，然后重新回到自己的位子上。

姜诺并不知道自己一转身，宴若愚就睁开了眼，注视着他离开。抵达洛桑后，宴若愚生龙活虎、容光焕发，直接奔向街舞比赛彩排地点。而姜诺没倒过时差，回酒店睡到天亮。宴若愚给他留了信息，说初赛时间定在下午，Shadower 靠后出场，他可以在这座城市里逛一逛再来看自己耍帅。

姜诺趴在房间窗前眺望这座被皑皑白雪覆盖的小镇，有些舍不得室内的暖气。他出门后没在街道上漫步，而是去了附近的美术馆。

欧洲的美术博物馆大多与历史建筑密切联系，而洛桑州立美术馆则完全不同，反而带有工业时代的遗存记忆。购票进入后，姜诺便给宴若愚发了定位告知自己在何处，然后拿着录音机穿过一个又一个展厅，录制他人看展的声音。馆内人流量很小，且全都是西方面孔，或疾步而去走马观花，或细声探讨。

馆内又没什么耳熟能详的世界名画，姜诺对艺术涉猎甚少，对周遭声音的敏锐大过于画作本身，走了大半个小时都没在任何画作前驻足，直到他进入一个冷绿色背景的小房间。没有靠背的真皮沙发前，只挂着一幅描绘死人的画。

姜诺不是误入兔子洞的爱丽丝，并不具备冒险精神，本能反应是从那个房间里退出来。深绿色的丝绒帘布外，普通展厅的光线白亮柔和，与帘布内的阴森基调形成鲜明对比，反而让人好奇，想再进去看一看。

姜诺深吸一口气，掀开帘布后有了心理准备，坐在皮沙发上观察画中躺在棺材里的那个人。他并不觉得恐惧，反而感受到一股无法言状的魔力，让他不由自主地凑近观赏。

那是一具面部表情痛苦的尸体，眼睛黯淡无神地半睁，骨头和肋条清晰分明，四肢都带有被刺透的伤痕。作品的标牌挂在脚的那一侧，只有法文，姜诺正要掏手机点开翻译软件，一个声音突然从旁边传来，用英语对他说道："这幅画名叫《墓中的尸体》。"

姜诺自然吓了一跳，侧身的同时往后退了一步，差点儿没拿稳手里的录音机。那男子露出抱歉的笑容同他道歉，在他说"没关系"之前并未靠近，绅士又礼貌。

"亚洲人？"男人友好地问道。他是一个五官和身材都非常典型的西方人，身上的西装极其考究，往后梳的背头精致到头发丝，两鬓的白发没有染色，使得岁月带给他的气质沉淀呼之欲出。

"你对这幅画感兴趣？"男人在姜诺点头后继续对话，用英语介绍这幅画的作者。姜诺的英语水平不比刚出国的留学生好多少，绘画方面的知识储备几乎为零，男人说了十句他有九句没听懂，抱着录音机不知所措。男人微微一笑，放慢语速，使用简单词汇带领他赏析这幅画。

男人告诉姜诺，这幅画原本是瑞士另一家美术馆的馆藏，被洛桑州立美术馆借来做特展。

男人特意为姜诺搬来一张小矮凳，让他站上去，近距离观看画作的细节，自己在旁边讲解画中的故事、艺术史、人体解剖学如何与透视法相辅相成……

他用姜诺能听懂的方式深入浅出地讲，滔滔不绝。姜诺非常感谢这位先生精彩的讲解。那男子微笑，问姜诺是否有空，他们第二天可以一起去位于德语区的巴塞尔，看看那位画家别的作品真迹。

“不好意思，我明天要去巴黎。”姜诺婉拒。男人表示遗憾，把时间换到晚上，提议他们可以一起去老城就餐。他是那儿一家米其林三星的客座厨师。

“嗯？”姜诺茫然了。

男人完全预料到了他的戒备，递上自己的两张名片。他一看，更蒙了。他一直以为这位先生是美术馆的工作人员，所以才会如此尽心尽力向自己讲解这幅作品，没想到对方在苏黎世拥有好几家餐厅，正职是苏黎世一所大学的教授，来洛桑参加学术讨论会，顺便参观美术馆，然后遇到了自己。

姜诺想拒绝对方的邀请，教授看出了他的犹豫，并没有给他推辞的机会，重新将话题引到了画作上。

“有一个俄国作家曾经写过，任何人看过这幅画都将不再相信神的存在。我很想知道中国人如何看待这种观点。”

“其实我们……”姜诺本来就不爱说话，现在更是哑口无言。文化壁垒让西方人无法理解中国人，他也无法系统地解释那些独属于东方语境的信仰，不可避免地有了一些肢体动作，比如挥动双手。

这让教授注意到他右手掌心中的向日葵图案，正要端详，有人突然拽住姜诺的胳膊，挡在两个人之间。

“Nous sommes athées et ne sommes pas intéressés par ces œuvres.（我们是无神论者，对这些作品不感兴趣。)”宴若愚盯着那位教授，故意用中式英语的发音强调，“We are Chinese!（我们是中国人！)”

姜诺："？"

教授："？"

姜诺戳了戳宴若愚。宴若愚以为他胳膊肘往外拐要帮那个人打圆场，扭头后的表情不免有些憋屈，姜诺投来的目光里却只有满满的求知欲："复数要不要加 s 啊？"

差点儿抓狂的宴若愚："……"

"这位是你的朋友？"回过神来的教授依旧绅士礼貌。姜诺点头，再次感谢他精彩的讲解。教授微微一笑，毫不拖泥带水地离开展厅，给这段邂逅画上了恰到好处的句号。

展厅里一时只剩下他们两个人，姜诺问："你怎么跑这儿来了，比赛呢？"

"你还好意思提比赛，我们重新抽了一次签，临时变成第一个出场，我给你打了好几个电话你都没接。如果在美术馆里找不到人，我下一站就该去警察局和大使馆了。"

姜诺下意识地摸手机，才发现自己把手机放在外衣口袋里，而外衣又被挂在入口的存衣室内。美术馆供暖充足，参观者需要脱大衣入内，不然会显得不美观和不礼貌。他现在只穿着圆领卫衣，宴若愚穿得更为单薄，短袖配马甲，显然是一跳完初赛就离开的，连演出服都没来得及换。

"怎么了？"注意到姜诺的视线一直在自己身上扫，宴若愚不免发问。他们已经出特殊展厅了，高处的亮白光线打在宴若愚身上，显得他的皮肤更加通透干净。他穿一身军绿色的迷彩配马丁靴，装饰作用的黑色背心像防弹服，走路时帅气地敞开，整个人潇洒高挺。和姜诺说话的时候他把鸭舌帽戴上，也是军绿色的。姜诺笑了，宴若愚问姜诺为什么笑，姜诺又说不出个所以然来。

宴若愚没追问，甩脸色，只说了一声"哦"。他怎么可能不郁闷，但还能怎么办？总不能把姜诺一个人扔下吧，他要是再晚来几秒，那个中年男子就要带姜诺去吃饭了。他在瑞士生活了近十年，对这个国家人际关系中的克制和疏离深有体会。

所以那个谈吐不凡、穿着考究的男人在宴若愚眼里大概率是对亚洲面孔感兴趣，不然没理由主动接近姜诺。

宴若愚觉得有必要提醒姜诺别跟陌生人说话，中国游客在欧洲被偷被骗的新闻太多了，有警惕心肯定没坏处。他喊了姜诺的名字，姜诺刚把头发放下遮住耳朵，歪了歪脑袋看他，他想了想，还是希望姜诺日后回忆起瑞士，浮现的全都是美好回忆。

“想去滑雪吗？”他问姜诺。他们第二天下午就要飞去巴黎，所剩的时间不够去日内瓦等热门城市观光，去趟雪场还是绰绰有余的。姜诺错过他在舞台上耍帅，他去雪场秀一下蛇形走位也不错。

宴若愚如意算盘打得妙，轻车熟路地往车站走去，跟在他身后的姜诺在一根大圆柱子前停下脚步。这种用于张贴海报的柱子在市中心很常见，姜诺刚好看到一个与街舞赛事有关的广告，在手机地图软件中输入比赛地点，刚好就在他们附近。

姜诺把地图里显示的路线给宴若愚看，宴若愚还记得那是一所街舞学校，接收的学生从六岁到六十六岁不等，这种对决一看就是友谊赛，没什么技术含量，他不是很想去，奈何姜诺巧用激将法问他是不是怕输给比自己年纪小的人。

“我宴若愚会怕？你信不信我就算摸鱼也能把第一名拿下？”宴若愚的斗志一下子就被激发出来了，他二话不说就改道去了街舞学校。

这场比赛不限年龄和国籍，任何人只需支付三十法郎就能参赛，第一名的奖金为三千法郎。两个人赶到时第一轮比赛已接近尾声，宴若愚付完钱后，舞蹈老师兼工作人员问宴若愚要音乐，他明摆着是来砸场子的，说随便给他一段音乐就行，他可以自由发挥。

他都这么狂了，比赛的组织人员也很乐意配合他，安排他插队到下一个表演，就用现在这个跳 urban 的女孩子的音乐。姜诺记得他的强项是机械舞，劝他别着急，他给姜诺找了一个能看见中间舞台的位置，特别幼稚地用大拇指擦了一下鼻子，自信地说道：“看我的。”

说完，他大步走到人群的正中间。

和下午在剧院的职业比赛相比，这场对决非常随意。场地在学校里的一间大教室里，参赛者和观赛者围成一个圈，最里面的人坐着，最外围的人站着，按顺序轮到的舞者面对三位坐在沙发里的评委跳，那两男一女的评委在结束后举手投票，参赛者获得的票数超过一半就晋级下一轮。

他们并不知道宴若愚是现场报名的，注意力集中久了也有些审美疲劳，但突然冒出个黄皮肤的人，全都睁大眼来了兴趣，让他做自我介绍。

姜诺站在人群偏外围的地方，听着宴若愚和三位评委一来一回地用英语交流。宴若愚的出现也吸引了在场其他人的目光。即兴舞蹈结束后，他还不忘朝借用音乐的女孩儿鞠上一躬，所有动作如行云流水，观众鼓掌、舞者沉默，热场的主持人用法语起哄，他们的冠军不能属于中国人。

宴若愚原本只是想给姜诺露一手，别浪费了这天这身打扮，跳完就深藏功与名地溜走，不和这些非职业的街舞爱好者一般见识。

但不管主持人是不是在开玩笑，宴若愚都觉得被冒犯到了，用法语回："冠军今天还就是中国人的了。"

主持人没想到宴若愚会法语，尴尬地笑了笑。宴若愚钻出几层人群站到姜诺边上，没听懂的姜诺问："你和主持人都聊了什么？"

"没什么，他建议我去试试奶酪火锅，我说算了，那玩意儿太臭，简直要命。"

宴若愚说得特像那么一回事，姜诺也就被糊弄过去了，和他一起在人群外围观看比赛。初赛即将结束，主持人问还有没有人想现场报名，姜诺听到身后有人用中文劝说："机不可失，时不再来。"

姜诺闻声扭头，一个黑头发、黑眼睛的年轻人正倚在墙边。少年的眸色很深，目光落在哪儿都显得专注，站在他旁边一同观赛的佩戴工作人员胸章的褐眼睛的人便继续鼓动："这里有你的同胞，你应该试一试！"

宴若愚也转过身，并不奇怪一个瑞士人的中文为什么会如此流利，也不诧异那个年轻的中国人为什么不愿意上场。他之所以和姜诺一块儿直白地打量对方，是因为那少年实在太眼熟了，尤其当他侧了侧脸，露出鼻翼右侧的一颗黑痣时，两个人几乎异口同声地喊出他的名字——

“宋舟。”

“Dove！”

宋舟不由得直了直身子。

他申请到前往爱因斯坦的母校苏黎世联邦理工学院的交换生名额，圣诞节过后就进入下学期，无法在二月份回家过年，而是和建筑系的教授一起来洛桑参加学术会议。整个行程并不紧凑，他有不少可支配的自由时间，出会议厅后看到比赛的海报，比宴若愚他们更早地前来观看。

瑞士是多语言国家，绝大多数人熟练掌握英、德、法语，再学中文并不稀奇。

那名工作人员是在宋舟询问他赛事流程后同他聊上的，在嘻哈文化的话题上相谈甚欢。宋舟告诉他自己刚开始接触嘻哈就是学街舞，但因为学业压力放弃了这个爱好。

“那你肯定要试试呀，你一定还爱这一文化，不然不会在看到海报后来到这里，也不会玩说唱。”

宋舟走到宴若愚身边后，宴若愚劝说鼓励的话和工作人员的一模一样。宋舟笑着摇摇头，说自己都有五六年没跳了，就不上去献丑了。

“你为什么会知道我？”宋舟问宴若愚。他在宴若愚上场后就认出来了。宴若愚在国内的知名度太高，他就算不了解，也认得那张脸。

但 Dove 的所有音乐和 MV 都发在外网上，并不注重在国内的推广，Instagram 上有几万关注者，在微博上的粉丝数是宴若愚的粉丝数减去五个零，流量非常惨淡。

“因为我在潜心修炼，‘996’模式刷视频，揣摩、吸纳古今中外说唱歌手的优点特色，自然而然也刷到了你。”宴若愚一本正经地回道。

姜诺没说话，在旁边抿嘴憋着笑。

“那这位是？”

“这是我的制作人，NoA。”宴若愚挺想显摆的，便要给宋舟听姜诺给自己做的那几首歌。宋舟记得这个名字，眼珠子一亮，问：“姜善那首 *Bounce* 是你做的？”

宴若愚扯扯嘴角，原本挺开心的，听到别人印象里的姜诺和姜善捆绑，就很不乐意。姜诺照顾他的情绪，拍他的后背希望他别介意。

宴若愚还是有脾气，双手一插，没头没脑地强调：“他现在只给我做歌。”

宋舟觉得挺有意思的，问：“你这是要从偶像转型做说唱歌手了？”

“还是实力派的！”宴若愚补充。还没来得及跟宋舟展开聊即将启动的第四季 *Make It Big*，主持人就高声呼喊他的名字。

街舞比赛已经进行到第二轮，也就是最后一轮，所有通过海选的舞者都将进入一对一的即兴对决环节，被主持人选中的人可以挑战场下的任意舞者。那个跃跃欲试的蓝眼睛的人毫不犹豫地第一个上场，他就是冲着宴若愚来的。

宴若愚露出一个平和而不失礼貌的微笑，欣然应战。

姜诺和宋舟依旧站在外圈观看比赛。宋舟一看对方的水平就知道宴若愚肯定稳了，问姜诺：“你们到底是怎么知道我的？”

姜诺看向宋舟。少年的眼睛很好看，眼眸浓黑乌亮，再配上那颗鼻梁上的小黑痣，五官精致得有些失真。他的眼神里有着读书人特有的机敏，问个问题都不卑不亢，那种骨子里的傲劲可能连他自己都没意识到。

“你知道林淮吗？”姜诺问。

意料之外的，宋舟微微蹙起眉头，嘴角旋即勾出一丝意味深长的笑容。

“LZC 厂牌的小梁真？”

“嗯，”姜诺点头，“他很关注你，觉得同年龄的说唱歌手里，除了你，没一个能打的。”

“别，他现在可是短视频平台的红人，谁都能哼两句他的无厘头喜剧说唱。他的赞赏和肯定，我可受不起。”宋舟显然并不认可林淮的风格，甚至有些鄙夷，和绝大多数唱旧式嘻哈的老牌说唱人一样，替梁真感到不值和惋惜。当老子的技术这么一流，怎么耳濡目染下，出了这么一个瞎唱的儿子。

或许是被宋舟念叨的缘故，正在龙湾机场等待飞往兰州的航班的林淮打了一个大大的喷嚏。

原定于八点起飞的航班延迟到十二点都没个消息，林淮等得生无可恋，只能眼巴巴地望着不远处一家名叫“黄河谣”的牛肉面店，垂涎欲滴。

邵明音都听到他的肚子叫了，拍了一下他的后背，让他去吃点儿东西。他一想到菜单上的价格，咽了一口唾沫，懂事地摇头。

邵明音总觉得林淮还能长个子，见不得他饿，就把旁边的梁真摇醒，说：“你儿子要吃‘黄河谣’。”

“回兰州再吃，机场这家店多贵呀。”梁真一点儿都不心疼林淮，刚把眼睛闭上，邵明音又摇他，说：“我也饿了。”

梁真猛然睁开眼，站起身，中气十足、大摇大摆地走向那家店，说道：“走，带你们去‘刷脸’！”

梁真当然只是说说，不会真吃霸王餐，三个人点了三碗面，又要了牛肉和小菜，加起来将近三百块钱。

这是他吃过的最贵的牛肉面，尽管黄河谣餐饮集团有限公司其实是他控股的。十年前，他靠演出挣着钱了，总想着该怎么投资才能跑赢通货膨胀，原本想做潮牌服装，但有太多说唱歌手把这当副业，他觉得不酷，一拍脑门儿，和厂牌里的兄弟一合计，就这么进军了餐饮业。

第一家“黄河谣”开在温州，用的牛羊肉全是从西北空运过去的，原汁原味复刻正宗兰州牛肉面的味道。后来他们开始开放加盟，鼎盛时期全国有一百多家店。

加盟店一多，品质就不好把控了，大浪淘沙后，全国范围内还有三十余家，温州机场店就是其中一家，除了价格比外面贵，味道挑不出错。

梁真在邵明音面前说不饿，拿着小票到窗口前，还是会和拉面师傅说“二细，面放多点儿”，想了想，递上另一张小票时说荞麦棱子的面也放多点儿。

和梁真不一样，户籍同为兰州的林淮喜欢吃荞麦棱子。梁真在窗口等面，林淮和邵明音面对面坐着剥茶叶蛋。林淮太饿，没等面上来，就开始吃牛肉，吃完以后还不顶饿，邵明音就把自己那份推给他，后来梁真端着三碗面过来，见林淮把邵明音的那份肉都吃了大半，叹了一口气，把自己的分给他们一人一半。

兰州这天下暴雪，他们一个小时前问工作人员航班延迟情况，得到的答复是飞机刚从兰州起飞。

梁真听了，非常淡定。邵明音除夕夜都在派出所加班呢，梁真和林淮为了看《春节联欢晚会》的仪式感都蹲去派出所里头了，航班只要不取消他们就谢天谢地了。

他们从大年初一晚上等到初二凌晨，万家灯火熄灭，也就 ***Make It Big*** 的节目制作人林哲还在疯狂给梁真打电话。梁真被逼得提前关机，坐在邵明音旁边小憩，被叫醒后还挺迷糊。直到这会儿在店里几口面汤下肚，胸膛里一暖和，人也清醒了。

吃到一半，梁真听到身后有一声惊呼，警觉地回头，有两个女孩儿跑到他旁边，激动到跳起，问：“你是林淮吗？”

梁真扭头，林淮冲那两个女孩儿腼腆一笑，擦擦嘴后礼貌地起身。他够高，站在什么身高的女孩子旁边都般配，那两个女孩子除了让他签名，还拜托梁真帮忙给他们合影，接过手机后同梁真说了一句“谢谢”，就走了。

她们就走了？

梁真和林淮面面相觑，呆若木鸡。邵明音憋不住笑，踢了林淮的小腿一脚：“行呀，儿子，长江后浪推前浪。”

“我怎么就死在沙滩上了？嗯？”梁真的手指在自己和林淮之间反复滑动，他真心实意地发出了灵魂拷问。林淮不仅是他带回家的，还是他带出道的。没想到才八九年的工夫，路人就不识他了，尖叫呐喊全给了林淮。

“您这怎么能是过气呢？”林淮拢了拢外套，一本正经地贫嘴，“您这是功德圆满，喜提‘老炮儿’人设。”

梁真踢了林淮一脚，力道不重，但林淮抱住小腿，撇嘴，故作委屈地和邵明音控诉：“梁真忌妒我。”

邵明音对这两个活宝的一唱一和早已见怪不怪，充当和事佬让他们先吃面。俗话说得好，父子没有隔夜的仇。梁真把流落街头的林淮捡回家那年正好二十三岁。林淮刚进家门那会儿要管梁真叫爹，梁真总不爱答应，听着罪过。久而久之，林淮就叫梁真的大名，父父子子那套完全不讲究。

但邵明音对这个小孩儿特别上心，最爱干的事情就是变着花样给林淮做饭，愣是把他从一个瘦弱的小豆芽投喂成跟梁真差不多高。

林淮在学习上比梁真争气多了，考上了全省最好的大学，虽然被调剂到马克思主义学院，但现在也学得美滋滋的，立志做个新时代好说唱歌手。

“你也别太伤心，”邵明音知道梁真没伤心，说不定正为林淮有出息暗乐，但还是非常配合地认认真真劝道，“刚才那两个姑娘不是也说了嘛，她们不算嘻哈迷，对说唱也不了解，就是听过林淮唱的推广曲，叫——”

他看向林淮，问：“你给谁唱推广曲来着？”

“不是谁，是一个文学网站，叫长佩阅读。”林淮把最后一口面汤喝完，意犹未尽。

梁真放下筷子，总觉得这个网站名听着很耳熟。他看向邵明音，邵明音也看着他，那意思是也有印象。

邵明音并不确定地问：“你是不是也给长佩写过推广曲？”

梁真想起来了，用力点头，但那都是十年前的事情了，他也没关注这个网站的后期发展，没想到风水轮流转，这个网站找上他儿子了。

“你为什么都没和我们提起过？签合同了吗？Vivian（薇薇安）知

道吗？”梁真神色越来越严肃。Vivian是LZC厂牌成员的经纪人，按正常流程，所有商业合作都要她做中间人。

“行呀，林淮，胆子肥了。”梁真有些愠怒，“这已经不是你第一次私下行动了吧？去年也是，你没和我们任何人商量就发了一张喜剧说唱的mixtape，连自家人都防，后来你们的采样出问题差点儿被扣锅成抄袭，原创者又是卖谁的面子不追究你的？”

“我这不是……怕你们觉得那些歌掉价，不让我发嘛……”林淮扭扭捏捏的。梁真直接拍了一下他的脑门儿，让他好好说话。

“长佩给了你多少钱？回头给Vivian报个账。”

“我没拿钱！”林淮解释道，“就是上个月，他们网站的一个编辑在微博上给我发私信，我们挺聊得来的，我就顺手把录音小样发过去了。这种推广曲我一天能写四百首韵脚不重样的，我都不好意思问他们要钱。”

“林淮！”梁真不和他嬉皮笑脸，“这不是钱的问题，你在LZC团队一天，就要跟别人介绍你是‘来自LZC的林淮’，也要有一天的团队意识，什么事情都要和我以及经纪人商量，不能擅自做主。再加上你现在确实有点儿名气，话不能乱说，歌更不能乱唱，有些合作——”

“哎哟，都什么年代了，开心就完事了，怎么还这么多规矩？”林淮理亏又不服气地说道。

梁真较真儿地说：“你在LZC，就得守LZC的规矩。”

“那我找个黄道吉日退团单干得了！”林淮不服气，闷闷不乐地起身，头都不回地离开牛肉面馆去等候区坐着。

梁真看着他的背影，气得说不出话来，邵明音在旁边劝道：“你别和他置气，他还只是一个孩子。”

“他几岁了，还叫孩子？他那叫巨婴！都十九岁了啊，谁十九岁了还像他这样冲动、任性、不懂规矩？”

邵明音看着梁真，露出一个苦尽甘来又体谅的微笑。

梁真：“……”

“别气，别气，先听听你儿子都唱了什么。”邵明音还是那么好脾气，点开那首《长佩爱情》放给梁真听。林淮的声音和梁真的有相似之处，自带腔调，歌词再怎么胡说八道都能唱出质感来。

若遇到喜欢的作品
千万不要错过收藏
绝美爱情就在这里不需要猜疑
用评论投喂勤奋的太太一起收获快乐
…………
签到送海星哎
我觉得还行哎
太太们快更新哎
鱼粮撒满评论区哎
…………
用好故事传递爱
长佩阅读与你每一个日夜相伴
…………

邵明音和梁真默默地听完整首曲子，又默默地摘下蓝牙耳机，再默默地对视。

良久，邵明音不是很有底气地问："这算 trap 吧？"

梁真以前教过邵明音，如果实在听不懂，把说唱简单粗暴地分成旧式嘻哈和 trap 两类就行，假设这首歌够洗脑，唱完每句歌词后顺便"哎"一声，那这首歌八九不离十就是 trap。

"算，算，都把我听支棱了，当然算 trap。"梁真揉太阳穴，投降道，"他和长佩合作得开心就好。"

这首不到一分钟的推广曲宋舟也给姜诺听了，姜诺全程都在笑，都没认真看宴若愚跳舞，将耳机还回去后说："他和长佩肯定合作得很开心。"

“那他对自己的定位也太迷惑了，明明能写出更好的歌。”

“聊谁呢？”宴若愚将对手赢下后就朝他们小跑过来。挑他对决的人还挺有实力，评委有放弃投票的权利，一次平局后，他还是赢了对方。

如果说之前只是热身，那他现在已经被调动起情绪来了，体力充沛、精神亢奋，见他们在听的歌是林淮唱的，莫名其妙地就着急起来，对宋舟说林淮很久之前就关注他的社交账号了。

“不会吧？”宋舟并不相信。

“我骗你能有什么好处？你打开应用程序看看不就知道了。”宴若愚信誓旦旦，都想到该怎么跟林老弟邀功了。

宋舟举着手机屏幕对着他，并不意外地说道：“他确实没和我互关。”

宴若愚伸长脖子，半张着嘴，直接傻眼。宋舟给他看的界面是微博的，“Dove 宋舟”的粉丝只有一两百个，唯一的关注是拥有近五万粉丝的“LZC 林淮”。

“他在国内用微博，要是真像你们说的那样欣赏我，一搜我的名字就会发现我的关注列表里只有他一个人。”

宋舟耸耸肩，无所谓地说道：“看来他只是敷衍、吹捧我罢了，况且我们走的路子都不一样，不相为谋。”

“不……不是，小老弟，你用错软件了！你人在国外那么多年，他哪里想得到你还会用微博呀！”

宴若愚激动得舌头都打结了，差点儿直接上手帮宋舟打开 Instagram。他和林淮哪里是道不同，简直是心有灵犀，宴若愚不帮他们点通就不是中国人！

可还没等宴若愚解释清楚，主持人就拿着话筒大喊他的名字。他迷惑地扭过头，才知道即兴对决是不限制次数的，不管他赢了多少场，下一场的攻擂方依旧可以选他为挑战对象。

瑞士人严谨较真儿，再小的比赛也要录像备案。宴若愚在这场比赛里的所有对决都有清晰的影像记录。

那段视频在他参加改名为 *Make It Real* 的 *Make It Big* 第四季节目后被挖了出来，节目组为了制造综艺感，把同为全国四强的林淮叫来观看，做一段视频。

林淮看着视频里宴若愚赢了第一个男舞者后往人群外围走去，那里站着姜诺，还有宋舟。

“小舟怎么也在？！”林淮的眼睛一亮，随即瞪眼，双眼皮都瞪出来了，还没等他无缝衔接吹捧宋舟一番，第二个舞者上场后直接奔到回到舞台的宴若愚面前，音乐都没来得及放就开始跳了起来。

林淮笑到肩膀都抖，凑近仔细打量那个只有半个宴若愚高的小萝莉，无奈地说道：“我是该说瑞士人小心眼儿，跟宴若愚这儿玩车轮战，还是该说他们轴，你看那洋娃娃的小眼神……”

他按了暂停，刚好截到小萝莉的正面照。她年纪太小，身子骨过于柔软，没一个动作的停顿是干脆的，但那股执拗劲儿呼之欲出，好像在说自己宁愿找场上最强的人对决被淘汰，也不要随便找一个弱者当保送者。

宴若愚双手交叉在胸前，目光在眼前的小萝莉身上扫视，嘴角勾起，似笑非笑。他当时的心情估计和林淮此刻的一样无奈，小萝莉跳完后，在场所有人都为她的勇气欢呼，搞得宴若愚很尴尬。

好在裁判都是公正的，主持人数完“三、二、一”后，三只手全都指向了他。

他在长达五六秒的嘘声中赢了第二轮，撸起袖子站在原地，果不其然，第三个上场的选手依旧选他为对手……

“封印被解除，全国的希望，加油！”林淮给宴若愚送来一声迟到的喝彩，然后非常自觉地问在对面拍摄他的反应的工作人员：“在视频的视频里的文身后期会被打马赛克吗？”

工作人员：“……”

工作人员咳嗽了一声：“禁止‘套娃’！”

林淮乖乖地继续看视频。之后的七八分钟都差不多，宴若愚一直赢，体力也一直被消耗，将防弹衣款式的马甲脱下后，后背肉眼可见地沁了一层汗到衣服里。

“这个视频要是能上热搜，我连关键词都想好了，就叫‘宴若愚——当代叶问’。”林淮数不清他对决了几个瑞士人，问摄制组工作人员有没有十个，然后指着他们怒目而视：“我也要一个打十个！”

扛摄像机一整天脸不红气不喘的大哥们真朝他走过来，林淮很快服软：“别，大哥，也就宴若愚能一个打十个，我可不能被十个打，会死人的。”

林淮乐呵呵地继续看视频，还有一堆包袱没抖出来呢，姜诺拉着宋舟钻出人群到了内圈，坐在宴若愚身后。

林淮跟宋舟隔着时间和空间，还是傻笑着挠挠脑袋，后半程注意力没在宴若愚身上，嘻嘻哈哈地说单口相声的频率明显降低。

他诙谐的解说确实弱化了整个比赛的紧张感，只有经历过现场的人才知道，当宴若愚连赢十个水平良莠不齐的舞者后，这场一对一的对决于他而言已经变成了守擂战，只要他没输，其他舞者默认都要挑战他。

“这不公平。”姜诺抱着宴若愚的马甲，比起愤怒，更多的是心疼。

宋舟却对这种思维见怪不怪：“公平是相对的，谁都有挑战宴若愚的权利，这就是他们的公平。”

宴若愚又赢了一个，脖子、额头上都是汗，工作人员给他递了一瓶矿泉水，他一口气喝了大半后把剩下的水从头往下浇，抹了一把脸后喊：“Suivant!（下一个！）”

话音刚落，他正对着的人群里走出一个和他年龄相仿的男性，戴渔夫帽，穿蓝色无帽卫衣、工装裤和帆布鞋。

“加油，宴若愚！加油！”姜诺盘着腿就坐在宴若愚身后两三米的地方给他呐喊助威，他没回头，背了一只手在身后，冲姜诺比了一个OK的手势。

用于对决的音乐都是随机的，但出名的舞曲也就那么几首，比赛进行了近两个小时，过半的音乐宴若愚都听过，且做过热身或练习的背景音乐。

他现在的对手估计也有这种经验，动作连贯流畅，每个点都踩得特别准，是目前为止最强劲的攻擂者。

很快，攻擂者结束了自己九十秒的即兴舞蹈。他充分运用了属于自己的半个舞台，带动了他那边的人群气氛。主持人将那段音乐重复播放，宴若愚不会傻到去争取东道主的掌声，就站在原地玩了好几个机械舞里的技巧，双手配合移动速度飞快，又恰好能在鼓点上做出停顿，带给观众的更多是技术上的享受，并没有带来气氛上的躁动。

评委是中立的，一轮过后，其中一位弃权，另外两位分别支持宴若愚和攻擂者，平局在所有人的意料之中。并没有时间让他们稍作休息，主持人又放了一段新的音乐。

两个人实力不分上下，又平局了一次。战况越来越胶着，宴若愚体力不支地弯下腰双手扶膝，姜诺看在眼里，再也坐不住了，站起来挥动双手冲那三位评委大喊："Must choose!（必须选择！）"

宴若愚直起身子，扭头望了姜诺一眼。

记忆里的姜诺永远是安静内敛的，语速慢、声音不大，思考的时间多于开口说话。他有过类似性格的同窗，那些人可以用英语很快写出一篇相对论的论文，却不乐意谈论昨天晚上去超市都买了什么，更别提当着瑞士人的面暴露自己并不标准的口语。

宴若愚轻轻地笑了一下，想到姜诺上一次情绪激动是因为姜善，觉着自己这天就算拿不到三千法郎也值了。

"Must choose! Must!（必须选择！必须！）"姜诺固执地喊了不知多少遍，逼着主持人和评委协商。几分钟后，主持人宣布修订后的规则，即之后的评定中，评委都不再有放弃权，舞者要么赢，要么被淘汰。

宴若愚和戴渔夫帽的攻擂者再次站到人群中央，这一次他们握了手，然后往后退了三步，拉开距离。

随机的音乐响起，前奏的管弦乐刚响起来，观众的呼声就响亮得足以淹没音乐。姜诺不明白发生了什么，只见观赛者全都小幅度地扭动着身子，甚至能踩准节奏鼓掌和跺脚。

宴若愚长吸一口气，听出这首歌是瑞士本土民谣的混曲。

攻擂者加入了大量民族舞步，整个即兴舞蹈的过程中没什么难度，奈何观众太热情，音乐结束后，还有几个宴若愚对面的观众向前伸平手掌后摇动手腕。

那是法语区特有的轻蔑挑衅动作，宴若愚看得懂，但没生气。

歌曲肯定是随机的，只能说他运气不好碰上了这首。他本来就没多少胜负欲，再加上体力确实被耗得差不多了，这么输了也不算丢脸。

他也不想跳了，就等着观众冷静后直接弃权，有一个声音夹缝求生般从一致的庆祝声中钻了出来——

“Not fair!（这不公平！）”

一个姜诺跟一百多个瑞士人比嗓门大：“This song! Not fair!（用这首歌不公平！）”

瑞士人迅速安静下来，百来双棕的、蓝的眼睛齐刷刷地看向宴若愚那位黑色头发的同伴。

瑞士人也讲道理，主持人问他：“What do you want?(你想要什么？)”

姜诺沉默了两三秒后和宋舟说中文，让他帮忙翻译自己的看法。姜诺没有怀疑这首歌的出现是暗箱操作，但这样的歌曲风格太特殊，肯定会让评委的判决失去客观性。

主持人非常礼貌地解释：“请不用担心，我们的评委只有一个人来自瑞士，其他两位分别来自瑞典和爱沙尼亚。”

“But...（但是……）”姜诺英语水平有限，表达不出来自己的意思。

于是，主持人提议：“或者我们换一首歌，再来一局？”

姜诺果断摇头：“他很累。”

宴若愚就在边上，刚撩起衣服下摆擦脸上的汗，顺便抹了一把脸，然后拉住姜诺的手臂，跟他说算了吧。

他确实累了，刚开始还挺高兴，为姜诺对自己的关心而沾沾自喜。

可姜诺太较真儿了，宴若愚一冷静，想到他这么维护自己说不定是因为“拿钱办事”，心里头又空落落的，觉得没必要这样。

他也是这么对姜诺说的：“没必要，真的没必——”

姜诺挣开他的手，都没回头看他，往前一步，直视身材高大的主持人，一字一顿，缓慢、固执且坚定地说："He deserves fairness.（他应该得到公正的待遇。）"

宴若愚的手停在空中，良久，他才将手收回去。

主持人不能否认姜诺的诉求的合理性，退步道："What do you want?（你想要什么？）"

"你们放本土民谣的混曲，我们也用中国民谣的混曲，怎么样？"

宋舟在翻译前插了一句，问姜诺："你手头有现成的歌？"

姜诺没正面回答，只说："你先问他这样行不行。"

宋舟把姜诺的话翻译给主持人听，主持人点点头，先跟评委和工作人员商量，取得同意后，发动投票表决功能，问在场的观众和参赛者接不接受。举手反对的只有寥寥数人，其中几个见自己是少数，又默默地把手放了下去。

主持人向姜诺招招手，意思是让他把音乐拿上去播放。

姜诺松了一口气，正要给宴若愚加油打气，一转过身，发现盯着他的后背不知看了多久的宴若愚红了眼睛。

姜诺没时间和宴若愚细说，掏出手机，打开一个电子音乐合成器的应用程序。那是一个他自己编程的手机软件，上面有很多个小方块，每个方块都对应一个音色和乐器，从鼓到弦乐器，一应俱全。

宴若愚愣愣的，明白姜诺的意图是要现场给他打碟，现场混曲。

"记住这个鼓点，"姜诺给他放了一段鼓声，"来不及给你听那首古风乐了，但鼓点就是这一段的重复，不会变。"

他问宴若愚："记住了吗？"

宴若愚还是一副魂不守舍的样子，姜诺急了，抬手从后面搂过他的脖子将两个人的距离拉近，低声急迫地喊道："宴若愚！"

宴若愚的睫毛颤动。

"你不能就这么输了，你——"他竟一时找不到符合中文语境的说辞了，用英语对宴若愚说，"You deserve fairness.（你应该得到公正的待遇。）"

“我从来没遇到过这种情况……”宴若愚跟姜诺说实话，心里根本没底。

“那是因为你之前没遇到我，你现在终于遇到了，你的硬气呢？”

这句话最先是宴若愚对他说的，现在被他重新提起来，宴若愚愣了愣之后笑了起来，人也放轻松了。

“对，放开来，等会儿跳就是了。”姜诺也笑，同时感受到宴若愚全心的信任——宴若愚任由自己拿捏后颈的部位，那是一个人最脆弱的地方。

姜诺的五指突然用力，微微陷入宴若愚的皮肉里，宴若愚随即肌肉僵硬，还是觉得紧张有压力。

“宴若愚……”姜诺叫他的名字，本应该帮他舒缓紧张感的，手指却慢慢加重力道，近似逼迫地问，“你信我吗？”

宴若愚在那真实的痛感里孤注一掷地感受到平静。他脱口而出：“我信！”

姜诺旋即松开了手，转身往音乐设备那边疾步走去的瞬间，闭上了眼，再睁开，像是看到了那段无法改变的过去。

他绝不能让过去的场景重演，属于宴若愚的今朝必须延续。

姜诺和宋舟一起来到主持人身后的操作台边，两个人的手机全都连上了音响，宋舟问：“我接下来要放哪首歌？”

姜诺边试音边说：“先打开网易云音乐。”

宋舟的手指不动了，他为难地说道：“这里是欧洲。”

姜诺抬头：“啊？”

歌曲版权都是有地域限制的，宋舟给他看打开手机软件后的界面，上面写着“根据欧盟《通用数据保护条例》（GDPR）条款要求，服务更新升级中，暂停访问”。

姜诺为了抓紧时间，让宋舟直接打开知名视频网站找到一个播放量为千万级别的视频。宋舟看着视频封面上那个和街舞八竿子打不着的中国女孩儿，再次确认：“我点开始了啊？”

姜诺望向宴若愚，两个人几乎在同一时刻点头。

宋舟播放了那个制作烤全羊和马奶酒的视频。宴若愚之前没听过这首纯音乐，但马头琴的声音一响起来，他就通晓了曲子的基调，邪乎得跟武侠小说里被打通任督二脉的高手似的，动作还是来自街头的，放缓舒展后反而有了民族的味道。

五六秒后，姜诺手机里的鼓点响起，逐渐加入吉他和贝斯的声音。他一个人就是一支乐队，将蒙古传统乐器与摇滚风格的旋律融合到一块儿。九十秒即将耗尽时，宴若愚不再踩点做停顿，而是移动到场地中间做了几个蒙古舞里的常见动作。他没学过民族舞蹈，但像《鸿雁》《奔腾》这类经典舞蹈节目肯定看过，没特意练过不意味着不会做。

他跨开双腿，上身下沉，整个身子的支撑都在腿和腰部。

这本来就是非常稳扎稳打的姿势，他的马丁靴和迷彩裤帮着锦上添花，他下蹲后整个人的气势从未有过的磅礴，看得女评委脖子越伸越长，并在最后捂了捂嘴。

宴若愚结束表演，全场先是寂静一片，几秒钟后爆发出掌声。除了那位瑞士评委，其他两位都将票投给了宴若愚。宴若愚冲到姜诺面前，激动得差点儿将人抱起来，眼睛一瞥，扫过宋舟的手机，那里面放的是网红带货主播的视频。

宴若愚："……"

姜诺拍拍宴若愚的肩膀，让他先别高兴得太早，后面还有几十个人等着跟他对决呢，那是主持人再次发动民主投票的结果。瑞士人轴，就是想和他比。

"那可不可以改变一下对决的流程，不然他的体力吃不消。"姜诺信心大增，再次和工作人员商量是否可以一挑五，他在对方五人按顺序跳的时候给宴若愚即兴混出一段伴奏，宴若愚再用这段伴奏跳。

又是一轮全体民主投票后，姜诺的方案被通过。宋舟跟着冒汗，倒不是担心宴若愚的舞蹈水平，而是无法想象姜诺能在这么短的时间里连着做出七首伴奏让宴若愚契合进去。别说舞者了，歌手和制作人都未必有这样的默契。

但他们没时间自我怀疑，围成三角蹲在一块儿，宴若愚休息，宋舟帮姜诺找歌。

时间紧迫，他们干脆全用那个网红主播视频里的音乐元素，姜诺把纯音乐的几个小节录进手机软件拆分，更新每个方块键对应的采样，重点给宴若愚听系统自带的各种鼓，有快有慢，有 808（说唱中的一个经典鼓机），也有军鼓，节拍到这儿会变，到那儿的停顿更长……

宴若愚绷着神经将鼓点记住，以便更好地展示自己的技术，但上场后脑子基本上是糨糊，来不及思考，就凭直觉，也不在乎动作到没到位了，反正姜诺肯定会对音乐做出及时处理掩盖他的失误，让他一次又一次以全票获胜，挑战下一个五人组。

到最后一组时，姜诺的手指已经在抖了，手背的经络明显凸起，汗沁上鼻头，双手却是凉的。宴若愚握住他的双手揉搓，让他赶紧休息，不然熬不住。

“至少要把鼓点确定下来。”姜诺坚持。

“你到时候就随便打，什么节奏都成。我信你，你也要信我。”

宴若愚在最后一次上场前终于把姜诺的手焐热了。

姜诺的手还是有些不听使唤，被用到发烫的手机屏幕上有手汗留下的细雾，他擦了擦，一不小心点错了地方，几个常用的音惨遭删除。

姜诺深吸一口气，抬眼，目光落在宴若愚身上，那个比他小三岁的少年单手握拳，砸在胸膛心脏的位置，无言地将自己托付给他。

姜诺的心也突然跳快了好几下，他没低头，凭直觉按下一个钢琴音和循环的鼓点。他从一开始就放弃了更具特色的民族乐采样。

起舞的宴若愚也不再执着于那些更具观感的动作。他这天已经展示过太多技术，是时候释放自我、义无反顾地做真实的自己了。

他会用两根手指将嘴巴撑开，抓高头发露出耳朵，四肢着地如猛兽行走，极具攻击性地扑向对手，又在千钧一发之际双脚直立显出人形。

但他没正常多久，就又撕下伪装回归原始状态，如此循环痛苦挣扎，人性和兽性在他的身体里的斗争永不停歇。最后几秒，姜诺按下了五个重重的鼓点，宴若愚随着节奏将被汗浸湿的衣服脱下露出身上的图案，背后有未化出的翼，手臂上有海，胸前有简笔的蝙蝠和荆棘，让人分不清他到底是谁的孩子，从哪里来，最终到哪里去。

宴若愚双手手指交叉放在头顶，闭眼后仰，短暂而久违地感受到解脱。

他的视野里又是一片白，但这一次不再只有他一个人，有一个黑影朝他走来，他必须睁开眼，才能看清那人到底是谁。

“我们赢了！”姜诺将三千法郎的现金塞到他的手里，激动得跳了起来。

第七章

我会长大的

宴若愚体力消耗严重，比赛结束后和姜诺回了酒店，简单洗漱后蒙头就睡。休息到七点，肌肉还是有些酸痛，但精气神恢复了不少。

宴若愚订的是套房，两室两厅，原本以为姜诺会在房间休息，但他推开门后看到波斯地毯上弯腿坐着一个人，右手拿笔，放在沙发上，手机屏幕里放着网上的短视频，戴着耳机嘴里念念有词，时不时在口袋大小的笔记本上记录，完全没发现他轻手轻脚地走近。

宴若愚蹲到姜诺的身后，伸出手要拍他的肩膀，眼睛越来越晶亮有神，期待他被吓到后的神情。

宴若愚的手却突然停住，目光落在姜诺脚上穿着的厚袜子上。

那是一双纯手工的毛线袜，针眼和一般围巾一样大，不适合外穿，只能居家穿，松垮垮地裹到脚踝上方。宴若愚不爱在室内穿拖鞋，春夏还成，到了冬天，地板瓷砖冻脚，套这种袜子最合适，他出差旅游也会带两双。

他的视线再往下，自己脚上的袜子和姜诺的一模一样，都是米白色，袜口的花纹和那波斯地毯的配色相像。他的目光在两双袜子上扫视，看来看去，看去看来，正要傻呵呵地笑，姜诺发现他在自己身后，扭头叫他的名字，反而把他吓了一跳，他一屁股坐在了地上。

“怎么就醒了？我还以为你要睡到明天早上。”姜诺摘下耳机，被宴若愚还一脸迷糊的样子逗笑了。

宴若愚轻拍脸颊让自己清醒，清了声嗓子，假装什么都没发生：“当然要醒，今晚还得请宋舟吃饭。”

这是他们和宋舟暂别前约定好的，他们第二天就要飞巴黎，这天晚上不聚，再相遇就要等到夏天了。

“别逞强了，”姜诺劝他，“你不累吗？”

宴若愚很精神地说：“怎么可能？再说了，就许你宅在酒店里看美妆小视频，不许我跟宋舟出去吃顿饭？”

“我是在找能采样的曲子。”姜诺哭笑不得，强调，“给你。”

他把本子上的笔记推给宴若愚看，上面画着初步的音乐分轨，曲子旋律是自己编的，采样则大多来自那个带货主播的视频里用过的古风背景音乐。他还用手机里的那个电子音乐合成器给宴若愚打了一小段伴奏，节奏清晰干净，却能在一瞬间将人拉回比赛场上的激烈碰撞场景。

姜诺终于抓住那些飘忽不定的灵感了。

宴若愚也替他高兴。来日方长，歌曲他们可以回国制作，现在最重要的还是去和宋舟会合。宴若愚的意思是这三千法郎是他们一起挣的，干脆找个地方一次性花光。

适合滑雪的冬季是洛桑的旅游旺季，高档餐厅很难当天预约，宋舟就推荐了一家米其林三星法餐，他的一位任课教授对烹饪的兴趣不亚于论文，在苏黎世有好几家餐厅，在美食圈内声名远扬。洛桑的那家米其林餐厅负责人听说他来参加学术讨论会，便邀请他去餐厅担任几天客座主厨。他和宋舟只是普通师生，但一听另外两位也是中国人，非常热情地答应会给他们留出座位。

“但是我没有正装。”姜诺不好意思地说。他没经验，以为男士必须穿西装才能出入欧洲老城的餐厅，宴若愚让他放宽心。

姜诺最后穿了一件宴若愚的大衣去了餐厅。进屋后和美术馆一样有存衣室，宴若愚熟稔地将外衣递给服务生，提醒姜诺这次别再忘带手机。

随后他们来到二层窗边，宋舟已经等候着了，身侧放了一个小三脚架立着相机，正好可以拍到即将摆放食物的地方。

“在拍 vlog ？”宴若愚入座后问。

“算是吧，我也是第一次来这家餐厅，想记录一下，”宋舟在他们到来前已经拍了一圈餐厅的外观，“你要是介意我就撤掉。”

宴若愚摇头，挪了挪椅子往姜诺那边靠近，很乐意出镜。

人都来齐了，服务生上前询问是否需要上菜，宴若愚和他说英语，问可不可以看看菜谱。

服务生抱歉地笑了一下，将印有餐厅历史介绍的整本菜单拿给宴若愚观阅，说招待他们的厨师是宋先生的老师，想保持惊喜神秘感，特意没制作菜谱。

宴若愚表示理解，服务生在得知他的忌口后退下。二楼的上座率过半，隐隐能听到刀叉碰撞和压低声音的谈论声，他也就没刻意压低声音，冲宋舟做出鼓掌的动作：“厉害呀，面子这么大。”

宋舟摊手，耸了耸肩，做出无奈状。那位教授和他只是普通的师生关系，平日里除了课题的事并无交集，能帮忙订位子已经让他受宠若惊，没想到居然还亲自下厨。

很快，服务生给他们上了开胃头盘和汤。宴若愚和宋舟都只喝了几口汤，姜诺还会吃冷盘里的面包，宴若愚怕他之后吃不下东西，提醒道：“后面还有十多道菜呢！”

姜诺确实觉得面包挺好吃的。饿倒是其次，主要是这顿饭价格不菲，他想全部吃回来。

“上菜速度太慢了。”姜诺给自己找了一个借口。

宴若愚解释说，他们是故意这么慢的，法餐吃的是氛围，拉长就餐时间把胃口吊住，才能持续进行社交聊天。

宋舟点头赞同：“我之前还担心你们不爱吃法餐，嫌慢。不过我们都是单身汉，吃一个小时也差不多了。”

“我最爱的就是法餐，法餐里又最爱各种海鲜。”宴若愚丝毫没有客套的意思，姜诺也可以做证，选这样一家餐厅最合他的胃口。

“你的 vlog 录好后发什么平台？”宴若愚不忘在适当时机给林淮小老弟来个助攻，“我看林淮最近也把一些视频发到 B 站（哔哩哔哩）上，你看 B 站吗？”

宋舟喝了一口汤，用沉默回答——不看。他的 vlog 只上传到国外视频网站上，频道内点击率最高的三个视频分别是 *Stop Racism*（停止种族主义）、《对话牛津华裔学者：从跨越边界的社区到附近的消失》、*Revolution VS Our Generation*（变革和我们的时代）。

“你管这些……叫 vlog？”宴若愚目瞪口呆，觉得有必要给宋舟看看林淮上传在 B 站的视频。

同样是点击率前三，人家的标题分别是《我们不一样，我们都一样》、《土味剪辑：搞笑即生活本真》、*We Are the Revolution*（我们就是变革）。

“哦，这更说明我们不是一类人。”宋舟特别冷漠，但暗暗记下了林淮的账号。

“你们也太没缘分了。”宴若愚笑了，想想都觉得奇妙，但这又能怪谁呢？

“那我给他发信息，让他在微博上联系你。”宴若愚好人做到底，正要掏出手机，宋舟连忙说不用了。

“我到时候会给他发私信的。”

听宋舟那别扭的语气，这个“到时候”到底是什么时候肯定没个准儿，宴若愚也不知道该怎么劝，姜诺示意他别说话。

姜诺说道：“我也见过林淮，他对说唱的确有自己的理解和想法，不会像老一辈的说唱人一样端着姿态，而是愿意做面向大众通俗化的尝试。从这个角度来看，他现在做的音乐是有意义的。”

宋舟放下汤匙，落在姜诺身上的目光干净又直白。

他没体验过穷苦日子，从不曾仰人鼻息，自然不屑藏着掖着，有什么就说什么：“将才华安置在正确的地方也是一种天赋。当年姜善在镜头前频繁地提起你这个制作人，显然是期待你有一天能站到台前，也相信你完全有这个实力。”

他微微摊手，看了一眼宴若愚后继续说：“但你现在依旧只是制作人。”

姜诺没什么反应，宋舟那一眼却把宴若愚给看急了。宴若愚还以为人家的潜台词是他限制了姜诺的自由和意志，不让姜诺往说唱歌手的方向发展。

他从来没这么小心眼儿的念头，当然要给姜诺说好话，头一回放低姿态说话：“那是因为……因为他心肠好，愿意花心思在我身上，照顾我、手把手教我怎么入门，要是没遇到他，今年夏天的比赛场上你肯定看不到我。”

宋舟微微一笑，瞥向姜诺，问宴若愚：“那我能看到他吗？”

“那当然了，”宴若愚自作主张地帮姜诺答应，没头没脑地吹嘘，“名次我都想好了，我第一，诺诺第二，你和林淮并列第三好了。”

“谁要和他并列第三。”宋舟略微嫌弃地皱起了眉。

服务生上了一道菜并介绍所用的食材和烹饪方法，他们边听边吃，自然而然地转向其他话题。

宴若愚嘴刁，很少能在外吃到对胃口的菜，这顿法餐的菜式他道道满意，越吃越想见见厨师本人。宋舟肯定也要专门见教授一面感谢他的款待，所以当他们吃到最后一道主菜时，上菜和讲解的不再是服务生，而是主厨本人。主厨穿着纯白的绣着自己名字的厨师服朝他们走来。

姜诺顿时一脸惊喜的表情，宋舟起身，特别有礼貌地迎上去，和教授同排站着正准备相互介绍，见两个人相视而笑，不由得问：“你们之前见过？”

“是的，在美术馆。”教授转向姜诺：“宋在电话里说他的两位朋友明天就要去巴黎，我就猜到是你。”他伸出右手，“还没来得及问你的名字——”

“姜——诺。”姜诺站起来同他握手，说名字时加长停顿，方便他记住自己的中文名。

教授重复了好几遍，自嘲地保证肯定不会忘记，然后他才把握着姜诺的手松开。姜诺重新坐下，正要给他介绍宴若愚，却看见宴若愚坐姿散漫，眼神微妙。

“你连我们明天要去巴黎都告诉他了呀？看来在美术馆里你们没少聊。”宴若愚这话别提有多不合时宜，一听就是他突然来了臭脾气。

但姜诺总不能当着宋舟的面说教授坏话，不然得多尴尬，只能委屈宴若愚，轻声劝道：“他是宋舟的老师，你的态度好一点儿。”

姜诺的耳根子软，宴若愚一哭就能从他那儿“拿糖吃”，可没想到今天这招失灵了，好像姜诺跟中年大叔更投缘，看不顺眼他这个年纪小的了。

宴若愚顿时有了攀比欲，不再吊儿郎当，正襟危坐，把该有的姿态拿出来，要好好品品这道蒸扇贝配黑松露。

扇贝入口即化，黑松露的品相和口感均为顶级，让人挑不出错，宴若愚没办法违心地评价“一般般吧”。反倒是姜诺，到他嘴里的每道菜都“好吃”，也只有“好吃”。蒸扇贝是最后一道主菜，教授执意要姜诺多说些感受，他才极其无奈地说自己吃惯了辣的东西，再好的食物只要不辣，他都会觉得味道淡，给他吃反而糟蹋了。

教授万万没想到姜诺嗜辣，原本想再上几道符合姜诺口味的菜，但老干妈辣椒酱是他的技术盲点，只能表示遗憾。

他按计划上甜点，有放在山竹壳里烘烤的法式炖蛋、特制巧克力、水果雪葩和面包。这还只是甜点的前菜，真正的甜点制作更为复杂，食用过程也更具仪式感。他握住姜诺的手调整掌心朝向，然后在姜诺的虎口处刷一点儿杉树醋，再撒上盐，让姜诺先品尝虎口处的味道再吃甜点。

宋舟有了姜诺的示范，不需要教授再触碰，教授拿着小醋碗走到宴若愚旁边，宴若愚竭力挤出一个笑容，摆手对教授说：“Merci.C'est assez.（谢谢。这就够了。）”

教授同样报以微笑，最后上了蛋糕和用红酒煮过的梨子。桌子是四方的，他很自然地坐到三缺一的那一边，和宋舟聊起了学业以及业余生活的事，再很自然地把姜诺加进来，从交流的信息中提取出他的职业以及兴趣爱好。

宴若愚吃了几口甜点后就开始刷手机，对他们的谈话做出一副不感兴趣的样子，余光却很诚实，一直往那位谈笑风生的教授身上瞄。

他默默地在心里头哼哼唧唧不服气，查寻这个人的信息，从社交网站到 SCI（科学引文索引）工程技术类期刊，不得不承认这只“老狐狸”是一个货真价实的高级知识分子，温文尔雅，生活有情调。

宴若愚扶额，正要提醒姜诺别给陌生人留任何联系方式，教授看了看腕表上的时间，说附近刚好有一家音乐酒吧，每天晚上这个时候都会有本土乐队演出，他们可以一起去感受独属洛桑的特色。

这个提议让姜诺很心动，他正犹豫呢，宴若愚忙不迭地插嘴，说自己累了想早点儿回酒店。

“你在这儿人生地不熟的，也跟我回去吧。”宴若愚着急得都要在桌子下面拽姜诺了。

宋舟看出姜诺还是挺想去的，选择尊重他的本意，帮衬道：“我们最多在那儿待一个小时，然后我亲自把他送回去。”

宋舟话都说到这一步了，宴若愚要是再拦着，可就真成了限制姜诺的人身自由了。

“那你记得早点儿回来。”宴若愚胸膛里憋着气，嘟着嘴先行离开。

入住的酒店也有吧台，宴若愚一连叫了好几杯特调酒，带了一打啤酒回套房，坐在客厅的窗边，盯着酒店入口，从小雪喝到大雪。

他仰头，铝制的啤酒罐里滴酒不剩，让他更为蠢蠢欲动想去那家酒吧。也就是这时候，姜诺从一辆黑色轿车的后座上下来，开车的教授下车给他撑伞，没让雪落到姜诺的肩头。

宴若愚松开捏着窗帘的手指，沉寂了几秒后关了所有的灯。

几分钟后门从外被打开，走廊的灯光照映出姜诺礼貌的轻笑，教授还在他身边，都送到这儿了，还是没有离开的意思。

房间里的灯突然全部亮起，站在门口的两个人同时往客厅看去，坐在窗台上的宴若愚死死地盯着教授，语气阴戾地用法语说道：“滚。”

“我们是不是有些误会？”教授说的是英语。宴若愚答非所问地回了一句姜诺听不懂的法语。

教授愣了愣，旋即微微一笑，都没说“再见”，就帮姜诺关上了门。姜诺蒙了，慢慢朝宴若愚走过去，问：“你和他都说了什么？”

宴若愚低着头，紧咬牙关，等姜诺走近，才发现他把手里的啤酒罐捏得变形了。

姜诺也闻到了酒味，担心地问：“你喝了多少？”

宴若愚颓然地抬头，眼眶湿润发红：“原来你喜欢和这样的人做朋友，有知识、有文化，比我好相处多了，对吧？”

“你喝醉了。”

“我没有！”宴若愚撒酒疯似的大声否认，姜诺想要扶他，他一把抽出手臂，疾步走进卧室，“砰”的一声摔门并上了锁，不让姜诺进去。

姜诺在门口敲门，等了十来分钟没得到任何回应，只能回自己的房间。

姜诺没休息好，一晚上辗转反侧，想不明白自己哪里做错了。想多了他也莫名其妙，觉得这份工作何止是当制作人，简直是要做一个无所不能的机器人。

他到后半夜才迷迷糊糊地睡去，其间听到客厅有些动静，但没在意。起床后他认认真真地收拾行李，在客厅等了半个多小时，宴若愚的房间里没有丝毫动静。

他敲门，喊宴若愚的名字，里面没有回应，无奈之下他推开门，发现里面空无一人，行李箱还在。他只能给宴若愚打电话，那头回复他的却是一个女声——您所拨打的用户已关机。

姜诺顿时“警铃大作”，翻宴若愚的行李，大脑一片空白。

回过神来后他赶忙给在巴黎的裴小赵打电话，说宴若愚不见了。

裴小赵沉默了。他应该比姜诺更早发现宴若愚失踪了，此刻没惊慌，疲惫地安慰道：“你别担心，先坐原定的航班来巴黎。”

姜诺怎么可能不担心，他已经把宴若愚的行李翻了个遍，里面什么都有，就是没护照：“那他现在到底在哪里？还会去巴黎吗？”

“我也想知道啊，”裴小赵苦笑，长叹一口气，“目前只能查到他订了今天最早的航班，目的地是阿姆斯特丹。”

沉默几秒钟后，姜诺对裴小赵说：“我去阿姆斯特丹找他。”

裴小赵赶忙从秀场后台出来找了一个安静的地方，劝姜诺别冲动。荷兰与法国相邻，从阿姆斯特丹到巴黎坐火车只需要三个小时，比飞机方便，宴若愚很有可能只是想一个人散散心。

“但是他不接电话……”姜诺这颗心是放不回去了，执意说道，“不行，我要去阿姆斯特丹。”

“千万别。”裴小赵找了一张小圆凳坐下，急到直抖腿。宴若愚在欧洲熟门熟路，出个国跟出省似的，姜诺哪里有什么经验？要是姜诺不小心走丢了，那可就真失踪了。

裴小赵反复揉鼻梁让自己放松，继续安抚姜诺：“他又不是小孩子。”

姜诺只好告诉裴小赵实话：“他昨天和我闹别扭，我要是说几句好话，他也不会闹这一出。”

“但他都是这么大的人了，不能再惯着。”私下里，裴小赵站在姜诺这边，觉得他做得对。宴家再家大业大，宴若愚也不可能一辈子受庇护，事事顺遂。

“你先坐飞机来巴黎，剩下的我们见面了再商量。”裴小赵再三叮嘱姜诺别擅自行动，挂了电话后，后背都冒了一层薄汗，扶着额头回后台继续确认走秀流程，抓住空隙时间给宴若愚拨打电话。

宴若愚依旧关机。

几个小时后，姜诺顺利和裴小赵会合。裴小赵谢天谢地，让他继续给宴若愚打电话，自己要去应付国内来的媒体，编出像样的理由解释宴大明星为什么缺席下午的红毯活动。姜诺点开微博，宴若愚的名字已经出现在热搜榜上，全是焦虑等“图透”的粉丝刷上去的。

姜诺无奈地闭眼，太阳穴突突地跳，再一次联络宴若愚，对方终于开机，愿意和他通话。

姜诺突然不知道该说什么，两个人隔着手机一块儿沉默，直到裴小赵回来，激动到无声欢呼，火速打出一行字让姜诺念给宴若愚听。

“宴若愚，”姜诺顿了顿，一字不差地继续说道，“红毯还没结束，快回来吧，大家都很想见你，粉丝、媒体，还有——”

没等姜诺说完，宴若愚没说一个字就挂了电话，动作干脆利落得像是收到一个错误的暗号。

裴小赵垮肩驼背，无声的欢呼变成无声的绝望，可当统筹人员过来找宴若愚做演讲彩排时，裴小赵又无缝衔接地露出职业微笑，磨嘴皮子为老板争取靠后的时间。

“他最迟什么时候来？”工作人员需要知道具体时长。

“我们还没确定……”裴小赵一筹莫展，灵机一动，露出一个“你懂的”的表情，隐晦地轻声说道，“他还在阿姆斯特丹。”

“啊。”工作人员一下子就懂了，仰头做了一个喝酒的动作，和裴小赵心照不宣地相视而笑，答应道，“我会和主管说明情况。”

“谢谢。”裴小赵将人送走，一转身，抓狂到双手做出爪子状，好像宴若愚此刻在他面前，他就会气急败坏地将这位“惹事第一名”的祖宗吃掉。

姜诺的冷静和裴小赵的抓狂形成非常鲜明的对比，但他也心急，问：“宴若愚喝多了？”

裴小赵一阵沉默。

“我也不知道啊！”裴小赵确实联系不上宴若愚，且宴若愚向来阴晴不定，就没人能看透他到底在想什么，又会干出什么事。

“我要去找他。”

“哎，别——”裴小赵连忙将人拦住，语速飞快地给他分析，说他一不知道宴若愚在哪儿，二又联系不到人，就算到了阿姆斯特丹也是大海捞针。

裴小赵不想再丢一个，哀求道："别折腾了。"

姜诺只得暂时放弃。

裴小赵给他安排了一辆车，让他先把两个人的行李放到位于香榭丽舍大道的酒店。那也是一个套房，裴小赵出国前还开玩笑，说记者看到宴若愚和一个长头发的人共处一室有多激动，发现长头发的人是个男人后就得有多冷漠。

裴小赵还告诉他，宴若愚出差只订套房，但在遇到姜诺之前，从来没有人睡过里面的另一个房间。

天价的住宿费用买的当然不止两张床，姜诺抵达酒店后，会说中文的管家接待了他，协助他办完入住手续，领他来到六楼的房间。姜诺进屋后也不似其他住客那样精力充沛、对房间的装修充满好奇，他只是站在阳台上，一言不发地眺望不远处的广场。

管家见他兴致不高，不再细说这间公寓套房的历史和知名设计者，转而介绍起附近的景点。姜诺听得并不认真，注意力更多地放在手机上，几分钟后他终于收到一条信息，阅读完后双眼从未有过的有神。

管家心下了然，这位住客对这条信息的在意程度远胜于对这座城市的，便问："请问我还有什么能帮到您的吗？"

姜诺毫不犹豫地说："你们能送我到巴黎北站吗？"

姜诺于傍晚六点抵达阿姆斯特丹中央车站。

他在火车上已经查好了路线，知道这座城市的市中心以火车站为圆心，经由多条运河层层铺开。宴若愚三个小时前发给他的地址刚好就在车站附近，那里有一家便利店。

姜诺进屋，店里有三三两两的客人，并没有宴若愚。他便走到前台前，给收银员看宴若愚的照片。收银员一眼就认出来了，因为宴若愚给了很多小费。

姜诺笨拙地用英语问："他什么时候离开的？去了哪儿？"

"半个小时前，很可能去了酒吧。"收银员皱了皱眉，告诉姜诺都发生了什么事，自己又为何这么猜测。宴若愚在他们店里坐了很长时间，大约三个小时前接了一通电话，挂断后就在柜台买了一瓶伏特加，喝了一口后被呛到吐出来，随即又买了好几款果汁。

他离开前，收银员亲眼看见他把这些果汁和酒兑到了一块儿。

姜诺道谢，抓紧时间往收银员说的那个方向走去，穿过六七条街道来到老城区。

如果说车站所在的街道和其他欧洲国家大同小异，那么酒吧街区的独特氛围就只能在阿姆斯特丹才能感受到。不少游客把阿姆斯特丹形容成光怪陆离之地，确实，也不知道从进入什么范围开始，姜诺就闻到了空气中掺杂的丝丝缕缕极其微妙的气味。

那气味遥远又熟悉，将他拉回与父亲有关的童年时光。缭绕的烟雾是男人抓不住的短暂自由，梦醒后，生活平庸乏味，如死水般平寂，唯一鲜活真实的只有烫到儿子手心上的烟头。

姜诺晃晃脑袋，将那些记忆驱逐，边给宴若愚打电话边沿河进入一家又一家酒吧寻找。水道错综复杂的城市潮湿阴冷，天空落下毛毛雨，他在暖和的室内和寒冷的室外频繁出入，鼻子很快有了堵塞感，用手帕擦拭了几回后，鼻头和人中的地方都微微泛红。

他最终在一家名叫 Sofia 的酒吧里找到了宴若愚。那家店有一个大大的蘑菇招牌，宴若愚趴在靠内的小桌上，脑袋侧搭在交叉的手臂上，双眼睁着，没入睡，手边有不少酒，很明显不是在便利店买的，是来酒吧后点的。

姜诺松了一口气，从宴若愚面前走过，坐到他对面，伸出手摇了摇他的胳膊。

宴若愚一动不动，还是侧着脑袋的姿势，跟没看到姜诺来了似的。

“宴若愚，”姜诺轻抚过他冰凉的手指，轻声哄道，“我们回去吧。”

“回哪儿？”宴若愚反问，“走红毯吗？”

姜诺沉默不言，宴若愚突然耸了一下肩膀，嗤笑了一声。

宴若愚说：“我从小就走红毯。全家拍杂志封面的时候走，父母结婚纪念日的时候走，我妈去电影节带上我走，我爸去公司剪彩也要我走。”

宴若愚说着，手肘撑着桌面支起身子，双手掩面，粗暴地揉搓几下后放下手，双目通红。

“走完了红毯，我和他们也就散了，他们回国恩爱，而我一个人回瑞士。”

姜诺并不明显的喉结在抖动，他说不出话。他不觉得震惊，很多家事宴若愚都在写给自己的邮件里交代过了。宴松亭确实爱惨了程婴梦，连孩子都不舍得她生，若不是宴雪涛抱不到孙子就不允许他们结婚，这个世界上就不会存在宴若愚。

然后宴松亭和程婴梦死了，宴若愚活着。

“他们就这么不喜欢我，一起去了，偏偏把我留下。”

宴若愚咧开嘴笑，眼泪顺着鼻梁滑落。

姜诺的心跟着骤跳。

宴若愚在短时间内大量饮酒产生了幻觉和幻听，情绪和情感还会被放大数倍，加剧了孤独彷徨与急躁感。

姜诺凑近，紧张地问：“你看到了什么？”

“下雨了。”宴若愚的思绪在天使城的巷道和阿姆斯特丹的运河间游走，原本空洞的双眼有了别的色彩。他完全忽略了姜诺的存在，起身往下着绵绵细雨的屋外走去。

冰凉的雨点打在宴若愚裸露的皮肤上。刺骨的冷意让现实和幻觉的界限短暂清晰，他脚步虚浮，漫无目的地往前走着。

左边建筑，右边运河，一晃眼，左右的景物颠倒，姜诺紧拽他的肩膀让他转身，另一只手轻拍他的脸颊，不疼，但声音响亮。

姜诺的头发湿了，好几缕贴着脸颊，显得脸色更苍白，目光更灼热。

“不去巴黎了，我们先找个地方坐下，行吗？”姜诺极力劝说，“随便什么地方，你现在的状态很糟糕。”

“是吗？”宴若愚终于肯和姜诺对视一眼。他一点儿都不温柔，一把将人推开，冷漠地继续往前走。

“宴若愚！”姜诺只能跟上。下着雨的街道冷冷清清的，两个中国人一前一后、没头没脑地转悠着，也没人投来奇怪的目光。

整个世界都不再与宴若愚有关，只有姜诺跌跌撞撞地闯入他的世界。

姜诺渐渐地把能说的说尽，好言、道理、俏皮话，也把宴若愚的称呼换了个遍，小鱼、大明星、大少爷。宴若愚毫无反应，姜诺穷途末路，冲到他面前将人暂时拦住，陌生感十足地叫他 Bruce。

宴若愚还真停了脚步。他旋即挪开变样的目光，冲撞开姜诺的肩膀继续向前走去。

姜诺愣在原地，几秒的空寂漫长得像一个世纪。他追上宴若愚的脚步，在其身后一两米的地方脱口而出：“去年的二月二十七日你给我发了一篇歌词。”

宴若愚的嘴角松动，因为这天也是二月二十七日。

“你当时写，Bruce 的父母双亡，所以哥谭有了蝙蝠侠，你也父母双亡，可岭安城没有你的家。然后你在第二天又发了一封邮件，说你前一天喝醉了，发过来的全是胡话，让我见谅、别当真，那一天是二月二十八日。

“接着过了几天，你发来一封很长很有诚意的邮件，里面有这么一些话——NoA，我很喜欢你和姜善歌曲里的生命力，你和‘不真诚祷告者’合作的歌也非常鲜活。你们都是热爱生活的人，这种热爱之情我很少能体会到，所以想同你合作，价钱当然好说。三月四日，看到请回信。

“NoA，如果你看到最近几天的新闻，千万别觉得我的脾气差、爱动手，我只打造谣我父母感情不和的记者。他们是那么相爱，反而显得我多余。总之我还是很想和你合作。三月十六日，期待回信。

“NoA，我一定会成为比‘不真诚祷告者’还要厉害的歌手。四月一日，期待回信，愚人节快乐。

“NoA，我得到内部消息，今年的 *Make It Big* 停办了，但我还是想和你合作。四月十二日，期待回信。

“NoA，再不回信，我就不期待回信了。四月二十一日，期待回信。

“NoA，我好难受，再也不要给你写信了。五月三十一日。

“NoA，今天是我的生日。四年前的今天我失去给我生命的人……”

姜诺莫名其妙地喘不上气，雨水淌满他的脸，把控制不住的眼泪淹没，持续的低温混淆意识边界，让他对宴若愚的恐惧和痛苦感同身受。

“NoA，愧疚和懊悔情绪折磨着我，像荆棘从我的胸膛里钻出来又钻进去，鲜血淋漓。很多次我从雨夜巷道的梦境中惊醒，会希望他们没挡在我面前，这样长眠不睁眼的人就是我。

“NoA，为什么他们不带着我一块儿离去？难道在另一个世界里，他们也不期待我吗？”姜诺在雨里颓然，疲惫不堪，强忍住生理上的发呕感将那封邮件的落款说出来，“七月二十三日，期待回信。”

他像一台老旧的机器，被雨水洗刷到生锈，从未如此疲惫，站不稳，半弯下腰撑着膝盖。不知过了多久，宴若愚回到他跟前，姜诺苦口婆心地说：“你的父母终究是爱你的，要是他们还活着，见到你这样会心疼的。”

宴若愚双眼通红湿润，数不清的矛盾情绪碰撞流转，信任和怀疑从未如此激烈。

“那你呢？你到现在都还没放弃我，又是为了什么呢？你其实是为了姜善，对吧？他曾经没得到公平对待，你也不甘心，所以希望我赢。”宴若愚越来越不冷静，无理取闹起来，“为什么不是我先遇到你？”

“先遇上了，你就看得上我当时的能力吗？”姜诺也是被逼急了，情绪跟着爆发，“没有姜善，我现在都不知道在哪儿。你都不知道你有多幸运和幸福，被多少人爱着、在乎着，你根本不知道我以前过着什么样的生活。我妈把我生下来养到三岁，她就死了，死了！我爸没让我在老家饿死，把我接到岭安城又养了好几年，给我一口饭吃，我就觉得他没亏欠我！”

他把右手掌心摊开，给宴若愚看向日葵图案下的烫伤疤痕："我现在回答你，是呀，我当时很疼，我还恨，恨不得没有这个父亲。可我后来明白了，他也疼啊，他才是最没有希望的那个人，恨不得自己早点儿死，可他还是给我吃了好几年饭。爱不就是一口饭吗？你父母给你的何止一口饭！"

"你不懂，根本不知道到底发生了什么事，你强词夺理！"宴若愚说不过姜诺，干脆耍赖皮。他气糊涂了，姜诺也被他气糊涂了，两个人吵了起来。

宴若愚问："你是不是觉得我有钱，才一直跟着我？"

姜诺都要跟他动手了："你神经病啊！"

宴若愚自顾自地掏出钱包："反正我只有钱……你要多少钱？我给你，你走，别跟着我！"

姜诺甩手一扔，发誓自己再也不管这位祖宗了："你以为我稀罕啊！就算你整个人消失不见了，我也不在乎！"

真皮钱包被摔在地上，即刻被雨水打湿，夹层里的钱和卡一股脑儿地散了出来，包括那一块帕子。

姜诺下意识地摸口袋，他的帕子明明还在兜里。

雨点滴答，姜诺惊愕到呼吸都屏住了。宴若愚的呼吸越来越急促，他都不敢打量地上那块藏掖许久的、不属于自己的帕子，他逃也似的跑离，姜诺慌忙把重要的几样东西捡起来然后追去，刚许下的誓言就这么轻易被打破了。

他们都晕晕乎乎的，前面的跑不远，后面的甩不掉，两个人稀里糊涂地穿梭进酒吧街区的更深处。红、蓝、黄、绿……五彩缤纷的灯光被雨水渲染。宴若愚跑不动了，和三五米外的姜诺对峙，手握在某个橱窗旁的门把手上："你要是还跟着我，我就进去了！"

姜诺承认自己有赌的成分："你的洁癖不发作你就进去呀！"

宴若愚二话不说推门而入，留给姜诺一声响亮的闭门声。

宴若愚瘫坐在门正对着的一张椅子上，浑身湿透，邋遢又狼狈。

橱窗内的黑头发女郎吓了一跳，差点儿报警，可仔细看他那张脸，又觉得他不像是坏人。

女郎拉上窗帘，用生涩的英语问宴若愚要喝点儿什么。他急需休息，手指头都快抬不起来了，寻思着给她点儿小费让她不要打扰他，一摸衣兜，才想起来将钱包扔给姜诺了。

宴若愚的脑子断片了，他扬了扬正在开机的手机，问女郎："支付宝或者微信可不可以？"

女郎一脸茫然的表情。

宴若愚尴尬地起身，理了理湿漉漉的衣服，对女郎说了一声"抱歉"后拧开门锁。姜诺就在门口候着呢，脸发黑，眼神发狠，没揪着他的耳朵把他拎出来，而是毫不留情地连推带踹。宴若愚踉跄地后退好几步，后背实打实地撞上了隔间的墙。

女郎花容失色，真的要报警了，姜诺把身上所有的现金都翻出来，全给了她。

女郎惊愕不已。她头一回收到这么多钱，而那两个男人什么酒都没点。

姜诺站到蹲坐在角落的宴若愚面前，喊他起来，宴若愚揉后脑勺，冲姜诺吼："你打我！"

姜诺一听更来气了："谁让你真的进来了！"

宴若愚的嗓门比姜诺大："你是假姜诺，真的姜诺舍不得打我！"

姜诺累得不行了，手脚冰冷发软，膝盖一软屁股坐在脚踝上。他投降了，放弃了，违心地认错："对不起，我不应该打你。"

宴若愚哪里料得到他会道歉，一脸茫然呆滞的表情。旋即他的眼泪不要钱似的往外涌，他双手抱膝，号啕大哭，哭到岔气儿，哭到打嗝，嗓子很快就哑了，歇斯底里地也对姜诺说："对不起。"

姜诺有气无力地问："你错在哪儿了？"

宴若愚仿佛在另一个频道，放声哭喊："我不应该和他们闹别扭，那天晚上根本没有记者。"

姜诺瞬间感受不到四肢的冰凉了。

“是我害了他们，是我……”宴若愚还在十五岁的幻象里走不出来。

他对所有人都撒谎了，没有人知道，那天晚上是他先自作主张地从后门小巷离开，父母随后追出来，他们才遇到了抢劫犯。

而那顿生日宴如果顺顺利利地结束，这一切事情就不会发生。

宴若愚越陷越深：“他们说给我的生日礼物是一个弟弟，在妈妈的肚子里，已经三个月大了。为了那个孩子，她甚至愿意放弃出演合资电影，第二天就回国养胎，也不打算让媒体过早知道这个孩子的存在，他们要给他平常普通的生活，不像我，已经没什么隐私了。”

他呵呵地笑：“我第一次收到这样的礼物，我——”

他哭得从未有过的绝望：“我问她是不是我哪里做得不好，她才再要一个孩子……她摸着我的头说没有，夸我懂事听话，太懂事、太听话了，让他们对第二个孩子都没了要求，只求孩子平安喜乐。”

他说：“人人都知宴松亭和程嘤梦相爱，却不知道他们太相爱了，反而显得我多余。”

他说：“他们又有了孩子，我还是多余的那一个。”

于是，他就在那个晚上第一次闹了别扭，酿成大祸。

“都怪我，都怪我……”

酒精的后劲还在，宴若愚的眼前虚虚实实、真真假假。

女郎早就离开了，黄色的帘布像道道金光，帘布后面的橱窗有LED彩灯装饰，他揉揉眼睛再仔细看，就变成了彩绘玻璃。

“我在哪儿？”宴若愚难得安静不哭泣了。残存的理智告诉他这里是阿姆斯特丹的酒吧街，但姜诺告诉他，他在忏悔。

姜诺问他：“你会记得三岁以前的事吗？”

宴若愚摇头，打了一个嗝。

姜诺娓娓道来：“我记得，记得母亲一直卧病在床。她是很温柔的人，就是睡的时间太长了，白天睡，晚上也睡。有一天她很反常地等我醒来，给我五角钱让我去村头的小卖部买糖吃。以前我们家过年过节才会买糖呢，我开心得不得了，揣着糖回到家准备一人一颗，我的母亲却永远地睡了过去。

“我记得那一天是七月二十三日，那一天我的母亲去世了，我哭得很伤心。后来我长大了，替她高兴，比吃了糖都高兴，因为知道她解脱了，在另一个世界不再痛苦。

“那是很好的一天，天是蓝的，云是白的，太阳是金色的。你就是那一天出生的，对吧？你要相信所有人都在他最好的归宿里，所以别害怕，也别自责，那也是你很好的一天。”

宴若愚说：“我不好，我是一个夺走父母生命的大坏蛋。”

姜诺说：“你的父母就是为救下你这个小坏蛋，心甘情愿地挡了子弹。”

宴若愚又要落泪了：“不值得呀……”

姜诺轻拍他的后背：“这不是你说了算的。”

等宴若愚的心绪平复，姜诺又说：“你必须活着，不管是血缘还是情感，你都是他们的延续。”

宴若愚重复：“我必须活着。”

“对，好好活着，活出个样子。”姜诺安慰他。

“你好好活着，他们就生生不息。”

宴若愚知道自己在梦里。

他的身子小小的，双手被左右两个大人牵着，三个人一起往前走着。

他仰头，想看清牵他的手的人是谁，但上方的光刺眼，他什么都看不清，倒是低头能看到透明地面下的人世间。山山水水，砖瓦平房，煮清汤挂面的男孩儿脏兮兮的，将面盛入碗里后自己没吃，而是端到床前。面汤的热气凉透，他卧床的母亲吃了几口后他才吃剩下的，倒进碗里的辣椒酱是除盐之外唯一的调味剂。

下方的景象在缓慢移动，宴若愚也随之向前走。平房还是砖瓦的，但环境变了，人也变了。癫狂的高个子男人把男孩儿瘦嫩的手掌当烟灰缸摁烟头，男孩儿挣脱不开，只能徒劳地痛哭。男人清醒后哭得比他还厉害，跪在孩子面前捧着被烫出血泡的掌心涕泪横流，男孩儿反而一言不发，仰头凝望天花板的一双眼空洞无神，不知是习惯了，还是麻木了。

宴若愚认出来了，那是小时候的姜诺。

他像是钻进了姜诺的梦里，用俯视的角度走马观花，看姜诺不一样的少年时代：打架，逃学，溜进地下车库往车门里塞传单，被赶跑后还是忍不住在琴行的大玻璃窗外驻足，里面打领带的同龄男孩儿弹着昂贵的钢琴。

这样的姜诺看到宴若愚的大幅海报高挂在商场里会嘲讽一句“会投胎了不起呀”，宴若愚则根本没机会接触姜诺这样的群体。

那时候的姜诺可能也认命了吧——如果他没有遇到姜善。

姜善是第一个也是唯一一个发现他会抠掌心的旧伤的人，干脆陪他去选图案遮住伤疤，没选青龙白虎、骷髅玫瑰，而是选了向日葵。

姜诺问姜善有什么寓意，姜善让他先好好读书，有知识了，就懂了。

姜诺后来考上了岭安最好的大学。

一眨眼的工夫，他们全都被淹没进云里，宴若愚还是没长大长高的模样，但陪伴他的大人们全都离开了，留他孤身在不分天地的白茫茫的世界之中，不管怎么喊都没有回音，直到别人的欢笑声传过来。

他站在原地，正前方姜善骑着电动车冲过来，车后面坐着短头发的姜诺，脖子上挂着收集声音的录音机。

终日在外奔波的姜善肤色偏深，每时每刻都积极乐观，笑起来健康阳光。姜诺则越长大越没小时候的一身刺，眉目和眼神里的尖锐气息被温和替代。

他们一无所有，摩天大楼依旧遥不可及，浑身上下最贵的东西只有一副耳机，他们又富有得像拥有全世界，在16号街自由地穿梭。

他们一起吃饭睡觉，每天的生活普通又鲜活。姜善总是苦口婆心地劝姜诺读书，但他自己高中毕业就去工作了，进过厂、出过海，最后安安稳稳地送外卖。姜善路上听的歌全是嘻哈音乐，听多了哼，哼多了唱，唱多了开始原创，记录歌词的笔记本被姜诺发现了，姜诺用当家教攒下的钱买了一部声卡送给他。

商用的伴奏不便宜，免费的伴奏太普通，懂电脑的姜诺义不容辞地捣鼓起各种软件，自学混音编曲，采样来自生活。姜善的歌词也来自生活，他只唱自己看到、听到、接触到的世界，真实又真诚地叙述：贫民窟的黑色人种男孩儿改变命运靠说唱和篮球，16 号街的孩子们需要努力学习方能爬到百尺竿头。

新的“不真诚祷告者”在诞生的路上。他们在不足十平方米的出租房里拥有一台电脑和一部声卡，就像在开船前最后一分钟拥有了船票，他们像电影里年轻的杰克在泰坦尼克号的船头欢呼雀跃：“I’m the King of the world!（我是世界之王！）”

那一定是姜诺最快乐美好的时光，连宴若愚都不得不承认，那时候的姜诺眼里永远有光。

然后他们真的从那个出租房里冲出来了，无数人听姜善的歌，再后来，姜善消失在无数人的唾弃话语里，只在姜诺身后留下一道抓不住的影子。

姜诺也只有一个人了，及肩的头发被简单抓起，茕茕孑立，于苍茫白雾间渐行渐远。

宴若愚连忙跟上，伸出手想抓住姜诺的手，才发现自己还是十五岁的模样，身子不够高，肩膀不够宽，连声音都不够响亮。他边追边喊姜诺的名字，姜诺根本听不见。

他这小孩儿模样可保护不了姜诺，姜诺也不需要他庇护。这让他对安全感的渴望从未有过的强烈。他不是要从别人那儿索取，而是希望自己有能力和底气去给予别人。

“我会长大的。”宴若愚没有放弃，追逐着，对姜诺说，“等等我。”

姜诺依稀听见了，慢下形单影只的步伐，额前晃动的几缕发丝半掩住观音眉、菩萨眼，浮光掠影一回眸。

宴若愚睁眼，猛然从床上坐起，如同溺水的人挣扎着浮出水面。酒精的后劲让他头痛欲裂，眼睛毫不抱期待地瞥向床头，那儿居然放着一瓶矿泉水和几颗国产非处方药的止痛药。

他旋即低头，身上穿着干干净净的白睡袍，丝毫没有记忆断片前湿透的狼狈样。脑袋空白几秒后他也顾不上吃药了，袜子没穿、拖鞋没找就冲出卧室，看到姜诺裹着毛毯缩在真皮沙发上。

宴若愚连忙跪坐到沙发前，用手背探姜诺额头的温度。他的动作幅度和声音都不大，但姜诺睡得很浅，缓缓睁开眼，见他又是找套房里的药箱又是给酒店前台的工作人员打电话，想让他别折腾，但出口的只有几声轻咳。

宴若愚和前台的工作人员交涉得极其利落，挂掉电话后从饮水机里接了小半杯热水，边朝姜诺走过来边摇晃吹气，然后将人扶起来坐在沙发上，把毛毯盖在他肩上重新裹好。

“把这两颗药也吃了。”药物名大多是拉丁文，长得差不多，宴若愚很快就找出了退烧的。姜诺接过药服下，眼睛半合，没什么精神，倒是脸颊少有的粉润，唇色红艳，在病中反而更有气色。

他吸吸鼻子，宴若愚会意地给他递上纸巾。他用了足足五六张纸巾，呼吸通畅后垂头倒在沙发上想要继续睡，宴若愚说：“你去我的房间睡吧。”

姜诺迷迷糊糊地说：“这个酒店的套房只有一室一厅。我挺喜欢睡沙发的，它比我以前睡过的床都舒服。”

宴若愚还想劝劝，见姜诺闭上了眼，小半张脸钻到毛毯里，也没强求，去卧室把鸭绒被抱来给他盖上。

然后宴若愚坐到旁边的沙发椅上给手机充电，屏幕亮起后冒出来的消息一条接一条，但总体比他预料的少，最离奇的是裴小赵没有疯狂地给他打电话。他打开微信，裴小赵给他发来的最后一条信息居然是：“老板，我上热搜了，我好害怕。”

宴若愚随即打开微博。欧洲和中国冬季的时差是七小时，国内这时候都快傍晚了，裴小赵的名字还没退出热搜榜，显然是挂了一整天，成功压下了大家对宴若愚没走红毯看秀的各种猜测。

但裴小赵的热搜内容和宴若愚还是脱不了干系。走秀结束后有各种小型报告，本来要演讲的宴若愚迟迟没有出现，裴小赵只能硬着头皮上台硬撑，即兴来了十分钟的“我的老板”的演讲。

他为了壮胆，可能喝了点儿酒，刚开始非常紧张，紧张了一会儿，酒劲儿上来了，用第一视角吐槽他眼中的宴老板脾气多差、性格多幼稚，不给中间商赚差价，成功吸引了台下名流和媒体的注意力。吐槽够了，问题就来了，也是时候升华了，他问所有人也问自己，宴若愚既然这么难伺候，他为什么还心甘情愿地做宴若愚的助理。

等台下的嬉笑声全部停歇，裴小赵才继续说：“因为我至今都记得他在策划‘杀克重’的第一场概念秀时对团队说的一句话。当时，所有人都以为他只想捞一笔快钱就走，没有人相信一个富家子弟会脚踏实地地做本土潮流品牌。我刚开始也不相信，直到他对品牌团队成员说：‘审美是平等的。’所以他会用身高没超过一百七十厘米的模特，会坚持用中文宋体、传统布艺，会强调设计概念是‘杀马特’，而不是摇滚朋克。为此，我们毕业于哥伦比亚大学和米兰美术学院的设计师差点儿辞职。我的老板就问他们，如果第一个留彩色长发、化浓妆、穿古怪衣服的人是他宴若愚，而不是打工仔，他们还会觉得这种元素低俗吗。”

裴小赵留出时间给听众思考。

“他不止一次碰到说我们的产品丑的人，然后他会不止一次地纠正：‘你可以说我们的设计不是你的风格，你不喜欢很正常，但你不能说它丑，世界这么大，总有人觉得它是美的。’”

裴小赵巧妙地停顿两秒，笑着来了一句：“当然了，我到现在看到什么不喜欢的东西，还是会脱口而出这个东西好丑，它丑所以我才会不喜欢嘛……”

听众表示赞同地跟着笑，给出的反应完全在裴小赵的意料内。

“但我知道他想表达什么意思，可能连他自己都不知道，他内心深处存放着多少善意……”

宴若愚看了一眼快撑不住的进度条，就不听最后几十秒的吹捧了，果断退出微博，回复裴小赵："别害怕，等着老板回去给你加薪。"

裴小赵在线，语音通话反手就来，宴若愚没接，拍了一张姜诺面色红润的病中睡颜发过去，意思是他们还要在阿姆斯特丹待上几天，巴黎那边的事就全权交给裴小赵了。

有那段即兴演讲在前，宴若愚对裴小赵那叫一百个放心，都不解释，直接来了一句："懂了吧？"

裴小赵以为宴若愚把姜诺灌醉了，便回复："OK。"

姜诺再醒来时已经是晚上，被毛毯和被子捂出了一身汗，头发都热烘烘的。昨天晚上宴若愚在酒吧街区的橱窗里哭昏过去了，姜诺把人架到附近最近的一家酒店，刷不需要密码的万事达卡订了一间符合他标准的套房，帮宴若愚把衣服换成干净的睡袍。止痛药是他以防万一带在身上的，没晕机、晕车就没吃，没想到给宴若愚用上了。

姜诺给宴若愚盖好被子后，自己就已经有发烧的迹象了，好在及时吃了药，又躺了七八个小时，体温降到了三十七摄氏度以下。宴若愚给两个人买了新的换洗衣服，手边的药也全多了，除了本地药，还有几包不知从哪儿弄来的感冒灵颗粒。见姜诺醒了，他给前台的工作人员打电话叫餐，把感冒灵泡好后，两盘扬州炒饭刚好趁热摆在了他们面前。

姜诺捧着泡好的药，眼前的炒饭在色泽上和宴若愚的不一样，照顾他的口味放了不少辣椒。他挺意外的，说道："你还挺会照顾人的。"

"那肯定的，也不看看我在国外待了多少年。"宴若愚毫不谦虚，心思没在自己的饭上，而是观察姜诺是否满意。只见姜诺喝完药后舀了一口炒饭送到嘴里，细细嚼咽后又是一口，眉头都不皱一下。

宴若愚等不及了，问："怎么样，合你的口味吧？"

姜诺只点头没说话。

宴若愚扯了扯嘴角，不可思议地说道："我都让他们加双倍辣椒了，你还没反应？"

姜诺想了想，说道："还行吧，算微辣。"

宴若愚不相信，夹了几粒姜诺碗里的米放眼前三百六十度观察了一番，然后用舌尖舔了舔，没咂两下就放下筷子灌水去了。回来后他摸着下巴沉思，假装自己没被辣到，说感冒发烧容易嘴里没味，姜诺还得继续吃消炎退烧的药。

姜诺空腹了一整天，味觉有没有受影响不知道，没胃口倒是真的，吃了半碗炒饭就饱了，拿着宴若愚新买的衣服去浴室洗了个澡，出来后觉得身体都轻了不少。

他还是嗜睡，吹干头发后只想一头扎到沙发上再睡到天亮，回到客厅一看，宴若愚把自己当木乃伊似的裹进毛毯里只露出脑袋，然后对姜诺露出八颗牙的标准微笑，好言好语："你去睡卧室呗。"

沙发有普通宿舍的一张床那么宽，姜诺坐在边上，隔着毛毯往宴若愚的身子上拍了拍："别闹，回你的房间去。"

宴若愚不答应，正面仰躺着说："那怎么行啊？我堂堂中国未来的 Kevin Kim，让自己发烧生病的制作人睡沙发，这事要是传出去了，没面子的人可是我！"

姜诺看透一切："那你别半夜又去订一间套房，有钱也不是这么花的。"

宴若愚被看破，一时无言以对，委屈巴巴地从毯子里钻出来。

"你回卧室吧，客厅暖气足着呢，我没事。"姜诺把人哄到卧室门口。

宴若愚双手扒住门边，眨了好几下眼，表情纯良地说："你对我真好。"

姜诺说不哄就不哄："因为你给我钱。"

宴若愚撇嘴，微微下垂的眼角说泛红就泛红，姜诺忍不住地笑了出来，手指戳他的额头将人推进门："别演了。"

姜诺帮着把房门关上，门缝还有一指宽时他又缓缓推开。

"我以前没什么朋友，尤其是姜善去世后……反正日子总是能过的，我……无所谓。"

姜诺说得断断续续的，总觉得有些话该说出来，又不知道该怎么说，反倒是宴若愚无须他言语就懂，帮他说："你把我当朋友，所以才对我这么好。”

姜诺的眼眸有了亮色，宴若愚轻笑一声，随即严肃地说道：“我不会让你失望的。”

“行，”姜诺也轻松了，手放在宴若愚的肩上拍了一下，“我等着看‘宴若愚 2.0’。”

第二日，姜诺退烧了，阴雨连绵的阿姆斯特丹也罕见地出了大太阳，宴若愚便自觉地做起了导游，带姜诺领略这座城市的别样风光。

凡·高美术馆是肯定要去的，他先在礼品店买了一本法语的参观指南，里面不仅有凡·高的生平介绍，还有对每件藏品的赏析，姜诺对哪幅画感兴趣，宴若愚就翻译给他听。来美术馆肯定要看《自画像》和《向日葵》，他们进去时正好有一群人参观完毕出来，响亮地来了一句：“这个人真牛，随便一幅画就是好几亿啊！”

异国他乡的中文总能让人下意识地循声扭头，姜诺看着那几个中年男子的身影，那些关于价格的讨论并没有消失，但宴若愚的声音就在耳边，清晰且真实。

“那幅《向日葵》是他为朋友画的。”

“朋友？”

“嗯，那人叫高更，也是一个画家。凡·高找了一个小地方住下邀请他来一起画画，高更答应了，凡·高可高兴了，就画了那幅《向日葵》装饰房间，欢迎他的到来。”

《向日葵》的真迹就在姜诺眼前，他边听宴若愚的讲解边蹲下身仰视，发现这幅画的笔触是立体的。有些震撼感是只有看到作品本身时才会有的，如果让那个时代的传统画家来画向日葵，它会是标准的静物，笔触精细，完工后画布平滑，而不会像凡·高那样使用大量明媚的粗线条，换个角度看画布，那些线条便流动了起来。

姜诺站起身，在那幅画前摊开右手手掌。褪色模糊后的图案颜色远不及真迹鲜艳，他手心里的向日葵并没有凡·高笔下璀璨夺目的生命力。

宴若愚注意到他在愣神，大度地说道：“这花纹是姜善给你选的吧？”

姜诺挺诧异的，毕竟他们之前只要一提到姜善，总会不欢而散。

宴若愚挺得意地说：“我猜对了？”

“嗯。”

“那你知道他为什么选这个吗？”

姜诺看向画作：“他说向日葵美好明艳，很有生命力。”

宴若愚看着姜诺：“他希望你爱生活。”

姜诺转过脸，两个人在朝气蓬勃的画作前对视。

“他要是知道你现在过得不开心，也会不放心的。”

姜诺过了好一会儿才意识到宴若愚说的“他”是姜善，眼里糅进细碎的光亮，先是抿唇微笑，慢慢地，嘴角也不自觉地上扬。

宴若愚心满意足，带姜诺去看《自画像》。凡·高生前很穷，请不起模特，只能对着镜子画自己，所以才留了那么多幅自画像。宴若愚快速浏览手册，万万没想到凡·高割耳朵是为了高更。原来高更要离开他，远走大溪地寻找新灵感，凡·高一时无法接受，用这种自残的方式转移好友离去的痛苦。

宴若愚站在割耳后的《自画像》前自言自语：“我的天，印象主义画派之伯牙绝弦，搞艺术创作的人交到知己怎么都不得善终呀？”

姜诺打趣道：“我们两个合作久了不会也这样吧？”

宴若愚脑子转得快，开口就是战术转移：“哪样？画作拍卖出几亿那样？我这嗓子条件加上你的编曲审美，到时候专辑销量上百万还不是板上钉钉的事情？几千万、一亿的，我们活着的时候就能挣到。”

姜诺：“……”

宴若愚说起劲了：“哎，你有没有发现其实我和凡·高还真是挺像的？这本手册上提到一个猜测，说凡·高很有可能吃了迷幻松露后情绪持续亢奋，所以画出来的画颜色都那么亮丽。这说的不就是喝多了的我吗？哎，你别走啊。诺诺，且听我慢慢道来我的精神感受，哎，诺诺！你等等我啊……”

姜诺懒得理他，忍俊不禁地往其他展厅走去。

从美术馆出来后，他们沿着运河闲逛，走着走着，来到一处修女院，旁边有教堂。姜诺出于好奇心走了进去，看到大厅两侧分别有五个拉上帘子的小房子，宴若愚说那叫告解室，信徒可以在告解室外向室内的神父忏悔。姜诺走近，发现每个小房子外都贴着一张小字条，告知前来旅游的人帘子后面的神父会哪些语言。这里的神父一般都会讲多国语言，少则三五种，多则十数种，还有一个人会中文。

姜诺怂恿宴若愚："你要和会中文的神父说说话吗？"

宴若愚将头摇得像拨浪鼓，坚定地说道："才不要。"

"行吧，"姜诺也是随口一提。

教堂里有不少叙事类型的壁画，光芒万丈的人物形象和那幅姜诺在美术馆里见到的《墓中的尸体》浑然不同。宴若愚仰着头，突然来了一句："你觉得上帝存在吗？"

姜诺说："尼采说他死了。"

宴若愚用手肘撞姜诺，严肃地说道："我是认真的。"

"我不知道……"姜诺也仰头看穹顶的绘画，"我只知道，如果他真的存在，一定是人们祷告的时候不够真诚，他不显灵，所以人们回到街道上靠自己苦中作乐，就这样有了嘻哈文化。"

"'不真诚祷告者'这个账号昵称原来是这个意思呀。"宴若愚恍然大悟。

他们从教堂出来，坐在广场边休息晒太阳时，正好赶上几个修女和孩童一块儿玩耍，跳长绳、扔沙包，追逐打闹，欢声笑语。

姜诺说："我脑子里有旋律了。"

宴若愚说："这么巧，我也突然想到一首'后摇'（后现代摇滚的简称）。"

他们都有蓝牙耳机，都给对方一只，戴上，同时按下手机音乐软件的播放键，不同品牌的耳机里传来相同的 *Playground Hope*（操场上的希望）。

他们相视一笑。

时光变成音符流动，阳光打在两个人的侧脸上。在柔和的金光下，他们身前的广场渐渐虚化。宴若愚想牢牢抓住这个下午灿烂温暖的感觉，想问姜诺欧洲好吗，问他喜不喜欢欧洲，愿不愿意留在这儿和自己一起做歌"虚度时光"，正宗的平芗辣椒酱不是问题，意大利或者巴黎的中国超市里肯定有。

他含着金钥匙出生，这是命运给他的馈赠，也在一开始就标好了价码。那些被人津津乐道的家业不是他打下的，而他穷极一生，也抵达不了父辈的高度。

这种物质财富背后的恐惧感从未消散，再加上亲情的匮乏，经年累月催生出激烈矛盾的情绪，让他一次次逃避放弃，想着就做一个纨绔子弟算了，只要他不拼尽全力，就算没有成功，也谈不上失败。

直到他遇上姜诺，拥有了一个真心相待的朋友，从此峰回路转，柳暗花明。

他这位朋友比他先开口："Bruce。"

宴若愚还挺不习惯姜诺叫他的英文名字的，于是沉默着。

姜诺说："你不是超级英雄，但那又有什么关系？反正岭安城也不是哥谭市。生活在那里的人们需要宴若愚而不是蝙蝠侠，岭安城里处处都是你的家。"

姜诺说："二月二十八日，期待回信。"

宴若愚的眼眶变得湿润。

可他笑起来又是那么开心，拉起姜诺在街头奔跑，漫无目的，又只有一个目的。他大喊"无忧无虑"，大叫"我们回家"，惊飞一路的城市鸽。

第八章

就是好看

回国后，宴若愚的即兴说唱不再局限于录音室里，而是和姜诺一起探索岭安这座既熟悉又陌生的城市。

他们像音乐片 ***8 Mile***（八英里）里的主角一样每天坐公交车。这是姜诺的提议。姜善还在的时候，他们会随身携带一个小笔记本，骑着电动车，一路上看到什么有记忆点的字词句段就记下来。素材多了，灵感也就来了，写出一首歌的歌词完全是水到渠成的事。

这同样是很好的观察生活的方式，但宴若愚很长时间没坐过公共交通工具了，跟个豌豆公主似的，要不是姜诺的眼神复杂，他真的会随身携带加厚的榻榻米坐垫。

好在几天后他适应了，也找到了坐公交车的乐趣，只要看到车上有挨着的空位，也不管车往哪个方向开，就和姜诺钻上去。沿路有高楼大厦、游乐场……这家做狼牙土豆的店名字叫“战狼”；那边的服装店搞促销，员工在门口吆喝出说唱的感觉；背童话公主书包的小女孩儿抱着雨伞的伞柄，她的父亲抱着她，另一个小男孩儿揉着眼眶抽泣，牵着他的手的母亲还在不停训斥他。坐在车里的他们只能远远看着，听不清那都是些什么话，倒是菜市场的大喇叭循环播放：“禁渔啦，禁渔啦，今天不吃子孙鱼，明天子孙有鱼吃。”

宴若愚觉得这句标语有意思，在小本本里记下，姜诺纠正他，他再有龙虎精神也不可能明天就有孙子……

有经验后，宴若愚更喜欢往郊区开的公交路线，那些公交车上在非高峰期人流量很少。他们从起点出发一直坐到终点，除了坐在旁边的姜诺，他不会和任何人有身体上的接触。

这就让宴若愚很好奇都市白领们深恶痛绝的早晚高峰是怎样的情形，兴冲冲地开着越野车到某中转站挤开往CBD的公交车，姜诺只得陪着。上车后他们被人群挤到了车子正中间，别说位子了，要不是姜诺眼尖，抓住上方的一个扶手，他们连落脚的地方都没有。

人多了，车厢内的气温陡然上升，宴若愚不仅闻到了各种气味，看着四周的杆子也觉得不干净，不愿意抓，就把姜诺的手臂当扶手握住。

除了公交车，宴若愚也会自己骑摩托车。郊区不禁摩，好几个姜诺回出租房了解姜智的学习情况的晚上，宴若愚就骑着他那辆帅到没朋友的摩托车姗姗来迟，姜诺每次都准备和姜智挤一张床凑合睡的，每次都被宴若愚动之以情、晓之以理地带回沪溪山庄。

回去前他们常去工业区旁的绿化公园。有一个平芗来的腿脚不利索的哑爷爷在那儿卖糖葫芦，姜诺一个不爱吃零食的人都会经常去买。宴若愚想着糖葫芦这种东西再好吃能美味成什么样呢？有一天晚上他跟姜诺一块儿去买，姜诺问他要不要吃，他又嫌弃地摇头。

姜诺就只要了一串，见老爷爷脖子上挂了印着二维码的牌子，问：“爷爷，您换智能手机了？”

老爷爷摆手，咿咿呀呀地比画，意思是这是他孙子帮他弄的，孙子读大学了。

姜诺又问：“那您孙子怎么把钱给您？”

老爷爷笑起来没牙，又摆手，那意思应该是不给了。宴若愚非常顺手地要扫二维码付款，姜诺制止了他，和往常一样付了现金，把钱放到了老爷爷的手里。

坐回摩托车上后，宴若愚没急着拧油门，姜诺把糖葫芦的塑料包装撕开，吃了第一颗后问：“真不吃呀？”

宴若愚不耐烦了，就说：“哎哟，不吃，谁知道他用的什么糖、什么山楂，做的时候有没有戴一次性手套，多脏呀。”

姜诺伸手把糖葫芦送到宴若愚的嘴边，宴若愚咬下一颗，边吃边抱怨：“都说了，我不吃……”

姜诺又把糖葫芦送过来了，他又吃了一颗，吐槽：“好酸，果然便宜买不了好东西。”

“那你还吃？”姜诺揶揄道，“每次都是这样……我下次买两串得了，让爷爷多赚点儿钱，早点儿回家。”

宴若愚不服气地说：“明明是你硬要给我吃的！”

“行、行、行，好、好、好……”姜诺说不过他，两个人一人一颗很快就把糖葫芦分完了。照例是宴若愚去扔签子，但这次他没直接回来，而是又往老爷爷那儿走过去，把兜里的一双棉手套递给老爷爷。

老爷爷先是愣了愣，足足过了五六秒才明白宴若愚这手套是送他的，高兴得差点儿握不住插糖葫芦的棍子。他不能说话，就对宴若愚鞠了好几个躬。宴若愚可不好意思了，连忙也对他弯腰，边鞠躬边往后退，特别礼貌乖巧地说了一声“爷爷再见”。

姜诺坐在车上目睹了这一切，等宴若愚坐上车拧动油门把手了，他的脸上还有笑容。宴若愚立刻板着脸，用满不在乎的语气凶后视镜里的他：“有什么好笑的？我有钱，手套和袜子一样用一次就扔了，你有意见呀？”

“我不笑，没意见。”姜诺帮他把头盔戴正，催促道，“‘出息’还等我们回去喂他吃夜宵呢，回家，回家……”

这样的日子持续了近两个月，宴若愚像是参加了一期《变形计》，见了许许多多曾经忽略的人和景，只要摘下耳机专注地听，放下手机往外看，每天都是一场新的旅行。

回到工作室后他也有了更多能写能唱的东西，思路顺滑的时候随便写出来的词都很让人惊艳，两个月来做了七八首不同题材和风格的说唱以及一首流行乐。

那首流行乐宴若愚特别有想法，因为有高音，所以一开始就想加管弦乐，种类越多、气势越恢宏越好。姜诺听他清唱一遍后却反其道而行之，把钢琴搬到录音室里，让他边唱边弹钢琴，且只需弹出旋律。

宴若愚照做，正想不明白姜诺葫芦里卖的是什么药，姜诺拿着吉他进来了，在每一个他想要用整个乐团提气势的地方用吉他弹和弦。一时间，空间里只有简简单单的三条音轨，最质朴的音色里他的声音最有穿透力，等他把浪潮般的高音部分唱完了，他的耳机里才响起大小提琴和架子鼓的声音，余韵绵延不绝。

“怎么样？这样的编曲值两万元一首了吧？”姜诺这么问，肯定是自己已经很满意了。

宴若愚鼓掌，口吐莲花：“诺老师，你以前只做说唱制作人真是太可惜了，华语乐坛需要您。”

姜诺也夸他：“你这嗓子条件，以后如果只做说唱歌手，那才叫可惜。”

宴若愚继续奉承：“那也是诺老师教得好，以后诺老师做什么音乐，我就唱什么歌，同您永相随。”

姜诺的鸡皮疙瘩都要起来了：“我可不要你随，别人来找我做歌，音源文件发来发去就行了，和你做歌，一个音轨都能磨到地老天荒，我吃不消。”

宴若愚想说姜诺明明也很享受研磨细节的过程，但嘴太快，话没过脑子，有些不乐意地问：“你还给谁做歌了？”

“林淮呀，上个月帮他混了好几首，他说好月底发的，结果到现在都没消息。”姜诺耸耸肩，准备出门做午饭，“下午他来了你帮我问问什么情况，是不是哪儿不满意。”

“哦。”宴若愚答应，跟着离开工作室。几天前林淮主动联系他，问他有没有合作写歌的意向，主题往人文关怀靠的那种。他挺乐意的，且手里恰好有几段描写城市生活的词，两个人一合计，就把歌名暂定

为 *City Sounds*（城市声音），等林淮把自己那一部分词写好就能来录音。

林淮是写词狂魔，不管什么主题，没有他三天内搞不定的词。下午两点他准时摁响沪溪山庄的门铃。宴若愚被他那时不我待、争分夺秒的样子逗乐了，问："你上赶着来娶媳妇？"

林淮回："那这里也得有个女的。"

"哟，"宴若愚继续开玩笑，"那你应该找我合作情歌。"

"那也得人家看得上呀，我那些歌被他批得片甲不留，搞得我连新歌都不好意思发。"

"谁啊？你和梁真吵架了？"姜诺听见动静了，抱着"出息"走过来。林淮正说到义愤填膺之处，一见到尖嘴、八字眉、毛色黄黑夹杂的"出息"，眼里全是悲悯之色："孩子，你怎么长残成这样了？"

已经七八个月大、正处在换毛尴尬期的"出息"长长地"嗷呜"了一声，委屈地把脸埋进姜诺的怀里。姜诺已经快抱不动它了，还是勉强没把它放下，抱回客厅先哄了一会儿，让林淮和宴若愚先去工作室，过了几分钟后才进来。

林淮见只有姜诺，问："'出息'呢？它不是你的跟屁虫吗？"

"它不想见你。"姜诺在控制台前坐下，真诚地建议道，"林淮同志，烦请你以后嘴巴甜一点儿，'出息'听得懂的。上个月宴若愚说它丑，它气得把他的鞋子和衣服咬了个遍，也不爱出门了，带它去宠物店洗澡都得背过去。"

宴若愚附和："对，你肯定是说话太直把人冒犯了，所以对方才会说你的歌不好听。"

"不是不好听，是'不好'。"林淮气鼓鼓地说，"我就纳闷了，我十九岁，正值青春年华，玩玩喜剧说唱不是很正常嘛。我做歌做得开心，别人听了开心，多两全其美啊，怎么就成垮掉的一代了？"

宴若愚和姜诺面面相觑，然后同时看向气急败坏的林淮。

"那你们也是读书人，也没执着于歌词里一定要有社会理想呀，"林淮吐槽，"梁真那种倚老卖老的老男人才搞人文情怀那一套，他十九岁时的作品未必比我现在的强。"

晏若愚和姜诺再次面面相觑，再次同时看向愤愤不平的林淮。

姜诺："您在家敢这么说梁老师吗？据我所知，梁老师十九岁时就能写出《梁州词》，而您现在传唱度最广的歌是《长佩爱情》。"

晏若愚："你这么生气是因为梁老师骂你了？梁老师终于舍得骂你了？他终于意识到'你这个号养废了'？"

"不是梁真，"林淮捂脸，梁真才不值得他这么不甘心又憋屈，"是宋舟，他说我的歌除了《差不多大学生》，都是垃圾。"

晏若愚和姜诺第三次面面相觑，第三次同时看向气极反笑的林淮。

姜诺："你们终于在一个频道了呀？谁先找谁的？"

晏若愚："你们互相关注了吗？交流用的是微博？"

林淮始终无法和他们的脑回路统一，假装手里有把刀，做了一个切腹自尽的动作后，艰难地说道："算了，先录歌吧。"

录歌才是正事，其他事可以慢慢聊，而且林淮也急着把歌做出来发给宋舟听，让宋舟知道自己是有能力写好歌词的，只是志不在此罢了。

一切进行得很顺利，选好伴奏后，林淮和晏若愚一起进录音棚唱。两个人嗓子的状态都不错，互相提的意见也都很有价值。姜诺在外头听着也挑不出毛病，打了一个手势让他们再录最后一遍，这时，林淮的手机铃突然响了。

"不好意思哈。"林淮看了一眼来电显示，并没有拒接，接起电话后没说话，特别乖巧地配合，就是"嗯""嗯嗯""嗯嗯嗯"。挂断电话后他又说了一句"不好意思"，打开改名为 *Make It Real* 的 *Make It Big* 第四季比赛的报名页面，查看自己的选手号码等信息。

林淮边操作边问："你们的海选参赛证出来了吧？"

姜诺疑惑："我们？"

晏若愚插嘴："我帮你报名了，回头把参赛证发给你。"

姜诺皱眉，晏若愚冲他比"嘘"的手势，意思是这件事他们等会儿再聊。

林淮说："听说有参赛选手会把参赛证给观音菩萨烧过去。"

宴若愚瞪大眼："什么？烧过去干什么？"

"保佑他们在比赛里节节高升，顺利进决赛呀。"林淮解释。

姜诺："……"

宴若愚："……"

宴若愚问："那梁真到底来不来当明星制作人？先发海报里其他导师都就位了。"

林淮说："他都跟着节目组去基层海选现场挑人了，积极得跟要给二胎赚奶粉钱似的，肯定要来呀。不过我倒是挺希望他别来呢，不然肯定会有人说我'拼爹'。你们都有节目组的邀请函吧？我也有，只要是小有名气的选手，节目组都直接保送进全国海选，但我怕被说成关系户，把邀请函推了去参加学校选拔，从岭安赛区到华南赛区全都以第一名的成绩晋级，我看到时候还有谁阴阳怪气地说我。"

林淮不吐不快，不希望再活在梁真的庇护下，永远只是"小梁真"。

半个小时后，宴若愚和林淮圆满完成了 *City Sounds* 的全部录音，只需姜诺做混音和细节上的微调。

和其他为比赛准备的歌不同，这首合作曲完成后是要发布的，也算是为两个人参加比赛做预热。林淮离开后，姜诺没像往常那样埋头苦干处理音轨，而是放下手里的活儿问自作主张的宴若愚："我什么时候说过我要去参加比赛了？"

宴若愚自知理亏，避重就轻地说道："我把你的简介写得那叫一个漂亮，林哲一看，眼睛都亮了。你也知道，这个圈子厉害的说唱歌手常有，能唱说唱的制作人可没几个，何况你水平拔尖，那首 *Make It Shit* 多炸裂呀。"

"你还记得这首歌是我写的呀？"姜诺更不能理解了，"你明知道我反感商业化的说唱真人秀节目，还先斩后奏地给我报名。"

宴若愚边抠手指边嘀咕："姜善不也参加了……"

姜诺抢话："所以我才气不过写了这首 diss 歌，批判过了心里头舒服了，才愿意给他做新的用于参加比赛的伴奏。而且，要不是骨癌已经到晚期了，姜善也不会去参加这种比赛，想用最后一点儿时间做些有意义的事。”

“反正我知道姜善如果还在，肯定希望你能从幕后走到台前。”宴若愚把姜善搬出来了，姜诺指着他的鼻子有些生气，可又发不出火。

宴若愚见这招有用，趁热打铁：“反正都报上名了，你就跟我一起去参加海选录制呗，说不定会对这档节目有所改观呢。实在不行——”他努努嘴，耍赖皮了，“实在不行，你就当陪陪我。对！你就当陪跑，说不定陪到最后我第一、你第二，我把第一名的奖金分你一半，姜智以后娶媳妇儿、盖房子的钱都有着落了，姜善在天之灵知道了都会高兴的。”

“就这么说定了，下个月我们一起去全国海选现场，不见不散。”不等姜诺说话，宴若愚抢嘴，不给他开口的机会，就当他答应了，然后飞快地跑出了工作室。

姜诺追出来，还想跟他理论，他捂住耳朵大喊“我不听，我不听”，把“出息”刚留下两个牙印的板鞋当拖鞋穿，逃也似的离开了沪溪山庄。

宴若愚的房子不止沪溪山庄这一处，有的是去处，但他这天心血来潮地回了虎山庄园，还特意告知了宴雪涛。自打齐放奉宴雪涛之命来试探姜诺后，宴若愚就开启了单方面冷战模式，这天终于愿意回家了，宴雪涛怎么可能不高兴，安排厨房做了一大桌菜，打算和孙子好好聊一聊。

宴雪涛先是问事业。裴小赵从本质来说是他的眼线，这是宴若愚心知肚明的事，“杀克重”年度报表里的数据宴雪涛比宴若愚这个主理人都清楚，根本无须过问。但说唱比赛就是宴雪涛的知识盲点了，这个年纪的老人刻板印象严重，谈起嘻哈文化，脑海里浮现的形象不比地痞流氓好多少。宴雪涛怕孙子自带光环，被那些小喽啰针对和欺负，宴若愚安慰宴雪涛，说没关系，这个圈子非常文明，只要能动嘴，就绝不会动手。

“而且这个节目好不容易重启，求生欲特别强，刚给所有参赛选手发邮件，再三强调一定要出具无犯罪记录的证明。也就是说，只要谁有过不良记录，就连报名的资格都没有。这条规定一出来，那几个没吃上前三季红利的老牌说唱歌手全都找理由提前退赛了，除非新人里有黑马，不然这一季真的没几个人能打。”宴若愚说着都觉得好笑，“还有，节目组工作人员一个个通知让我们把文身遮掉，有脏辫的也想办法快点儿拆掉，拆不掉的剪掉，不然就全程戴帽子遮住。”

宴雪涛边听边点头，觉得这节目还挺中规中矩，为了显得随意，故意把声音拉得老长：“那——姜诺那孩子难道要剪头发？”

宴若愚原本挺自在，听宴雪涛这么刻意地把话题往姜诺身上扯，莫名其妙地不乐意。宴雪涛见孙子是这反应，以为自己猜对了，忙解释：“爷爷没别的意思，就是想让你把那孩子带回来，让爷爷多和他熟悉熟悉。”

宴若愚更不舒坦了，烦躁地问道：“有什么可熟悉的？”

爷孙俩随即沉默，小的不耐烦，老的不知所措。毫无疑问，宴若愚对抓住时代脉搏打下商业帝国的宴雪涛无比敬重，可当他们的身份转换为孙子和爷爷，他就跟依旧处于叛逆期似的，聊着聊着就变脸，爷孙关系从未亲密无间，久而久之更是剑拔弩张。

宴雪涛起初无从下手，只能从物质和金钱上极力满足宴若愚。当宴若愚还是孩子时，爱就是不被饿着肚子，精英的西式教育和富裕的物质生活就是他给孙子的爱；当宴若愚在精神世界痛苦挣扎时，他在心疼的同时并不能感同身受，无法理解宝贝孙子为什么身在福中不知福。

直到去年的某一天，宴若愚醉酒晚归，他去孙子的房间安慰，孙子酒后吐真言，第一次跟他讲起初到瑞士学校的一些事。

那是一座法语区的“贵族”学校，每年只招收两百名各界名流的子女，年仅六岁的宴若愚是那一届唯一被录取的亚洲人。

这是宴雪涛一直以来的骄傲，他的孙子从小就展露出继承人的聪慧天资，未来可期。可当宴若愚回忆起让旁人艳羡的求学生涯时，印象最深刻的不是任何快乐的时光，而是开学第一天的正式晚宴上，坐在他身边的同龄男孩儿好奇地问："你吃过狗肉吗？"

宴若愚泪流满面，迫切地询问爷爷，为什么他们那么有钱，在世界各地花钱，一个未来的西方精英还是会对他存在偏见？

那天晚上宴若愚醉得离谱，宴雪涛在他的床头陪了他良久。

宴若愚第二天醒来后肯定忘得干净，但宴雪涛记得，几天后给他带了一只阿拉斯加幼崽，借口说是心理医生建议买的。

从那以后宴雪涛也经常反思，原本以为自己已经给了孙子最好的生活，到头来才幡然醒悟，宴若愚从始至终想要的只不过是六岁时的那场晚宴上，有人陪伴在身边握住他的手，让他哪怕不反驳，也不至于孤立无援。

宴雪涛叹了一口气后柔声问道："小鱼啊，你知道你爸和你妈是怎么相遇的吗？"

宴若愚愣住。

他一直能感受到他爷爷中意的儿媳妇应该是门当户对的大家闺秀，而不是程婴梦那样家境普通的娱乐圈中人，所以就算再心疼他这个孙子，也愿意把人往国外送，怕母子之间培养出太多感情。

豪门世家里怎么可能没有防备算计，只要不拿到明面上来说，谁知道华袍下爬了多少虱子。

可宴雪涛这天偏偏主动提起，但不是用一家之长的身份，仅仅是一个父亲。

"那时候你母亲才二十六岁，当真是芳华绝代。有一天，她和经纪人一起来借高定礼裙去参加颁奖典礼，你父亲见了她一眼就对她念念不忘，把最好最贵的一件婚纱样式的礼裙送给她。那场颁奖典礼，你父亲作为赞助商也在现场，你母亲上台领奖经过他的座位时，礼裙上的碎钻刚好钩住了红毯，"宴雪涛顿了顿，继续说，"你父亲毫不犹豫地俯下身帮她整理裙摆，当真连自己是什么身份都忘了。"

晏若愚沉默。这故事他不知听别人复述了多少遍，也在各种文章里看了不知多少遍。那一刻的画面也被在场的记者抓拍到了，构图巧妙绝美得仿佛他父亲是在求婚。

但他还是第一次听爷爷说起。从一开始，晏雪涛就觉得程婴梦有心机，故意制造那么多巧合，就为了引起晏松亭的注意。

但晏雪涛现在老了。人老了，就会觉得巧合就是缘分。生带不来万贯家财，死带不走富贵荣华，人在这世间走一遭，最重要的还是健康开心。

晏雪涛说：“你父母确实相爱般配。我活到这岁数了，如果说还有什么遗憾，就是没当着他们的面亲口说些祝福的话。”

“爷爷……”晏若愚吸吸鼻子，感动得都要哭了。

晏雪涛摆摆手，满脸笑容：“所以啊，我的宝贝孙子，你要是有什么事情，没必要瞒着爷爷，爷爷现在心态特别好，什么事你都可以跟爷爷说，什么问题都可以问。”

晏若愚到底没掉眼泪，笑嘻嘻地说：“嗯，我今天来确实是有话想说，和我跟姜诺有关。”

晏雪涛暗暗高兴，心想这小子终于要和自己聊聊了。他拿晏松亭和程婴梦的事做引，就是想告诉孙子，自己不反对姜诺和他交朋友，他也挺喜欢姜诺。

再说了，他上哪儿再找一个比姜诺更能镇住晏若愚的娃娃。晏若愚从欧洲回来后的状态好得堪比重生，他都大半截身子快入土的人了，金钱在他的眼里就是冷冰冰的数字，哪儿有孙子脸上真心的笑容重要。

晏若愚缓缓开口：“爷爷，我想问问您——”

问吧，问吧。晏雪涛想着，嘴角带着微笑。

晏若愚认认真真地说：“我想问问，您求神拜佛那么多年，觉得哪座庙最灵？我和姜诺去给他烧参赛证。”

晏雪涛眨了眨眼：“啊？”

四月，岭安城，花禹村。

裴小赵活脱脱像一个暴发户，戴着墨镜，嘴里叼着一根狗尾巴草，像衔着雪茄，开着豪车穿过乡村的水泥小道，最后停在一处不起眼的寺庙前。

岭安城寺庙多，大到闻名全国的古寺，小到村镇山间的小庙，有人迹之处就有香火缭绕，香客的寄托和祝福终日不绝。

但裴小赵眼前的地方并不是传统意义上的佛家寺庙。他摘下墨镜，吐了狗尾巴草，再没丝毫扬眉吐气、衣锦还乡的劲儿，点头哈腰地给坐在后面的宴若愚介绍："老板，这就是您族谱上的老家的元帅庙。"

戴着口罩的宴若愚随即打开车门冲出来呼吸新鲜空气，憋坏了似的叉腰喘气，上车后拧着的眉毛终于舒展开了。

随后姜诺和裴小赵也下车。他们淡定多了，宴若愚正要往庙里走，他们没跟上，而是站在原地。

宴若愚只能走回来，疑惑地问裴小赵："愣着干吗？把后备厢的供品拿上啊。"

"来看望元帅老爷的人是您呀。"裴小赵委屈巴巴地眨了眨眼，"老板，按规矩，这些东西得您拿才显得有诚意。"

宴若愚瞬间呆滞，走到后备厢前望着那只闭眼的熟猪头都忘了保持严肃，条件反射地来了一句"我的天"。

他的祖籍是花禹村，这座元帅庙位于花禹村和其他五个村中间，被称为"六方保界"，很多在外经商的花禹村人但凡回乡，肯定要来元帅庙拜拜，供上水果和肉食请元帅老爷品尝。

没错，元帅老爷吃荤，盘子里除了猪头，还有烧熟的海鲜。宴若愚觉着那味道一言难尽，但散发出诱人气味的猪头就是给元帅老爷最好的供品。

"我来拿吧，你提水果就成。"姜诺是行动派，正要把那一大木盘熟食端起来，宴若愚眼疾手快地先他一步抓住盘子两侧，体贴地对他说："水果轻，猪头还是交给我吧。"

说完，宴若愚戴上了手套，防止木盘边缘的水渍和油粘到手上。寺庙里面卖香火的大爷终于等到他们入内，看到带头的小伙子长得很俊，手里端着的猪头肥头大耳，嘴里还衔着一根尾巴，福气得很。

不同于正规佛堂，花禹村的寺庙里没有大雄宝殿，取而代之的是元帅老爷的塑像。宴若愚把猪头放在塑像前的木桌上，把脱下的手套给裴小赵："送你了。"

裴小赵无比珍惜地将碰过猪头的昂贵手套放进衣服口袋，问："老板，那辆越野车的后备厢里也有猪头的气味呢，您看……"

宴若愚面无表情地瞥了裴小赵一眼，裴小赵乖乖闭嘴，帮着姜诺摆放水果。

随后他们买了香火油烛，这气味宴若愚还是能接受的。宴若愚和姜诺一起站在裴小赵身后，听他一本正经地指点。

裴小赵站在宴若愚和姜诺的身侧，清了清嗓子后拉长声音说道："你们听我指挥，一拜——天——地——"

并排而站的姜诺和宴若愚举着香看向裴小赵："啊？"

裴小赵纳闷："你们怎么不拜呀？"

宴若愚更纳闷："我们来求比赛顺利的，又不是成亲。"

"你求什么都得先拜天地呀。"裴小赵牢记临时出差不能陪同的宴老爷子叮嘱他的流程，解释得头头是道，"你们看，这座庙四四方方，庙门正对一个大戏台，中间露天，所以这第一拜得先求风调雨顺、国泰民安，只有祖国河清海晏，我们才能事事如意。"

八百年没正经拜佛的宴若愚很无奈。

"行吧。"宴若愚总觉着别扭，但还是照做，先拜天地，然后入庙内拜元帅老爷，求两个人下个月比赛顺利。拜完后，宴若愚小心翼翼地把两个人的参赛证烧了。

宴若愚在国外生活太久，对寺庙文化连点儿猎奇心都没有，倚靠在门口掏出手机百无聊赖地刷着各种信息，要不是往旁边瞟了一眼，发现姜诺不见了，接下来的十几分钟也就这么打发过去了。

宴若愚重新进庙，很快就在二楼的侧厅里找到了姜诺，正要喊他的名字，却发现姜诺的注意力全在眼前的壁画上。

晏若愚走近，在离姜诺三两步的地方停下，顺着他的目光看向神像后斑驳的壁画。

看着墙上的观音壁画，晏若愚的一颗心莫名其妙地被揪了一下，他低头使劲揉眼，再睁开，姜诺在模糊不清的视野里逐渐变得清晰，姜诺关心地问："怎么了？"

"没……没事，眼里进沙子了，没事。"晏若愚说着，往后退到栏杆处倚着，示意姜诺继续看壁画，他不会打扰。

姜诺隐隐觉得奇怪，但又说不出哪里奇怪，观察壁画的配色时也没之前那么全神贯注了，便突击似的扭头，晏若愚果然在看自己。

姜诺问："你盯着我干什么？"

晏若愚挪开视线观天瞅地："没有，我看菩萨呢，没看你。"

姜诺一口咬定："有。"

晏若愚回答得特别快："没有。"

"明明有。"

"明明没有。"

"就是有。"

"就是没有。"

"就是好看。"

晏若愚脑子跟不上嘴，掉坑里了："就是不——"

姜诺不说话了，抿着唇，到底还是没憋住，被晏若愚偏偏要反着说的嘴硬模样逗笑了。晏若愚不死心，绞尽脑汁地要挽回颜面，挠挠头发支支吾吾地说："我是说……我的意思是……我是想说你上镜！"随后他站到姜诺面前，从各种角度端详："我看人很准的，很多人在照片里特精致，到摄像头里就不耐看了。但你不一样，骨相好皮相轻盈，现实生活里看吧……没特色，到镜头里反而会显得立体不挑角度，怎么拍都完美。"

晏若愚捏住姜诺的嘴唇两侧，故意一挤让他嘟起嘴，迫不及待地提议："你去拍 *City Sounds* 的 MV 吧！"

鼻孔正对着晏若愚那双亮晶晶的眼眸的姜诺："……"

“这都什么跟什么呀……”姜诺挪开宴若愚的手，哭笑不得地说，“自作主张地给我报名比赛就算了，还拍 MV？你饶了我吧，我又不出道。”

“我是认真的。”宴若愚的神色确实很正经，“你也说过这首歌的词很好。那么好的词值得一支好的 MV，吸引更多的人来了解这首歌。”

姜诺推托：“那烦请你去找专业的、有名气的演员，别折腾我，大、少、爷。”

说完，他满不在乎地往楼梯的方向走去，却在宴若愚提及那个名字后停下脚步。

宴若愚说：“姜善肯定希望你的身影出现在这样的主题里。”

姜诺并没有在宴若愚的话音落下后就立即转身，而是怔了几秒，缓缓扭过脖子，眼神微妙。

“我发现你现在——”

“我现在特别会换位思考。”宴若愚抢话，理直气壮地说，“几个说唱歌手能拥有 MV 呀。姜善活着的时候也没有，你要是能拍一支，他在天之灵知道了会更高兴。”

宴若愚代替姜善给姜诺做决定：“明天我就去联系导演。”

姜诺无语且无奈，宴若愚就当他答应了，推着他的肩膀下楼，暗暗得意自己真聪明，只要在恰当的时间和场合把姜善搬出来，就能把姜诺安排得服服帖帖、明明白白。

这首歌是他和林淮的合作曲，要拍 MV 肯定也要征求林淮的意见，林淮没理由不同意，顺便给他们的 MV 推荐了导演。

那是一位老朋友，叫犹太，是和梁真同时期的说唱歌手，两个人还在《地下八英里》交过手。后来犹太逐渐转到幕后，不管是拍硬照还是 MV，在圈内都小有名气。

犹太最近刚好有档期，宴若愚为了效率就专门把人请到了岭安城。听完歌看完词后，犹太的团队很快就拿出分镜头的初稿。

City Sounds 是一首慢节奏的叙事歌，歌词近乎白描，没有议论抒

发，所有的情感都已经蕴含在词句所描绘的城市景象里。所以在犹太的设想里，如果出镜的不是作为歌手的宴若愚和林淮，而只有姜诺，那么他们可以把摄像机假定成姜诺，他坐在公交车里看到的，走在街道上听到的，仰望城市星空想象到的，就全都是歌词里唱到的场景。

这样的拍摄不复杂，但需要大量的镜头用于剪辑，对后期的要求也高。宴若愚刚开始会陪同，站在摄像师边上凝视小小屏幕里的姜诺。那张脸确实不挑角度，镜头从下往上，从他的鼻尖扫至夜空，光污染的城市里看不见星空，点点繁星又映在他的眼眸里。

如果不忙，宴若愚真想时时刻刻待在这个小剧组里，但“杀克重”和 Neverland 即将推出全新的夏季限定联名款产品，他需要回公司和设计师一起闭关。

这一次他们沿用丝绸元素并加以改进，鞋盒上的设计为全英文，翻译过来的意思是“你穿的不是过去，而是未来”。

设计图不是终点，他们还需要多次打样调整细节，对成品满意后宴若愚都没想到先给自己留一双，而是带了一双姜诺的尺码的鞋子回沪溪山庄，让鞋子先在 MV 里亮相，给后续发布造势。

他到得挺早，天都没黑，原本以为姜诺还在外面拍 MV，但“出息”扭头看了他一眼后没跑过来，而是继续趴在卫生间前乖巧地等待着。

宴若愚走过去，蹲在“出息”身边揉狗脑袋。昨天晚上他心血来潮地染了红头发，颜色特别出挑，他问没什么反应的“出息”：“怎么，不认得我了？”

“出息”非常淡然地和宴若愚对视，露出谜之微笑，嚎一声，像是在反问：你不知道狗是色盲吗？

宴若愚听不懂狗语，继续自言自语：“是我的鞋子不好咬还是衣服不好撕？为什么你一动不动？”

他跟狗说话呢，声音没必要特别响亮，但门内随之传来的梳子和杯罐的落地声异常清晰。“出息”“汪”了一声，立刻站起来摇尾巴，他也意识到里面有人，直起身敲了敲门，问：“没事吧？”

“没事。”姜诺的声音从里面传来，听起来有些慌张。

“需要帮忙吗？”

“不用。”姜诺回绝得很快，但又有些犹豫地问，“能帮我递一下剪刀吗？”

“哦，我找找。”宴若愚从客厅的收纳柜里翻出一把红色的塑料剪刀，来到卫生间前又敲了敲门。姜诺打开门锁，只伸出一只手，宴若愚正要把剪刀放置于他的掌心里，却发现姜诺藕白的手腕上有几条并不明显的细红勒痕。

“你——”姜诺反应迅速，侧开身子，后腰抵在水槽边缘，险些被推门而入的宴若愚撞倒。他的另一只手上也有被勒过的痕迹，但不是绳子，水槽大理石面上被粗暴扯下的LED铜丝小灯泡才是“罪魁祸首”。

“吓死我了，”姜诺舒了一口气，“你急着……上厕所吗？”

宴若愚摇头，没说话，更没眨眼。

他不是第一次见到这样的姜诺，穿的衣服很素，色调冷淡，款式宽松，远远看上去身形单薄，走近了，才会发现他的肩膀平整，连接脖颈的线条流畅柔和，气质仪态比聚光灯下的名流都出众。

但他也是第一次见这样的姜诺。姜诺戴了边缘发灰的美瞳，使得那双原本就沉得发黑的眼更加幽深，如星如海；手背上有口红的痕迹，镜头吃妆，造型师肯定给他上过妆，他回来后用手背擦拭，嘴唇经过揉搓反而更加艳丽。

姜诺的衣服、裤子有湿意，冰冰凉凉，远没有头发那么湿漉漉的，散发出暖光的铜丝环绕过额前，在他毫无章法地拉拽后与脑后的发丝缠绕到了一起。

“犹太说，MV如果全部用真实的画面太单调，所以想再拍些有未来感的‘赛博朋克’风格的镜头，于是……”

姜诺无奈地摊了摊手，转过身，拿起剪刀往身后递，丝毫不觉得可惜地对镜子里的宴若愚柔声说：“帮我把被缠住的头发剪掉吧。”

足足愣了三四秒，宴若愚才接过剪刀。先是右手握住手柄，莫名其妙的不顺手，愣了会儿他才想起自己是左撇子，立刻换到左手，可怎么都下不去手，慌里慌张地又换回右手……

宴若愚干脆把怎么拿都不称手的剪刀放回水槽大理石面上，直接上手，先捋清铜丝到底缠绕了多少头发。

“为什么是湿的？”宴若愚嘀咕，“犹太给你买保险了吗？万一触电了怎么办？”

“铜丝上的小灯泡电压只有十六伏，我死不了。”姜诺笑了笑，“‘赛博朋克’怎么能没有雨？他们今天在室内挂上绿幕造了一场雨，让我打扮成这样跑来跑去，也不知道后期会做成什么样。”

宴若愚假装心疼：“经费在燃烧。”

姜诺揶揄他：“你不是穷得只剩下钱了吗？”

这话宴若愚爱听，他开启吹牛不打草稿的模式：“可不是嘛，后期找《银翼杀手 2049》的团队怎么样？”

姜诺：“……”

宴若愚放松了不少，继续捣鼓头发。姜诺的头发很软，整体的柔黑中藏着几根遗传性的暗红或者金黄发丝，不知道的还以为他营养不良。宴若愚理着理着，目光挪到镜子上，想看看姜诺脸上的妆，却发现他也在看自己。

“你染头发啦？”

“啊？嗯。”宴若愚佯装淡定，刚刚理顺的头发又被他弄乱了。

姜诺笑着说：“你知道你现在像谁吗？”

“谁呀？你还见过别的男人染红头发？”宴若愚拿起剪刀先把露在外面的铜丝剪断。

“不是男的。”姜诺还是笑，然后问，“你看过《悬崖上的金鱼姬》吗？”

宴若愚立刻抬头看向镜子里的自己和姜诺，嘴里蹦出一个名字：“波妞？”

“嗯。”姜诺点头，摸向宴若愚蓬松的红发，“你为这个‘波妞红’漂了几遍头发呀？怎么这么软？”

宴若愚故作不乐意地别开脑袋："不给你摸。"

姜诺把手收回来，宴若愚捏着嗓子学小孩子说话："波妞……波妞喜欢宗介！"

姜诺被宴若愚的可爱语气逗乐了，跟着宴若愚进卫生间的"出息"正乖乖蹲在他的脚边呢，他用同样的语气给"出息"代言："'出息'……'出息'喜欢诺阿！"

"出息"将尾巴摇得更欢了，短促地叫了两声，伸出舌头喘气表示同意。

房间里一时安静得只剩下狗的喘息声。

"嗯……"宴若愚找别的话题，"NoA 是这么念的吧？"

"嗯，我刚认识姜善的时候，姜智还是一个小孩子，姜善教他念我的名字，他总喜欢把尾音拖得很长，一口一个'诺阿'地叫，怎么都改不过来。姜善就不厌其烦地纠正，但后来我们住一块儿了，姜善每次叫我的单字，听起来也像'诺阿'。"

姜诺说："NoA 这个名字就是这么来的。"

"哦。"宴若愚知道了，继续理头发，手上的动作越来越慢。

姜诺问："为什么不直接剪掉？"

"给我点儿时间，我能捋顺。"宴若愚的声音有些闷，"就这么剪了，多可惜呀。"

姜诺还真没往这方面想，宴若愚有耐心，也就随他折腾吧。倒是"出息"坐不住了，进到淋浴的区域用爪子把水龙头扳开喝了几口水，心满意足地关上水龙头溜出卫生间，还不忘关上门。

姜诺觉得有趣，正想问宴若愚有没有觉得这条阿拉斯加犬快成精了，突然"咝"了一声，是毫无防备地被扯到了几根头发，有点儿疼。

"不好意思。"宴若愚连忙道歉，但没动剪刀，还是坚持，"我再轻点儿。"

"嗯。"姜诺配合地不晃动脑袋，只看向前方的镜子。

"滴答——"

宴若愚手上的动作没有停顿，姜诺不方便转过脸，只能用余光瞥向淋浴区，“出息”的狗爪子没把水龙头完全关紧，那里有水落在地面上。

“滴答——”

姜诺的睫毛颤动，宴若愚将手臂随意地搭在他的肩上给他看水渍，说：“你的头发在滴水呀。”

姜诺盯着那流淌过宴若愚指尖早已不成形的水滴。随后他转过身，正对宴若愚，抬手护住后脑勺摸了摸，那儿的头发依旧有些杂乱，但不再缠着铜丝。

“谢了。”姜诺挤出一个笑容，“接下来我自己弄就行。”

宴若愚问：“还有什么要我帮忙的吗？”

这要是放在平时，姜诺哪儿敢让十指不沾阳春水的宴大少爷干这干那。但他现在很累，迫切地想把宴若愚支开，于是问：“你能带‘出息’去宠物店洗澡吗？”

宴若愚本能地想拒绝。他向来对飘着各种动物毛发的宠物店心有抵触，况且，“出息”有多爱围着姜诺打转，它对洗澡就有多抗拒，需要姜诺用食物引诱它进航空箱才行。

但“出息”的体形和体重的增长速度大家有目共睹，再过几个月姜诺自己肯定搞不定它，宴若愚迟早要帮忙。

“行，我带它去。”宴若愚都出卫生间的门了，还不忘折回来提醒，“你记得用吹风机，不然会头疼的。”

“嗯。”姜诺关上门，客厅里传来“出息”的声声哀号，他推开门，看到宴若愚直接跳过哄骗阶段，简单粗暴地将狗扛在了肩上，在玄关处换鞋时还不忘冲他嘚瑟地挤眼。

姜诺：“……”

电梯直接下到车库，宴若愚控制着车钥匙将窗户放下，把狗扔进车内。“出息”转身，爪子扒在窗沿上叫，宴若愚坐进驾驶座后吓唬它：“不乖就把你扔在路边，让你再也见不到姜诺。”

防记者偷拍小能手宴若愚边说边戴上鸭舌帽、墨镜和口罩。“出息”看宴若愚这模样还真是挺像社会大哥的，眨眨狗眼睛，认㞞地安静了。

姜诺常带“出息”去的宠物店就在附近，洗剪吹小哥哥对这只对淋浴头抗拒如针头的阿拉斯加犬颇有印象，撸起袖子正准备跟它大战三百回合，宴若愚摘下墨镜一瞪眼，它就又㞞了，贴在墙脚任由水流“蹂躏”毛发和身躯，再上烘干桌接受吹风机的“戕害”，不再反抗，也没了精气神。

“别这么沮丧呀。”宴若愚安慰它，“你香喷喷了，往姜诺怀里钻时他才不会嫌弃你。”

“出息”还趴在桌子上，扭头赌气不看宴若愚，那意思是：你不懂，就是臭烘烘、脏兮兮的，姜诺也把它当宝。

“哟，长大了，会跟我耍脾气了呀。”宴若愚总有办法治它，招呼洗剪吹小哥把给“出息”掏耳朵的棉签放下，拜托人家：“麻烦了，先帮我家‘臭儿子’挤一下肛门腺。”

十分钟后，宴若愚牵着“出息”离开宠物店，帽子和口罩挡不住宴若愚大摇大摆神清气爽的样子，而“出息”左摇右晃，上车后只蹲下前肢，屁股高翘不碰坐垫。

宴若愚笑：“别装了，哪儿有这么疼？”

“出息”悲痛难鸣：“嗷呜——嗷呜——嗷呜——”

宴若愚挑眉：“你什么意思？回去还准备跟姜诺告状？”

“出息”义愤填膺：“汪、汪、汪。”

“那我带你去找朋友玩总行了吧。”宴若愚没有原路返回，而是开往沪溪山庄旁边的商圈，那里的大广场是约定俗成的狗狗交友区，每到星期六、星期日，家有爱犬的人们就会把狗带到广场上，增进狗狗们的社交。

有音乐喷泉的广场到了晚上才热闹，白天在此溜达的更多的是小型犬，“出息”一只阿拉斯加犬在一群泰迪犬、贵宾犬和柯基犬里鹤立“狗”群。

但“出息”的狗朋友圈里只有小型犬，宴若愚任由它撒欢儿去了。他没兴趣和其他狗主人聊天，找了一个干净地方坐下就掏出手机。还记得他上次跟姜诺一块儿来这个广场，一个同样养阿拉斯加犬的青年前来搭讪，问姜诺除了狗粮还给它喂什么营养品，他帮姜诺回答：“鱼。”

“怪不得你的狗毛发漂亮顺滑，肯定很快就能度过尴尬期。”青年的眼睛一亮，“你给他吃什么鱼？网上买的三文鱼边角料吗？能加你的联系方式麻烦你把店铺分享给我吗？”

宴若愚的嘴巴被口罩挡住了，但他还是跟机关枪似的说：“我们家狗子挑食，不吃被冰冻过的三文鱼，只吃新鲜黄鱼。”

青年：“嗯？”

“正宗的野生黄鱼，新闻里三五万一条的那种，蒸熟后的鱼肉用筷子一戳就散了，嫩到只能用勺子舀。”

青年：“啊？”

宴若愚继续胡说八道：“对了，还有虾，我们家的狗子只吃活虾，死虾下锅后虾背缩得太紧，我家狗子嫌塞牙。”

青年成功地被宴若愚击败，悻悻地离开。从那以后大型犬的主人都对“出息”敬而远之，就怕自己的狗不小心把它伤了，他们得砸锅卖铁，“出息”一条正值青春年华的公狗从此再没摸过“姐姐”“妹妹”的爪子，只能跟还没自己的腿高的泰迪追逐打闹。

但泰迪狗小志向大，不一会儿，“出息”就被一只黑色的泰迪追到宴若愚的脚边。他正想埋汰“出息”没出息，居然被一只小狗吓到了，却发现那只泰迪似乎另有所图，不停地抬起前肢，但又因为太矮只能抱住“出息”的大腿，来回在它的腿上蹭。

欺负狗还要看主人。要是放在以前，就宴若愚那暴脾气，他早把图谋不轨的泰迪踹到三尺远。好在泰迪的主人及时赶到，老好人似的给气势汹汹地蹬脚吓跑泰迪的宴若愚赔不是，并解释：“我们家‘多多’已经绝育了，不会让你的阿拉斯加犬怀孕的。”

“绝育了它怎么可能还这么兴奋？”宴若愚不相信，“你们当初做手术是不是没切干净呀？我的狗是公的它都想欺负。”

宴若愚很生气，泰迪的主人反而松了一口气：“啊，你的阿拉斯加犬不是姑娘？那‘多多’就是在和它玩，不是发情。”

原本还担心“出息”被非礼的宴若愚一时无语。

宴若愚重新回到原来坐的地方，精神洁癖作祟，注意力再也无法集中在手机屏幕上，总往“出息”和那只泰迪身上瞄，越看越觉得一言难尽。哪怕狗主人解释过这是狗狗社交过程中的正常行为，他还是不能接受和适应，于是带着“出息”匆匆离开了广场。

第九章

我欣赏他

回到家后已是傍晚。宴若愚开门后，正对玄关的客厅静悄悄的，只有沙发上有被子包裹的弧度。

那是睡着的姜诺。

“出息”没有发出声音，跟着宴若愚蹑手蹑脚进了屋，不吵醒姜诺。

姜诺拍摄了一天 MV 又淋了人造雨，累坏了，睡得很沉。

姜诺老家的房子还没岭安城的出租房环境好，从小到大他都睡木板床，沙发对他来说已经够奢侈舒服了，以致从欧洲回来后宴若愚想让他搬去卧室他还觉得没必要，说要么自己搬出去租个小房子，要么继续睡沙发。

宴若愚不想让姜诺搬出去，勉为其难地“剥削”他继续睡沙发。姜诺当然没觉得这算剥削，因为他对物质没什么需求，有一台电脑、一部声卡和一张沙发，就能把日子过下去。

他最近这段时间也很忙碌，除了拍摄 MV，不少进入全国海选的说唱歌手通过林淮的友情宣传找到他做歌，想从他这儿淘些新颖的伴奏用于第二轮的六十秒比赛，增加晋级的可能性。犹太灵光一现地提出“赛博朋克”概念后，他也及时调整了 *City Sounds* 的编曲，将传统乐器的采样换成了二十世纪八九十年代的流行乐，循环后具有极强的电子迷幻感。

音乐也能做旧，全新的前奏一响起，都市的繁华和破败尽在眼前。不是没人在做实验性质的作品，但很少有人能在超前的同时还兼顾音乐性。

——所以我欣赏他。

宴若愚毫不掩饰对姜诺的欣赏之意，那是一个音乐人对制作人的欣赏。

宴若愚把那双与Neverland联名的鞋放在姜诺的脚边。半个月后，这双还未发售的新品出现在*City Sounds*的MV里。“杀克重”以前的丝绸系列都是在鞋的帮面上做文章，但这次，他们把目光转向了鞋标——二十多层不同颜色的丝绸被压进Neverland经典的斜“N”标志里，第一层为藏蓝，用小刀刮开就能看到暗红、鹅黄、群青等颜色的布料，堪称丝绸版刮刮乐，总有一个颜色戳中购买者的心。

但姜诺那一双鞋的标志是用打火机烧开的。拍摄前他和宴若愚一人一只抱在手里，小心翼翼地把二十多种颜色的布料都烧露了出来，斑驳的鞋标在未来感十足的滤镜效果下更显丝绸颜色的艳丽。

这就是MV的开头，穿着那双Neverland的姜诺在岭安城的雨夜中默然无声，五彩缤纷的霓虹灯灯光笼罩着这座群楼高耸入云的城市，与他手腕、发间缠绕的铜丝小灯相呼应。

游离在蒸汽波和迪斯科之间的伴奏音乐绚烂又萎靡，复古又超前。大城市的夜景生机勃勃，行走在雨夜中的人一片沉寂。姜诺逆着人流来到一处小巷，地上的红苹果在偏蓝的冷调滤镜中暗淡失真，他走近，将苹果捡起，送到嘴边咬了一口，正对着镜头的灰蓝色眼瞳变成了纯黑的颜色。

他回到了过去，或者说现实。宴若愚的副歌部分被提前到开头，清朗悠扬的吟唱在细碎的鼓声中响起——

日光里

车流人群巷道

月光照

他在回家路上

镜头跟着二十一世纪的姜诺来到二十一世纪的岭安城，副歌部分结束后，林淮的说唱镶嵌进画面。有人住高楼，有人住臭水沟，有人风华正茂，也有人平庸寡淡。人类与城市休戚与共，又有着只属于自己的生活。

MV 的最后，回到未来的姜诺拿着一根从过去带来的金属小管，还是继续往前走，但放慢了脚步，不管路过什么东西都用小管子敲一敲，墙壁、井盖、栏杆、广告牌……碰撞所带来的声音没有一个重复的，那些不一样的声音反而比往来低着头的人都来得真实。

Neverland 的球鞋又露了一次脸，鞋标上被火烧过的痕迹早已被雨水冲刷干净。镜头从下往上升空，姜诺跟着仰起下巴，在这璀璨又荒凉的世界里是那么渺小无力，那张素净白皙的脸美得独特清丽。

MV 完成后宴若愚没直接发给林淮，而是邀他来沪溪山庄看投影版本。林淮去过拍摄现场，知道整体概念，但看完最终成品后还是头皮发麻，只要出现转场就忍不住说“我的天”，被作为线索人物的姜诺折服。

“诺老师，您这表现力太强了，无声胜有声。”

林淮不正经起来才会喊别人老师。姜诺冷静、谦虚地说：“过奖了，主要还是滤镜选得好，犹太拍得好。”

宴若愚换了一个话题：“你和宋舟最近联系了吗？”

“我们有什么好联系的？”林淮一提到宋舟就跟“打了鸡血”似的，“我和他是竞争对手，两种相抗衡的理念的践行者，针锋相对，相爱相杀，王不见王，势不两立，此消彼长……”

“停、停、停……”宴若愚打断激动到乱用成语的林淮，建议道，“我看你还是快点儿把 MV 上传微博，并标记提醒宋舟那个只关注你一个人的账号，让他见识见识你的真实水平。”

林淮“嘁”了一声，说道：“我的微博粉丝数都快十万了，我干吗要用大号提醒他？”

宴若愚正要劝他，林淮马上来了一句：“我到时候用小号给他发私信，再在评论区标记提醒他。”

宴若愚：“……”

林淮说发就发。他不像签约歌手需要宣发，连预告都不做，直接挑了个整点时刻上传了 MV。

这首歌曲风独特、辨识度高，转发上千、播放量上万全是意料之中的数据，但林淮万万没想到，很多人误会了，他只能不停地疯狂澄清 MV 里的演员不是他的女朋友，而是 *City Sounds* 的制作人，男的，只是长得好看而已。

然而，他第二天回学校后还有人守在他的教室门口来问演 MV 的是谁，唱副歌的又是谁。林淮实在招架不住，经过宴若愚的同意后发了一条微博，证实唱副歌部分的那位“匿名者”是从未和“地下”说唱歌手合作过的宴若愚。讨论的焦点很快被转移到更有热度的宴若愚那边，林淮终于安生。

而活在现实中的宴若愚并不知道网络上的“洪水滔天”。

宴若愚对姜诺说：“我昨天梦到你了。”

此刻他们在通往沪上的高速公路上。姜诺坐在副驾驶座上，并不觉得稀奇，不是很在意地看向窗外，说道：“梦到就梦到呗，你怎么还激动上了？”

“我也不想啊，但这可是你第一次来我梦里，我淡定不下来啊。”宴若愚越说越眉飞色舞，“我老开心、老欢迎你了，干什么事情都要拉上你，连睡觉都要帮你把被子盖好。”

姜诺扭头，用一种批判的眼光看向宴若愚，宴若愚反而一脸老实巴交的表情，颇为委屈地嘀咕：“一个小时后，我的意识告诉我，我盖被子的时候太激动了，一不小心把你捂被窝里捂死了。”

姜诺："……"

"你别这么看着我呀，"宴若愚连忙挽救，"我也很蒙，但转念一想，这是我的梦，我的意识我做主！所以我就在梦境里穿越回一个小时前，你果然还没被捂死，但被窝里只剩一只鸭子。"

姜诺把拧开的矿泉水瓶放下了，就怕宴若愚马上又来个神转折让人措手不及，问："你好久没拔鸭毛手痒了？为什么把我变成鸭子？就不能是些贵一点儿的动物吗？"

宴若愚解释不清，只能说："我也不想呀，但我的意识告诉我，这只白白胖胖的鸭子就是你。你特别乖，而且不怕人，我用手指戳你的羽毛，你就会'嘎嘎嘎'地叫，跟唱歌似的，特别可爱。我把手指头挪开，你就歪着脑袋、脚撇着内八字安安静静地站那儿，更可爱。"

姜诺哭笑不得地问："然后呢？"

宴若愚支支吾吾地答："没有然后了。"

姜诺这才敢喝一口水，宴若愚补充："但你毕竟是一只鸭子嘛，不会埋猫砂，也不像狗能被驯养，为了卫生起见，我就把你翻过来准备给你套尿不湿，你也很配合。"

姜诺到底还是被矿泉水呛住了，咳了好几声才说："你这梦也太奇葩了吧。"

"谁让你变成鸭子了都没脾气呀，你反抗，别那么配合不就行了？"宴若愚还埋怨上姜诺了。

姜诺投降："得，都怪我。"然后他又突然想到了什么："我听说沪上什么店都有，除了猫咖和狗咖还有鸭咖，说不定你的潜意识是想去摸摸鸭子，所以日有所思夜有所梦。"

"不可能。"宴若愚斩钉截铁地否定，"我才不去鸭咖，我现在都不能直视鸭子了！"

"行吧，随你。"姜诺摇摇头，又好气又好笑。

Make It Real 在沪上拍摄，两座城市相距两个小时的车程，不算太远，他们又要从海选待到决赛，所以还是开辆车去方便。

他们为了躲避这座国际化大都市的晚高峰特意提早出发，但进入市区后还是遭遇了堵车。姜诺见开惯快车的宴若愚被堵得都想砸方向盘了，便拿出笔记本电脑连接上车内蓝牙给他放全新制作的伴奏。

鼓声一出来，宴若愚就听出姜诺没有采用当下流行的电子乐，而是特意把音色做旧往二十世纪九十年代的动漫主题曲上靠，那些看*EVA*（《新世纪福音战士》）和《攻壳机动队》长大的人听了或许会发现，童年时代的幻想可能早已模糊，但从未被忘却，一段似曾相识的伴奏就能将小时候的热血激发出来。

此刻沪上华灯初上，天还未黑，宴若愚缓缓驶动车辆，窗外科技感十足的景致比江南水乡更"赛博朋克"，萦绕在耳边的音乐比任何流行乐都应景。

宴若愚很喜欢这个新伴奏所营造出的画面感，那里有霓虹灯闪烁的街道，天空阴雨绵绵不见光亮，很像*City Sounds*里的一些镜头，便问："这段伴奏是给我做的？"

姜诺摇头："是给宋舟的。他看过MV后对这个风格的音乐很感兴趣，就来联系我了。"

宴若愚疑惑地说："他不是签Rising Sky了嘛，按理说公司都会给他安排人，怎么还自己出来找制作人？"

姜诺说："他是港城人。"

姜诺这么一提，宴若愚就懂了。放眼全世界，没有一座城市比港城更"高科技、低生活"。发达的金融业可能是滋生犯罪的温床，山顶别墅和棺材大小的出租房并存……"赛博朋克"在别人眼里可能只是一个新潮概念或科幻元素，但宋舟出国前就生活在"赛博朋克"的氛围里。

宴若愚问："这个伴奏，他打算用在比赛里？"

姜诺摇头："他就是喜欢这个风格的音乐而已，先把伴奏买下囤着。对了，他是海外赛区前三强，不需要参加国内的海选，下个星期来直接录制第二轮的六十秒淘汰赛。我看他不是很在意镜头，选的歌……内容挺消极的，不是节目组喜欢的正能量。"

Make It Real 好歹是全国唯一一档说唱综艺节目，排场一定要有，除了海外赛区，即将云集沪上参加最终海选录制的共有一千二百人，三组导师则会从他们之中挑选出十分之一的选手给出印刻“real”字样的项链，被选出的人晋级下一轮六十秒的淘汰赛。

“那算上宋舟，多少人来问你买伴奏了？”宴若愚替姜诺高兴，“你以前还说当制作人能挣钱的都是少数，我看你现在明明赚得盆满钵满。”

“这又不是商演，没几个钱。”姜诺反倒不觉得自己有什么了不起的，只是微微一笑。

汽车龟速前进，终于抵达市中心的一处酒店。

宴若愚订的还是套房。放下行李后宴若愚稍作休息，和姜诺一起来到酒店的一楼餐厅。在中国的米其林榜单“黑珍珠餐厅指南”上，这家餐厅的怀石料理被评为三颗星，是和朋友小聚的绝佳场所。

但这顿晚餐并不只有他们，而是由林哲请客。

真人秀节目讲人气，除了一路过关斩将的“地下”说唱歌手，节目组也请到几个年轻的练习生和小有名气的偶像。

但他们的人气加起来都比不上宴若愚，总导演林哲当然要紧紧抓住他这棵摇钱树，在正式录制节目前和他本人面对面交流一番。服务生带路推开包间门后，在内等候多时的林哲连忙起身将他迎到桌前。姜诺跟在他身后，一时不知自己该坐在哪里，宴若愚扶了一把姜诺，将人引到自己旁边的位子上。

如此一来，宴若愚对面空无一人。林哲也没有要坐过来的意思，指了指手机赔笑道：“马上，五分钟！小汤五分钟后就到。”

姜诺不由得看向宴若愚，动了动眉毛，像是在问林哲所指的人是不是汤燕关。

和姜诺已经培养出默契的宴若愚微微点头，嘴角往下一撇，像是在说他事先也不知道汤燕关会来。

林哲的“马上”非常靠谱，没过五分钟，这顿饭局的最后一个客人姗姗来迟。

进屋前汤燕关还戴着鸭舌帽，进屋后将外衣、帽子交给助理后才往里走。林哲又笑意盈盈地站起来欢迎，汤燕关出于礼貌地微笑，坐到宴若愚面前后说：“好久不见。”

宴若愚看着没什么变化的汤燕关，说：“别来无恙。”

都说一副好皮囊是当偶像的基本素养，但汤燕关的颜值并不出众，拍照挑角度、依赖滤镜这两点一直被黑粉抓住不放。不过他反差萌的人设立得巧妙，在台上他是酷酷痞痞的实力说唱歌手，私下沉稳有担当。

就是这样在粉丝眼里很有气魄的汤燕关，同宴若愚久别重逢后不久，眼里起了波澜，连表情都生动不少。好像他等了很久，沉浮了很久，就为了能从宴若愚口中听到这四个字。

“介绍一下，这是我之前参加 *Pick,Pick* 时的室友，当红偶像团体里的 rap 担当，汤燕关。”

宴若愚在别人面前还是颇有疏离感的，染了红头发后整个人的气质更冷、面相更傲。汤燕关不在的那几分钟里，岁数大宴若愚一轮的林哲笑呵呵地同他攀谈，好像气氛不错，但并没有把握开门见山地展开一些话题。

好在汤燕关和宴若愚有交情，合唱过几首歌，住一个屋檐下说过悄悄话，两个人在节目里的表现经过剪辑和文案引导后曾收获大批粉丝。

宴若愚不在意自身的人气，但他们的那些粉丝确实为汤燕关后期出道出了不少力。后来他和汤燕关少有私交，粉丝们看不到他们互动后也消停了不少。但瘦死的骆驼比马大，汤燕关的导师海报和他的报名表信息一同泄露后，两个人的微博超话访问量日益增加。

Make It Real 好不容易才重启，什么热度都想收割。汤燕关和宴若愚是两个当之无愧的话题中心人物，曾经是并肩的战友，再见面则是导师和选手。宴若愚要是愿意进汤燕关的战队，那后期收视率都不用愁了。

但林哲心知肚明，宴若愚中意的导师是梁真，要是愿意选汤燕关，早就出道走同样的路线打榜捞钱去了，何必坚持不懈，终于找到了姜善曾经的制作人。

宴若愚也不在乎职业、身份，单纯地说：“这是我的朋友，姜诺。”

沉默几秒后，林哲笑盈盈地给汤燕关补充：“这就是我之前跟你提过的音乐制作人——NoA。”

“我看过 *City Sounds* 的 MV，久仰大名。”汤燕关很快调整好微妙的情绪，同姜诺客套。但姜诺比他更克制，服务生开始上餐后基本没开过口，好像这顿饭局只关乎另外三个人，他乐意做个陪衬。

但他并不是宴若愚自作主张带来的，事实上，想见他的人是林哲。碰过杯后，林哲不再旁敲侧击，直接问姜诺对名次有什么期待。

姜诺至今没有胜负欲，看了看宴若愚，淡然地说道：“走一步算一步吧。”

“那也不错，挺好，保持平常心才能走得远。”林哲是节目组的总导演，是个人精，没刨根问底，而是和姜诺商量，如果他在中途被淘汰了，愿不愿意做幕后工作，给其他说唱歌手做伴奏混音。

在停办之前，*Make It Big* 的赛制以紧凑闻名，就算选手进入全国十五强，节目组依旧要求每位选手平均二十四小时就要出一首歌，每一场舞台对决都是“生死瞬间”。

这导致很多选手出于求稳的心态选用旧歌，毫无新意，幕后人员的潦草剪辑也饱受观众诟病，所以梁真愿意加盟做导师前和节目组重新拟定合同，宁愿自降薪酬，也要节目组把比赛时间拉长，保证选手在每个环节都有充足的休息时间，这样才能出更好的作品。

梁真的想法是好的，但他就算无偿加盟，录制时间一旦拉长到三个月，其他方面的预算必定吃紧，需要节目组拆东墙补西墙，对音乐制作人的要求也随之提高。

如果说说唱歌手的清唱是原汁原味的食物，那么一个好的制作人就相当于一个好的厨师，将食物烹调得当，最后由节目组的工作人员将菜端上桌，让观众趁热品尝。

可见三者是合作共赢的关系，大浪淘沙后，比起技术精湛的说唱歌手，节目组也急需姜诺这样审美敏锐的制作人。

姜诺先是一言不发，宴若愚听了倒是有些不乐意地说："林导这是当着我的面挖人呀。"

"借用，借用。"林哲心里也没底，正要继续说好话打圆场，姜诺开口，声音清冽，没什么起伏。

"你给我多少钱？"

话音刚落，三双眼睛齐刷刷地看向姜诺。宴若愚茫然且觉得不可思议，汤燕关抿了一口清酒，嘴角的笑容像是在嘲讽不过如此。

林哲干笑一声，说了一个姜诺合作过的歌手的名字，然后说道："我前几天问过他，他说你做一首歌从伴奏到混音全包差不多八百元到一千元。"

"嗯，你也按这个价格跟我算就成，记得让他们提前录好干音，发给我后我就能直接处理，出歌速度更快。"姜诺说完，继续吃手边的食物，不打扰他们叙旧。

林哲在娱乐圈里沉浮多年，什么小道八卦都涉猎，不可能不知道宴若愚和姜诺正在合作的消息，原本以为能当宴若愚的制作人的人肯定是一个心高气傲的硬骨头，没想到是一个没脾气、没架子的主儿，只要钱到位了，什么都好说。

但林哲也看出事情没这么简单。他这边三两句话就口头谈好合作了，那边宴若愚的脸顿时黑了。汤燕关也不知哪根筋搭错了，在这时候突然问了一句："你和姜善也是这么配合的？"

姜诺拿筷子的手停了停，但也只是顿了顿，然后他拨弄盘里精致的食物，答道："我和他住在一块儿，不需要这么赶时间。"

汤燕关的余光瞥向宴若愚，对方面色上的微妙不悦正是他想看到的。

跟在场的其他人比起来，姜诺平平无奇、普普通通，要什么没什么，能坐在这儿全凭宴若愚赏识。这般不起眼的存在居然默认自己跟别人合作更有默契，可想而知骄纵蛮横如宴若愚，肚子里不知道已经憋了多少火。

对宴若愚的异样，林哲也看在眼里，连忙出来打圆场，顺便推脱责任：“说起来我们节目组也很感谢姜善，药检报告的事情闹得沸沸扬扬，继续录制，审核难度空前大。姜善体谅我们有苦衷，主动退赛，第三季节目才没被有关部门腰斩。唉，都忘了问，他最近怎么样？”

姜诺刚咽下嘴里的食物，慢慢去夹另一块寿司，轻描淡写地说道：“他去世了。”

空气仿佛突然凝固。

死者为大，连汤燕关都稍稍坐正，收起看戏的心思。

最淡定的人反而是姜诺，边蘸酱油边平静地说：“他都不在了，以后能不提这个名字就别提了吧，节目开播后也别拿他做话题，成吗？”

“我的选手号码是330。”宴若愚先开口，假装什么都没发生似的把话题重新扯回比赛上，问林哲，“你刚才说导师有四位，Louise和王墨镜一组，其他两位每人一组，每组导师同时考核三分之一的选手，那我这个序号要面对哪个导师？”

“这是随机的，但你如果想要和心仪的导师提前过过手，我们肯定给你安排。”

林哲说完，宴若愚又给出姜诺的号码，只有两位数，汤燕关笑了笑，要与姜诺碰杯：“放心，如果你碰到我，我一定让你进全国一百二十强。”

姜诺也把自己的酒盅满上，并不是很在乎：“就按你的评判标准吧，不用给我开后门，我早一天被淘汰就能早一天去幕后做歌挣钱。”

说完，他面不改色地将清酒一饮而尽，再一次退出交谈。汤燕关的酒量最差，他又喝了几杯后除了笑声更爽朗，回忆起以前和宴若愚同宿舍的日子也是绘声绘色，仿佛一切事情就发生在昨天。

吃完饭后，姜诺和宴若愚一起回到住的地方，在宴若愚那边的沙发上坐了一会儿后姜诺起身：“我先回房间了，你早点儿休息。”

宴若愚不放他走：“你很想念他。”

姜诺挺直的后背弯下，尾椎骨的地方抵在沙发背上。宴若愚侧过身，还是坐着的姿势，抓住他的右手摊开掌心，左手指了一下那上面模糊的向日葵，说话的声音直白又柔和：“你还没放下他。”

“他是我最好的朋友。”姜诺没说曾经还是唯一的。

“我也是你的朋友呀。”宴若愚认真地说道，“而且我可了解你了，你不是那么喜欢钱的人。”

姜诺说：“我需要钱。”

“我帮你呀。”宴若愚理直气壮地说，“你专心比赛好不好？别去做幕后工作。”

“我——”姜诺把手抽回来，垂眸，宴若愚仰着脑袋期待地望着他，把他看得心暖了，也看心软了。

但他还是说：“我不可能一辈子住在沪溪山庄。我不知道自己应该在哪里安家，所以想先回老家。”

他们席地坐在大落地窗前，沪上的夜景比岭安城的更繁华，姜诺却没有丝毫向往之心，而是想尽快攒够钱回老家平芗，盖新房子，再买块地，白天种菜，晚上捣鼓伴奏，那就是他想过的日子。

宴若愚双手搭在膝盖上，问：“那我呢？”

姜诺将目光落在闪耀如昼的灯光间，慢慢地说：“你？你可是宴若愚呀，会获得更多的成就，去更多的地方，有更多的体验，遇到更多的人，包括那个愿意与你共度余生的人，你们结婚的时候我肯定包个大红包。”

宴若愚突兀地强调：“我现在单身。”

姜诺用手肘顶了一下宴若愚：“你和那个珠宝设计师还有联系吗？”

“裴小赵跟你说的？他怎么什么都跟你说？不想要年终奖了？”宴若愚扯了扯嘴角，嘟嘟囔囔，“我现在是事业型的成熟男人，没心思谈恋爱。”

姜诺笑：“你总会遇到那个人的，阳光、自信，能独当一面。”

宴若愚盯着他像是要永远锁住那个笑容：“那你呢？你把我的未来规划得那么好，你就不想老婆孩子热炕头？”

姜诺轻轻摇头：“我这样的条件，就不祸害女孩子了，一个人过日子也挺好的，反正我……"

他将额前的头发捋到耳后，露出面部轮廓，和眉眼的线条一样柔和，细声细语的样子宛若一位知心温柔的姐姐。

姜诺的嘴角挂着笑容，但宴若愚觉得他好忧伤，好无依无靠。

姜诺说，反正他也没什么可以失去的东西。

"我一定是喝醉了，才会跟你说这么多奇奇怪怪的话。"姜诺捂脸，还是笑着。

余光里的城市灯光彻夜不息，不知道其中有多少盏为未归的家人而亮。

意料之外的，*Make It Real* 正式开始录制之前，姜诺比宴若愚还要忙，剥削他的倒不是林哲，而是节目组的音乐总监，圈内资深制作人 Lai（莱）。

无意中得知姜善的制作人以选手的身份回归后，Lai 二话不说就先行把他征用了。全国海选的一千二百人里不乏像宴若愚这样拿邀请函来的，他们大概率会进第二轮六十秒淘汰赛，两轮比赛行程紧凑，节目组就让所有选手在正式录制节目前就将用于第二轮的伴奏发送给后期团队加工，由后期团队加工微调把伴奏做得更适合现场表演。

而等 Lai 和其他几位专业制作人不眠不休地修修补补好几天后，别说锦上添花，他们能在录制开始前把那些没买版权的伴奏换下来就算谢天谢地了，当然要团结一切可以团结的劳动力，抓住姜诺，把他关进小黑屋一起改伴奏。

姜诺任劳任怨，时间又紧迫，天天跟制作组的人熬到凌晨。宴若愚哪里睡得着，失眠几天后实在受不了了，掀开被子随便套了一件衣服就下楼取车，开去节目组租用的体育馆外接他。

凌晨两三点的沪上畅通无阻，他将车停在工作室外刚熄火，就远远看见姜诺和 Lai 一块儿出来。五月底的沪上夜晚阴凉，姜诺在长袖外加了一件衬衫外套，Lai 却跟感受不到气温似的，只穿一件度假风的花短袖。

他们应该是最后出工作室的，Lai 把所有灯都关上，然后锁门，转过身后继续和姜诺说话，特憨态可掬的一张肉脸因为气恼而少了福相。

“她居然觉得自己原来的伴奏好，还打电话来问我们为什么换伴奏。”Lai 气极反笑，肚子上的肉随着步伐一抖一抖的，“遇到过不识货的人，没遇到过这么不识货的，居然一根筋地要用 type beat 上节目……”

随着两个人走近，宴若愚听清了 Lai 的吐槽，开启车前灯后，打开车门冲姜诺招手。

姜诺愣了愣，没想到宴若愚这么晚了会来接自己，而不是像前几天那样在客厅玩游戏机。随后他和 Lai 说了什么，宴若愚也朝他们走过去。不等 Lai 萌生出好奇心，宴若愚就很自然地把 Lai 也捎上了车。Lai 最中意宴若愚这种财大气粗、愿意把钱花在制作上的音乐人了，宴若愚的豪车的后座又宽敞又舒服，Lai 免不了要来些商业吹捧。

“也是巧了，我们今天还夸你有品位，不像某些不愿意改伴奏的笨蛋，牛气得嘞，免费给她做新伴奏她还不乐意了，就要用 Kevin Kim 的 type beat。”

type beat 顾名思义就是某种特定风格的伴奏，会让人一听就联想到这个风格所属的歌手，这在国外非常盛行。在国内音乐市场专业制作人稀缺的大背景下，如果说经过工业流程出品的伴奏属于精品，那么 type beat 就是烂大街的水准，难怪 Lai 会如此嗤之以鼻。

宴若愚顺着 Lai 的话说：“那就随她去吧，你们还能减少点儿工作量。”

“但我总不能见死不救吧。现在的网友连旋律、作曲、编曲、采样都分不清，她要是用 type beat，还不得一片弹幕刷她抄袭 Kevin Kim？到时候她百口莫辩，又是个姑娘，万一心理承受能力差，怎么死的都不知道。”

“您这么一说，我突然就想到林淮了。”宴若愚说，“他年初有一首歌的采样是一段吉他演奏，歌没发几天，吉他演奏者就发微博说林淮没买版权，差点儿给他扣上抄袭的锅。”

“这件事我也知道。”Lai 和林淮不熟，但跟梁真熟，给宴若愚讲内情，“那个弹吉他的，怎么说呢，掉钱眼儿里去了，简介里写着采用他的素材不需要授权，美其名曰造福同行。可一旦有人采样他的吉他曲子做歌了，他就时刻盯着那个人的演出，唱了那首歌就算是商用了，立刻变了一副嘴脸跳出来要钱，不然就咬定抄袭。要不是梁真从中周旋，林淮这种年轻人还真搞不定那个人。”

Lai 是话痨，从林淮说到其他选手，又气了。用他的话来说，每季比赛都有笨蛋，这年特别多，选手年轻化是最大的一个原因。很多人已经进入全国海选了，居然连一首买了商演版权的伴奏都没有，需要他们临时熬夜加班换上新的伴奏防止引发争议。

“唉，真希望国内未来的说唱歌手都跟你一样，不求歌有多好，起码从业素质别那么堪忧。”Lai 叹了一口气，都说胡话了，“中国说唱的复兴任重而道远呢。”

节目组的预算有限，没有办法给所有参加海选的选手安排住宿，但自己人的吃住肯定会包，Lai 住的地方就在宴若愚他们附近。送完人后，宴若愚把车开回酒店，姜诺已经头靠着窗户睡着了。

宴若愚熄火，车内静悄悄的，只剩下一盏提示灯。暖黄色的光线打在闭着双目的姜诺脸上，原本就线条柔和的面部在暗光里像静谧的古典油画，让人舍不得把他叫醒。过了很久，他才睁开眼睛。

姜诺太累太困，宴若愚抽出车钥匙，说道：“下车吧。”

“嗯。”姜诺打着哈欠，和宴若愚一起坐电梯上楼，连续十多个小时高强度工作让他直不起脖子，进屋后他就想直接回自己的卧室。

宴若愚提醒他：“你还没洗脸刷牙。”

姜诺连眼睛都要睁不开了，推开身后的宴若愚，绝情地说道：“我洗不动，别管我，让我臭。”

“不臭，不臭。”宴若愚看着他进卧室倒在床上，没盖被子抱住枕头就把眼睛闭上了。

宴若愚以为他要睡了，笨拙地用被子将人裹起来。刚要把灯关上，姜诺挣扎着爬起来，从包里掏出笔记本电脑打开，使劲揉脸强迫自己清醒。

宴若愚看不过去了，重新进屋："你不是说要睡觉吗？"

"等我把这个伴奏改完，总不能真让她用 type beat 比赛。"姜诺坚持，眼里有血丝，异常憔悴。

宴若愚劝不动，直接行动将笔记本电脑合上："过了海选才需要用到伴奏，你忙活到大半夜帮她做新的伴奏，万一她没晋级呢？你不是瞎忙活了？"

"万一晋级了呢？这一季节目没几个女选手，节目组为了播出效果肯定不会全淘汰。"姜诺跟宴若愚斗嘴斗精神了，执意打开屏幕，"退一万步讲，她要是真被淘汰了，这伴奏就当我免费送她的，反正最后是林哲跟我算钱。"

"你还真是活菩萨，放着我的钱不赚，反而对不关心你的人尽心。"宴若愚无奈，只能调侃，玩笑话却被姜诺听进去了。

"宴若愚。"

"到！"宴若愚立正站直，模样乖巧，饶是姜诺心里头有些不是滋味，一见他表现得像一个被母亲叫全名的闯祸孩子，就只剩下笑了。

但他依旧无奈："不是所有人都拥有你这样的生活。"

宴若愚茫然地问："什么意思？"

姜诺三言两语难以解释，只说："等比赛开始录制，你去看看玩说唱的都是些什么人，就知道了。"

宴若愚听得云里雾里，不理解姜诺为什么这么说。在他这个年纪的年轻人眼里，嘻哈和说唱是特立独行、标新立异的代名词，可以技巧不足，但不能没态度，穿的衣服和鞋子一定要好。真到了节目录制第一天，他从排队领号码牌到在体育馆内坐好，光绿颜色的帽子就看到不少。

和之前三季节目的布置一样，节目组租用了沪上一座能容纳三千人的体育馆。早在一个星期前，场内就被划分出三个区域，数十个镜头无死角覆盖中心场地和观众席，选手坐在观众席的最后面打一个喷噱都能被拍到。选手入场后，每个人一个麦克风夹在衣服上，不会放大声音只用于收声，万一选手吐槽出什么金句，先不管说出嘴的话会得罪谁，起码有了镜头。

最终进入全国海选的共有一千二百人，导师只有三组，第一轮清唱没个三五天肯定录制不完。大家都不知道自己什么时候会被林哲导演叫到号次上场，所以第一天人来得很齐。姜诺和 Lai 继续在后期组忙活，宴若愚就和林淮坐在一块儿观战。

两个人刚碰面的时候，宴若愚差点儿没认出来，上次一起在家看 MV，林淮还不修边幅、狂野不羁，眼窝立体，面部刚毅，走路带风酷得很，在进节目组的化妆室之前，他帅得就像翻版的十九岁的梁真。

可惜，对林淮下手的化妆师不靠谱，总觉得他的眉尾不对称，左边修一修，右边又拔两根，还用了深一个色号的粉底，美其名曰镜头吃妆，林淮这种轮廓必须黑才好看。

林淮头发的长度刚好不扎手，化妆师当然不肯放过，剃掉两鬓后用摩丝一小撮一小撮地支棱起来，林淮越看越不对劲，总算没被对方忽悠瘸了，在对方的眼线笔戳下来之前落荒而逃，跑去找宴若愚救急。

宴若愚三下五除二地化腐朽为神奇，给他修了个断眉，再献上一条黑色发带给他戴上，“小梁真”气质痞人设屹立不倒。

不过这么一耽搁，他们入场后，放眼望去就没什么视野好的位子了。好在林淮人缘不错，带着宴若愚钻一钻、挤一挤，坐到了正中间。

林淮年纪小，却已经在圈子里混了快十年，认识的人多，一路打招呼，哪怕他不认识某个说唱歌手，那个说唱歌手也认识他。他这种人就是出门买包烟，路上也肯定会遇到熟人，还没到家门口呢，别说烟了，连裤衩都要送出去了。

与他相比，几乎没接触过“地下”的宴若愚妥妥是门外汉，需要林淮一个个介绍，这位叫“小老虎”，那位是“大肥啾”，“陈浩南”和“陈永仁”排排坐，Tom（汤姆）和 Jerry（杰瑞）两边站……他们鲜少有人用真名，起的艺名一个比一个酷霸狂野。

很快，林哲叫选手号码的声音响彻整个体育场。叫到一些名字的时候，在座的选手们就会齐齐欢呼鼓掌，宴若愚一脸茫然，林淮就在他的耳边跟个百科词典似的科普这些人的身份和来头，知道的都晓得梁真很早就带他出来演出，什么人都见过，不知道的还以为他为了知己知彼，百战百胜，把所有对手的资料都背了一遍。

第一批六十名选手在各自的区域就位后，林哲为了显得有气势，说话断断续续的："下面——有请——明星导师——登场！"

率先出场的是汤燕关，他最有人气，但年纪最小，还是要讲资历。聚光灯打在他身上后，观众席里的几位妆容精致的女选手发出激动的尖叫声，和她们隔了三个空位的瘦小的女生逃窜似的躲开，防止被花痴传染，撇嘴，露出特别嫌弃的眼神，被三百六十度无死角拍摄的仪器捕捉到。

"接下来登场的是 Zack Wang（王扎克）和他的搭档——Louise。"

林淮激灵了一下，不仅站起身踮起脚，还把脖子伸得老长，不少男选手和他一样翘首以盼。上节目拿不拿得到名次不重要，能见金曲天后不老女神 Louise 一面就已经赚到。

"我的天，我的天！她真的没有变化哎，和我小时候在电视机里看到的一模一样。"林淮激动到语无伦次，扭头看向镇定自若的宴若愚，嫌他不争气地拍他的肩膀，"喂，你怎么一点儿反应都没有？你是不是没有童年？没听着她的歌长大吗？"

"听呀。"宴若愚依旧淡定，"她和我妈是朋友，每年我爸给我妈办生日宴会，她都会来，我还是她看着长大的呢。"

林淮的脖子瞬间僵住，眨了眨眼："啊？"

"你是她的粉丝吗？看不出来嘛，你居然喜欢大龄御姐。"宴若愚终于抬眼了，语气理所应当又天真无邪，"你要她的联系方式吗？我现在就可以给你，电话号码还是微信？"

在人脉上被降维打击的林淮一时无言以对，然后赶紧"抱紧大腿"："签名照我也想要。"

宴若愚拍拍胸脯表示包在他身上。

“众所周知，重启后的 *Make It Real* 拥有全新的赛制、全新的舞台、全新的阵容和全新的导师……”以下省略林哲长达一分钟的造势，直击重点，“让我们欢迎——梁真！”

四面八方的摄像机里出现梁真的身影，一头清爽黑短发，五官和面部线条依旧凌厉精致，垂眸温柔，抬眼锐利。

他的牛仔外套设计简约但板型独特，脖子上的红绳吊坠隐入内搭的圆领卫衣，墨绿色工装裤没有花里胡哨的挂绳，裤脚收进 Neverland 的限量版球鞋，一如既往地显现出大长腿，仿佛是从肚脐眼就分叉，本人比任何影像里都干练精神。

除了林淮，观众席上的选手齐刷刷地站起来为梁真鼓掌。

在赛前采访中，有八成选手表示他们希望被梁真考核，汤燕关没有公信力，王墨镜和 Louise 太严格，只有梁真兼顾商业性和音乐性，两个市场通吃，选手不管来自“地上”还是“地下”都服他，相信他会公正客观地给出每一条晋级项链。

他也确实沉稳得很，没像其他三个人在出场后摆拍一阵，而是直接站到选手面前让他们开始无伴奏演唱。听完一个后他并不是直接评定结果，而是拿个本子速记选手在这六十秒清唱中带给他的体验感受并打分，等考核十个人后才决定是否要给他们中的谁发项链。

观众席上等待的选手都更倾向于梁真的评判方式，议论纷纷。

“真人比照片上还帅呀……”

“梁老师真的很认真哇……”

“我也这么觉得，非常尊重每个选手呢……”

“也很公允呢，刚才那个前辈和他合作过很多歌，他也没给链子……”

只有林淮听那些夸赞听得都烦死了，捂住耳朵嘀嘀咕咕：“这个老男人也太戏精了吧。在外边时时刻刻‘人模狗样’的梁老师，回家就变成了‘梁巨婴’。”

“什么？什么？”宴若愚没听清。

林淮刚要解释，林哲的声音又响亮地冲撞每个人的耳膜：“化妆组派个人带上遮瑕来梁老师这边一下。”

林淮不懂，蹙着眉问：“带遮瑕干吗？梁真的脖子后边又没文——”

他咋舌，突然想起了什么，瞳孔微微一缩。宴若愚眯眼看清了梁真的左手，问林淮：“他的无名指上怎么有字母？是什么缩写？”

宴若愚没从林淮那儿得到答案，只听见梁真说了一声“不用麻烦”，随即他解下脖子上的红绳，将原本埋在胸膛前的戒指戴上，跟下一个参赛选手说“继续”。

第一批共六十名选手里，林淮觉得有竞争力的全在王墨镜和Louise的考核区。

和湾岛天后一样，王墨镜也是一代人的青春回忆。他出生于港岛，自小随父母出国生活，后被星探相中回国，演了几部电影后依旧不温不火，公司都要雪藏他了，结果他的一张制作粗糙的嘻哈专辑一炮而红，从港岛脱销到东南亚，激发了那个时代年轻人的说唱基因，开启墨镜不离手的时尚潮流。

他们面前这位年近四十岁的沪上本土选手Vee（维伊）就是时代印记的见证者，给Louise和王墨镜带来自己回归专辑里的主打歌《不甘死去》，里面提到他在那个恣意张扬的年纪会弹着吉他给女孩子唱Louise的情歌，也会把王墨镜的《生来不甘》当背景音乐在弄堂里干架……

Vee是一位妥妥的说唱“老炮儿”，没有年轻人的浮躁，不一味追求“快嘴”，而是去繁就简，在不牺牲节奏韵律的情况下最大限度地保证吐字清晰。

他唱完后，Louise和王墨镜隔着墨镜相视一笑，把项链送到Vee手上。观众席里发出阵阵欢呼声，全都觉得他拿项链当之无愧。

但让大家没想到的是，除了Vee，上午场的其他晋级选手没一个算得上实至名归。

不同于Louise和王墨镜的平易近人，第一次在真人秀里当导师的汤燕关全程板着脸，不苟言笑，听完选手的清唱后觉得不错会直接给链子，不满意就直接离开，连一句评价都没有，连在开唱前春心荡漾地说明自己是粉丝的女选手都没从他嘴里套出“再接再厉”的话。

“汤燕关真的很铁面无私。”林淮真心称赞，娱乐圈内的人、宴若愚都随声附和了，坐在他们前面的戴眼镜的精神小伙儿扭过头打量他们，然后劝他们别被表象迷惑。

精神小伙儿鼻梁上的眼镜老往下掉，眼镜后面的小眼睛炯炯有神看穿一切：“他那些‘自己人’还没出场呢，他当然舍不得给别的选手项链。”

果不其然，第二批选手上场后，汤燕关的考核区内出现自家经纪公司的练习生 SAD。唱完之后周遭一片寂静，汤燕关揉了揉鼻梁思忖，最终给了他项链，说：“小伙子，你挺有潜力。”

这一季选手普遍年纪小，没老牌说唱歌手们那么讲究“爱与和平”，彼此之间看谁都不爽，但想把他们团结起来也很简单，只需要一个偶像练习生就能让气氛狂躁。

汤燕关刚给出项链，观众席里就传来此起彼伏的“嘘”声，精神小伙儿更来劲，双手做喇叭状朝着场地大声地呼喊：“德不配位，菜是原罪！”

“安静，安静！比赛继续！”林哲重复了好几遍，吵闹声才停息。随后他和汤燕关单独商谈了几分钟，再次回到考核区，汤燕关也会给一些素人选手项链让他们晋级。

“那个偶像歌手我记住名字了，哼，一对一比拼的时候我选定他，用实力赢他。”精神小伙儿跟坐在一起的朋友吐槽，话锋一转，坦露出对另一个导师的厚重滤镜。

“还是梁老师公平公正，考核那个 SAD 的如果是梁老师，肯定不会让他晋级。”

林淮听到了，同宴若愚面面相觑，然后拍拍精神小伙儿的肩膀，问：“那要是梁老师之后让偶像型的歌手晋级了呢？”

精神小伙儿是梁老师的“精神儿子”，毫不犹豫地说：“不可能。”

“万一呢？”林淮给他下套，“我赌梁真最后的队伍里肯定有个偶像歌手，不然我就把麻将吃掉。”

精神小伙儿显然不混圈，不认识林淮也不知道宴若愚，自信地说道：“赌就赌，梁真要是给偶像歌手项链，我——”

他是真信任梁老师，所以豪情壮志地说：“我就穿洛丽塔裙拍照。”

“就这么定了！”林淮怕他反悔，速速掏出手机加那个人的微信，看到昵称后一脸问号，念了出来，“Nanjing East（南京东）？”

精神小伙儿清了清嗓子，整了整衣领，一本正经地说道：“没错，我就是说唱巨星 Kanye West（坎耶·维斯特）失散的兄弟，南京·伊斯特。”

林淮目瞪口呆：“……”

宴若愚瞠目结舌：“……”

“你们别不信！”伊斯特继续有理有据地满嘴跑火车，“坎爷小学的时候真的来南京读过书，他才是南京城的最强说唱歌手……”

伊斯特这年十六岁，还只是个校园里的青春高中生，满怀理想和希望。这种不成熟的少年不缺社会的毒打，给他当头一棒的正是他的标杆偶像，梁老师本人。

上午场临近尾声，汤燕关给出五条项链，Louise 和王墨镜给出七条，梁老师拿着小本本记记画画了一大堆，反倒是一个名额都没给出，极其珍惜手里的每一条项链。

就在大家都审美疲劳之际，一个憨厚的声音中气十足地介绍：“老师好，我叫孙琦星，今年二十五岁，您可以叫我派大星。”

“看出来了。”梁真没忍住笑。来参加比赛的选手什么打扮都有，妖魔鬼怪一次性凑齐，可就孙琦星穿了一身卡通人偶服，造型是《海绵宝宝》里的派大星。

梁真体贴地问：“很热吧？要不要把头套摘下来唱？”

孙琦星中等身材，容易出汗，但他艰难地摇头，坚持要用派大星的形态唱。

“好，尊重你的选择，”梁真友好淡定地问，“要给我们带来什么风格的说唱？”

孙琦星答："给大家带来一首 new wave。"

观众席里再次出现此起彼伏的议论声——

"哪儿来的憨憨？"

"这哥们儿是来搞笑的吧？还 new wave……"

"孙琦星是谁？你认识吗？"

"不认识，都二十五岁了，如果不是新人肯定不会没一点儿水花……"

孙琦星笨拙地给梁真鞠了一个躬："梁老师，我开始了。"

梁真点头，拭目以待。

孙琦星深吸一口气，开口直接唱副歌部分。

> 呆头呆脑，噢噢，呆头才会没烦恼
> 呆头呆脑，噢噢，呆头才会没烦恼
> …………

所有人都被孙琦星酷似派大星的声音贯穿耳膜，另外两个考核区正在演唱的选手被震得直接忘词，吃饭的人也顿时觉得手里的盒饭不香了，都放下了筷子。

全场的焦点都在孙琦星身上，他就像是成精的派大星，丝毫没有之前的拘束样子，边唱边跳，前几秒还在嘲讽他的选手全体"阵亡"，回过神来才发现自己的身子早已不由自主地随之摇晃。

宴若愚还算冷静，客观评价："这歌没什么技术含量啊。"

但林淮成功被洗脑，甚至有点儿紧张，觉得自己喜剧说唱的王者地位受到前所未有的挑战："完了，我上头了。"

> All eyes on me（所有人都在看我）
> 快来抱抱
> 派大星也是宝宝
> 谁还不是个宝宝

唱完最后四句，孙琦星气喘吁吁。摘下厚重的头套后，梁真帮他拿着，给他说了好几遍："辛苦了，辛苦了。"

孙琦星腼腆地笑，放眼望去，其他选手对他表演的态度呈两极分化，兴奋的人站起来为他欢呼呐喊，没被触动的人则觉得尴尬，甚至认为有点儿掉价。

然而梁真显然不是后者，从孙琦星开口的那一刻起，梁真的脸上就一直洋溢着笑容。

梁真评价："这首歌很有意思。"

孙琦星还在喘气："我就是希望大家听完这首歌后能开开心心的。"

"你做到了。"梁真郑重地将项链戴到了孙琦星的脖子上。

孙琦星受宠若惊，全场更是哗然，谁能想到梁老师在小本本上记了一个上午，淘汰了不少圈内公认的技术流选手，把第一条项链给了他。

而且梁老师还非常欣赏这位极具争议的选手："很期待与你合作，选导师的时候记得考虑我。"

梁真这操作可谓惊掉所有人的下巴。林淮虽然平时嫌弃梁真，但听不得别人说他的坏话，辟谣似的奔走相告，说之前的选手技巧比梁真好的唱不过他，唱得比他好的说不过他，孙琦星这种不按常规出牌的让他耳目一新，也很正常。

林淮溜达了一圈回来，手里多了两杯饮品。宴若愚挑剔，不愿意喝，林淮把一杯酸奶塞给他，在他推让之前说："刚才遇到姜诺，他让我给你的，你爱喝不喝。"

宴若愚立刻怕被人抢似的把酸奶抱在怀里，插好吸管后一嘬，流动的白色液体里有几颗黑影。

林淮笑着说："诺老师一定是在后台脑子忙傻了，手滑备注了'加珍珠'。"

"他特意给我加的……"宴若愚咂咂嘴，懒得跟林淮解释，"你不懂。"

"哦。"林淮也不想懂，心无旁骛地喝自己的那一杯。

说曹操曹操到，姜诺没过几分钟也小跑着从音控室里出来，倒不是来看他们的，而是补上汤燕关所负责的考核区里的一个空位，背对着观众席抬手胡乱把头发抓了一个小鬏。

“刚才没叫到他的号次啊，他怎么上场了？”

林淮茫然，宴若愚也是不解，视线漫不经心地往别处扫去，注意到从汤燕关出场后就坐在角落的一个女选手不见了。

六月十二日，沪上，***Make It Real*** 海选录制现场，汤燕关的导师考核区内，两个扛摄像机的大哥随着他的步伐移动到姜诺面前，镜头投放到大屏幕上，由像素组成的姜诺像宴若愚第一眼见时那般寡淡。

“他都没好好拾掇拾掇！”宴若愚在观众席替姜诺着急。他在聚光灯下长大，一对上镜头就有肌肉记忆似的找到最合适的拍摄角度，也知道什么样的服饰和妆容合适，绝不会像现在的姜诺唇色苍白，黑眼圈重，眼睛眨动，瞳孔不对焦，未必是怯场紧张，纯粹是不适应。

汤燕关也看出姜诺并没有准备就绪：“刚才叫到的是你的号次吗？”

“那位选手临时有事，我和她换了一下。”

“嗯。”汤燕关装作不认识他，用寻常的语气说道，“先介绍一下自己吧。”

姜诺说：“我叫姜诺。”

汤燕关沉默，想着等姜诺自我介绍完后再和他聊几句，让后期制作组有更多素材剪辑，但他一动不动地站在原地，没有要再开口的意思，汤燕关才意识到他已经说完了。

气氛突然变得尴尬，姜诺给自己救场：“要不我直接唱吧？”

汤燕关点点头，挤出一个笑容，背在身后的双手上缠着好几条项链。

这是他第一次听姜诺唱歌，但他看过姜诺拍的 *City Sounds* 的 MV，再加上 NoA、姜善以及“不真诚祷告者”剪不断理还乱的关系，他凭直觉认为姜诺肯定是有功底的，对他的期待值高于其他选手。

但姜诺让他失望了。

同样觉得匪夷所思的还有林淮，听了前四个八拍后他就忍不住摇宴若愚的肩膀，问："他是来送人头的吧？选调子这么平的歌清唱。"

很少有比赛会像说唱类专门设置一个环节让选手清唱，那是因为清唱更能让观众分清说唱歌手是如何停顿和组合的，这种处理也就是常说的 flow。按常规来说，flow 越多变新奇，选手晋级的可能性越大。

但姜诺偏偏选了一首极其平淡的歌，歌词像叙事诗，娓娓道来不急不缓，听起来很舒服，周遭环境再安静点儿，还有点儿 ASMR（耳音、颅内高潮）的既视感。

可这样的声音更适合留在耳机里，在一个竞技类的真人秀赛场上，这般平和的说唱和他的气质一样——寡淡。

"很……"汤燕关听完后都不知该怎么评价，憋出三个字，"很特别。"

姜诺很礼貌地说了一声"谢谢"，眼里并没有对项链的汲汲渴望。汤燕关随便点评了几句后说："我先看看别的选手。"

"好。"姜诺不像身边其他与项链失之交臂的选手那样失落。汤燕关离开后，他就闲不住地要回音控室，跑起来之前下意识地往观众席望过去，林淮愁眉苦脸地替他可惜，宴若愚没什么表情，但炯炯有神的目光直直地落在他身上。

姜诺给宴若愚当了快半年的制作人兼保姆，早就有经验了，知道宴若愚这会儿肯定不甘心，气恼得好像被淘汰的人是他本尊。

但意料之外的是，整个下午，宴若愚没有气冲冲地闯进音控室，也没有给他打电话。两个人直到晚上录制结束后才见面。姜诺都要把这事忘了，握着方向盘的宴若愚面颊气鼓，显然是憋坏了，第一句话就是忙不迭地问："你下午为什么顶替别人上场？"

姜诺边系安全带边用一种置身事外的平淡语气解释："不算顶替，那个选手临时接到公司的通知让她回去加班，她来后台问统筹可不可以把她换到明天，但所有人都忙成一团没人顾得上她，我看她那么着急，就让她先忙工作，我帮她想办法。"

宴若愚扯了扯嘴角："你的办法就是自己临场上阵？你当时就应该给我打电话交给我处理，后台的工作人员不理那个女的肯定会理我，我再——”

他倏地停顿，倒不是觉得自己事后诸葛亮没什么意思，而是突如其来地有些明白，为什么姜诺之前说，不是所有来参加比赛的人都和他一样。

但他还是不甘心地说：“总之我就是不开心！”

“可是我挺开心的啊，”姜诺也会跟他斗嘴了，“你会尊重我的选择，对吧？”

宴若愚“哼”了一声，可怜兮兮地撇嘴。

“就这样吧，我正好可以心无旁骛地忙歌曲制作。”姜诺从一开始就没把比赛放在心上，被淘汰正合他的心意，就是有一点疑义。

他抓住安全带，转脸考究地看向宴若愚：“今天……不像你啊。”

宴若愚刚好在红灯前停车，闷闷地问：“什么意思？”

“我还以为我一回音控室，电话就要被你打爆，问我为什么要自作主张上场，你还要帮我走后门再来一次。”

姜诺越说越觉得好笑，宴若愚连着眨了好几下眼，被猜透心思后心虚地盯着红绿灯。

“我……我要是这么冲动不讲道理，你肯定生气，还是闷气，憋在肚子里，循环到脑子里把好好工作的心思挤掉，到最后又被 Lai 留下来加班，我就又要大半夜来接你……”宴若愚的喉结动了动，他不再结巴了，理直气壮地说，“我为我自己的睡眠质量着想，不行？”

“行、行、行。”姜诺咧开嘴笑，非常欣慰，“小孩子终于长大了。”

“我不小了，我——”宴若愚的声音被后面等待车辆的喇叭声打断。他只顾着和姜诺说话，没发现信号灯早就变绿了。

第十章
道一声晚安

第二天，相同时间、相同地点，*Make It Real* 的海选继续。

考核了三分之一的选手后，梁真在昨天总共给出六条项链，汤燕关给出十二条项链，王墨镜和 Louise 给出十七条。

按照每组导师能给出四十个晋级名额来看，王墨镜和 Louise 早已在不知不觉中超标，这对后面的选手也不公平，所以他们这天一开始就商量好，给项链的标准一定要比昨天严格。

物极必反。两位导师过于珍惜手里的项链，连着两轮狂揪细节，总能挑出瑕疵，不管是熟人还是夺冠黑马，全都只有一句“不好意思”，直到他们遇到林淮。

林淮在梁真面前像个大爷，在 Louise 面前却乖得跟孙子似的，又激动又花痴，情难自禁地表白：“Louise 老师，我真的是听着您的歌长大的，您磁带里的海报都还好好地被放在我的抽屉里呢，和那时比您一点儿都没变。”

听了林淮的赞美，Louise 开玩笑地说道：“你爸爸没教过你，女人的年龄是秘密，小孩子不能乱提的吗？”

林淮一下子从天堂跌落人间，不情不愿地往梁真那边瞄了瞄，不想继续这个话题，又无脑表白了几句后开始清唱。

林淮曾经和宴若愚提到过，自己写检讨书都押韵，这还真不是吹牛。从小时候听梁真唱歌开始，他就有意识地积累韵脚，需要用时信手拈来，三押四押全都出口成章，哪怕没有伴奏，他也能靠大量的押韵唱出韵律感。

更为可贵的是，他并没有为了押韵而押韵，不会写“我不在车里，而是车底”这样毫无逻辑的词。短短一分钟的清唱里，他没有浪费一丝一毫，用一段非常成熟的主歌和最后直指摄像机喊的那声“time”告诉所有人，他有实力、有技巧，台风和镜头感更是不在话下。

林淮毕竟只有十九岁，一结束表演，眼里就没了舍我其谁的锐利光芒，马上变回 Louise 的小迷弟，乐呵呵的，像刚被领回家的“出息”，搞得 Louise 也有点儿不好意思同他对视。她看向王墨镜，两个人不用商量就达成一致，这条项链肯定要给林淮。

但王墨镜磨蹭着叹了一口气，显得很不舍，Louise 非常配合地问他怎么了，他用下巴指了指梁真的方向，酸溜溜地暗示：“我们这条项链是给别人做了嫁衣呀！”

“我肯定到你们的战队来。”林淮抢话，信誓旦旦地说，“我还没拿到女神的签名照呢，肯定不会‘叛变’。”

“你这么说我就放心了。”王墨镜非常满意，亲手将项链戴到林淮的脖子上。林淮美滋滋地回到观众席，宴若愚刚被叫到号次上场。林淮身后，两个已经拿到项链的偶像型歌手正在议论。

“宴若愚怎么在梁真的考核区？我以为节目组会把他安排给汤燕关。”

“总不能把偶像型选手都往汤燕关那边塞，不然有什么看头和话题？他通过梁真的考核了，节目组还可以给他安排实力派人设。”

“但梁真很严哪，要是给宴若愚放水，肯定会引起争议……”

“哎哟，梁真这次的选择标准剑走偏锋，昨天那个派大星他都给项链了，还缺这点儿争议吗？不过依我看，他这么做是故意的。林哲前三季求着他来他都不愿意来，这一季不仅降薪，还跟着节目组跑全国海选。哪个有人气的明星像他这样呀。估计他是快过气了，想搞点儿操作博出位——”

那两个选手纷纷闭嘴，在和扭头看过来的林淮对上视线后身体就像是凝固住了，仿佛他的眼神能抛出一把把刀，刚好贴着他们的头发丝飞过。

他们紧张得不敢动，注意到林淮双拳紧握后更是连眼皮子都不敢眨，讨好地挤出笑容。林淮看了看两个人号码牌上的名字，一个都不认识，想了想还是不动手了，更懒得动嘴告诉他们，梁真名下的房产有几处，存款里有几位数。

他大发慈悲地不计较，重新看向赛场，梁真已然与宴若愚面对面。

林淮莫名其妙地激动起来，忍不住踢了前面的人的椅背一脚，正打鼾小憩的伊斯特打了一个激灵，睁开眼，扭头，特别不乐意地望着林淮：“你干吗打扰我休息？我刚梦到一个漂亮姑娘——”

“你的美梦成真了！”林淮把他的脑袋扭回去。

伊斯特迷惑了，扫了一眼导师们正在考核的选手，嘟嘟囔囔：“没姑娘呀！”

“别着急——”宴若愚都还没开始唱呢，林淮就给伊斯特打包票，“你马上就要穿洛丽塔裙啦！”

和其他选手一样，宴若愚先做自我介绍。

“导师好，我是 330 号选手宴若愚，来自江省岭安。”

“怎么样了？”林淮闻声抬头，目光随着姜诺落座而移动，嘴皮子动起来比脑子转得快，“诺老师，你再不来，我都要以为你拿了小龙女的剧本，要‘杨若愚’等你十六年才能重会。”

姜诺笑点高，看了他两眼，心思就又全在宴若愚那边了。梁真挺有闲情逸致，跟宴若愚聊：“听说岭安方言挺难懂的。”

宴若愚谦虚地说：“还好，还好，比不上渝久吴（温州话）。”

梁真挑起眉毛，以为宴若愚真的懂，一个土生土长的兰州人再开口便是温州方言，宴若愚一个字都没听懂，挠挠头缓解尴尬局面，怪不好意思地说："梁老师，你这道题太难了，我不会做。"

"没关系，我也刚入门，吴语确实不容易学。"梁真心血来潮地想出命题作文，"你主歌部分能用方言唱吗？"

宴若愚没逞能，诚实地摇头，如果是别的选手估计这时候都被问蒙了，但他思路清晰，三两句就解释清了自己的教育生活背景，让他用瑞士法语区的德语说唱都比用岭安话有可行性。

"原来是这样。"梁真明白了。几个星期后节目开播，他才知道当时林淮在观众席吐槽："梁真，你的屁话怎么这么多？"

梁真拿出了小本本，将宴若愚的名字写在密密麻麻的记录下面的空白处。宴若愚准备就绪后没多犹豫，唱起 *Amsterdam* 里的一段主歌加副歌部分。

他唱主歌部分的时候，梁真没做记录，但几乎低着头，直到"find me in Amsterdam"的副歌部分出来才抬眼，若有所思地观察他的肢体动作。在旁等待的选手全都屏着呼吸，如此严肃的气氛是梁真审核区里特有的。在宴若愚之前，已经有十多个选手承受不了这种无形的压力而忘词，或者被梁真听出错拍吞字，错失项链。

但宴若愚游刃有余，镜头感与生俱来，从容淡定地用正常发挥的水准完成这一分钟的清唱。

他也对自己有信心，唱到副歌部分的第一句时就知道自己稳了。果然，梁真很干脆地给出项链，有条不紊地分析评价："这一段有说有唱，完成度非常高。"

他对有实力的选手向来不吝啬赞扬："你是我目前为止在海选现场——我不是说这两天的海选，而是全国范围内的，"他同样很严谨地说，"在和你同资历的说唱歌手里，你是唱得最好的一个。"

梁真的肯定对宴若愚来说是非常有分量的，他扯开嘴角笑了笑，等梁真说不足之处。

宴若愚抛砖引玉："但我在说唱上面还有待提高。"

梁真问："你接触说唱多久了？"

这还真把宴若愚问住了，他转身看向姜诺，姜诺举高双手给他比手势，他看清了，跟梁真说："正经算的话不到一年。"

"那你能说成这样已经很不错了，"梁真点点头，望向观众席，"刚才那个是你的制作人？"

"啊，嗯。"宴若愚突然有点儿不好意思。

梁真笑着说："他给你做的 *City Sounds* 我听了，你确实唱得很好。"

节目播出后，林淮的吐槽会迟到，但绝不会缺席："梁老师到底是瞎了眼没看到坐在诺老师旁边的我，还是聋了耳朵没听到唱 *City Sounds* 说唱部分的我？"

"继续加油，年轻人，前途无量。"梁真给宴若愚鼓励，然后向其他选手走去。宴若愚拿着项链回到自己的座位上，还没来得及臭美问姜诺自己刚才帅不帅，林淮就催他快点儿通过群邀请。

宴若愚一头雾水地进群，发现里面只有三个人，他、林淮、伊斯特。他进群后，林淮三下五除二地把群名改成了"伊斯特愿赌服输洛丽塔裙"。

伊斯特幽怨地扭头看向他们，林淮有理有据地说："宴若愚以前参加过 *Pick,Pick*，是差点儿冠军出道的偶中偶、像中像，偶像派说唱歌手舍他其谁？他当之无愧。"

这才意识到自己被下套的伊斯特："？"

一直想摆脱偶像人设的宴若愚："？"

坐在宴若愚和林淮中间不知道发生了什么事的姜诺的心声：什么？

林淮说："我也没难为你，你穿了小裙子后发照片到群里就行了，我们肯定帮你保密。"

伊斯特破罐子破摔："那你把制作人也拉进来吧。"

"好嘞。"林淮专业搞事情，把姜诺也加到了群聊里。

伊斯特火速改名"一桌麻将整整齐齐"，然后说："赌注我记在心里就行，除非加人或者踢人，名字不许改，洛丽塔裙的事情谁也不许提。"

伊斯特下咒似的冲他们的嘴巴一个个指过去，然后下场去梁真的考核区。

姜诺过来就是为了看看宴若愚，对别人的表演没什么兴趣，宴若愚冲林淮使眼色，他会意地谈天说地，姜诺听得晕头转向忘了回去，留下来跟他们继续看了会儿比赛。

上场选手已经过半，除了梁真，其他导师的选人喜好都被摸得差不多了。

汤燕关看重选手的综合实力，流量明星和“地下”“老炮儿”在他这儿就算出现失误，他犹豫纠结后也会给项链。Louise 和王墨镜一个唱红脸一个唱白脸，女的心软男的严格，他们要是意见不统一，选手晋级的概率基本上对半开。

倒是海选开始前被寄予厚望的梁导师成了最让人避之唯恐不及的一个，那些抱着背水一战心态的选手十有八九没表现好，反而便宜了伊斯特这种来玩的人。

还在读高二的伊斯特是全场年纪最小的选手，不管是比资历还是技巧都不出挑，再怎么幸运也不可能拿到冠军。

想通这一点后伊斯特就保持平常心了，对他来说这就是一场游戏，他多走一步都是赚到，享受就好。

因此他准备了好几段清唱，随机到哪个导师就唱哪段，站在梁真面前，他的歌词句末押韵非常工整，里面还警告在场的选手不要在第三轮一对一比拼的时候选他，他绝不会留情。

这种吹牛大话太常见了，编排得再精巧也差点儿意思，但伊斯特在最后五句收起煞气，中气十足地道出对自己的期待——

脚踏实地不投诚左道旁门
宁有种乎不祈求公子王孙
不把中国的 Eminem（美国说唱男歌手）妄称
铁甲不离将身
就像十年前兰州出现的英雄梁真

梁真笑了，早有头绪又后知后觉地意识到，伊斯特从一开始就用自己的名字做韵脚，终于和林淮心有灵犀地异口同声：“妙呀。”

梁真问：“你怎么知道自己会被我考核？”

“我不知道。”伊斯特笑得可憨了，“所以我准备了三段清唱，遇到哪组导师，主歌部分最后的点睛之笔就是哪位导师的名字。”

“机会果然是给有准备的人。”梁真心服口服，给伊斯特戴上了项链。

回到观众席后，有晋级项链的伊斯特、宴若愚和林淮组成稳定的三角，被夹在中间的姜诺瑟瑟发抖，绞尽脑汁地找借口想回音控室，但总会被林淮见招拆招地化解。

无奈之下，他只能托着下巴百无聊赖地刷手机，假装自己不关心场上的战况，也不参与选手晋级后的喜悦庆祝，抽离感十足，连一直分心观察他的宴若愚都以为他真的对比赛不感兴趣了。林淮跟看见猪在天上飞似的稀奇地说道：“女选手上场了！”

不管是国内还是国外，说唱歌手的性别比都很悬殊。比赛都办到第四季了，节目组能邀请到全新的女说唱歌手就不错了，根本没资格挑，一千二百个说唱歌手里，女选手只占百分之一。

那位凤毛麟角的女选手正在汤燕关的考核区等候。不同于其他女选手，她没化精致的妆容，没穿时髦的衣服，甚至都没涂指甲。瘦瘦小小的一个人就这么站着，不像是来说唱，而像是下班后刚好路过，毫不起眼。

但这并不是她跟别的女选手的全部区别，如果有人一直观察她，会发现她根本没有表情管理的意识。选手表现出彩也就算了，如果出现失误被她听出来了，她绝对是全场最嫌弃的那一个，完全不屑隐藏自己的真实想法。

姜诺把手机放下了，目光落在那个喜怒全在脸上、绝不藏着掖着的女选手身上。

他对这个人有印象，不只是情绪，她说话也直来直去。工作组的人好心帮她改伴奏换掉 Kevin Kim 的 type beat，她一通电话打过来噼里啪啦就是一顿质问，以为他们要动什么手脚。

但她的心地终归是纯良的，问清楚缘由后她又止不住地道歉，Lai 跟她对骂时有多气，听她真情实感地认错时就有多没脾气。

汤燕关很快走到她旁边，听一位老牌音乐人清唱一首非常经典的歌曲。可惜廉颇老矣，中间有两个抢拍明显的地方，稍微有点儿乐感的人都听得出，她离得这么近，摄像机想不拍她翘起嘴角嘲讽都难。

音乐人还是老牌的好，临场经验丰富，抢先开口问汤燕关："可不可以再给我一次机会？"

汤燕关第一次遇到这种请求，自己做不了主，左顾右盼想找总导演林哲问问，老牌音乐人继续争取："好事多磨。"

"啊，嗯……那行吧。"汤燕关知道不应该开这个头，但他还没识字时这位音乐人就开演唱会了。他一个晚辈给机会不合适，不给机会更不合适。

他一答应，女选手瞪眼张嘴，夸张的表情被姜诺尽收眼底。姜诺不由得笑了笑，宴若愚漫不经心地问："笑什么呢？"

姜诺把那个女生指给宴若愚看，林淮看热闹不嫌事大地凑过来，口吐莲花："诺老师看中那个姑娘了？别害羞，我帮你追！"

跟林淮接触过的人都知道他习惯性满嘴跑火车，姜诺不理会他，林淮把关注点扯回了比赛场："轮到那个姑娘了。"

汤燕关最终给了老牌音乐人项链，走到女选手面前，机械性地礼貌说道："你好。"

"你好。"女选手说完侧身，面向正要离场的老牌音乐人说："您好，请留步。"

音乐人不明所以，审美疲劳的汤燕关深吸一口气揉了揉鼻梁，不觉得事态有多严重，嘴里继续冒出官方措辞："介绍一下你自己。"

"我叫王召女。"

汤燕关敷衍地问道："这个艺名很特别，有什么含义吗？"

“没有，只是我本名叫招娣，我不喜欢妈妈起的这个名字，召女去弟把招娣取缔。”

王招娣话语间浓浓的火药味让汤燕关有些清醒，他眨了眨眼：“嗯……那……期待你的表演。”

“我不表演了。”

汤燕关眼睛都不眨了，发出疑问：“嗯？”

王招娣手指地面，一字一顿地说：“我不唱准备好的东西，我要即兴说唱。”

汤燕关点点头，特意往后退了一步，谨慎地只做手势，示意她什么时候都可以开始。

不知不觉中全场的目光都被吸引了过来，王招娣毫不畏惧，正面批判老牌音乐人，肆意发泄。

是的，我现在要 freestyle
因为我非常窝火
别说什么好事多磨
flow 老得比我七大姑八大姨介绍的相亲对象都弱
还好意思多要次机会再唱一首

老牌音乐人也蒙了，毫无防备地被王招娣教育。

能不能有点儿骨气
斗地主都讲究买定离手
你一个大男人婆婆妈妈成这样
让汤老师怎么忍心让你受折磨
给你的自由过了火

唱到这里，王招娣的第二个八拍就结束了，但现场有人看热闹不嫌事大地跟唱“让你更寂寞”，下一句，更多声音加入齐唱“才会陷入感情旋涡”。

这让原本剑拔弩张的气氛稍有缓解，老牌音乐人面子挂不住，想和王招娣理论，比他矮整整一个头的王招娣昂首挺胸，“你能拿我怎么样”的态度就写在脸上，毫不畏惧地下战书：“有种就即兴说唱赢我。”

老牌音乐人用不屑与小辈交手的眼神掩盖自己的没种，拒绝了战书。看热闹的选手们发出“嘘”声，林哲喊了好几回“安静”都没用，这个叫王招娣的女人成功吸引了全场男人的注意力。

宴若愚傻眼，说道：“这位阿姨也太猛、太虎了吧。”

姜诺投来一个“你活该单身”的眼神：“小孩子没礼貌，要叫姐姐。”

“咦！”前排的伊斯特激动到连拍好几下大腿，因为王招娣还没完没了了，继续第三段即兴说唱。

批判老牌音乐人不是结束，而是开始，王招娣转身面向“麻将四人组”的方向，新的矛头指向他们身后的两个练习生，歌词和表情实力演绎什么叫百思不得其解。

说的就是你们两个练习生
唱的是什么鬼东西啊
论业务水平你们加上汤老师也比不过曾经退赛的宴若愚
麻烦出门左转参加《青春奇迹》
focus on（关注）唱跳篮球麻利点儿去横店演戏

话糙理不糙，王招娣的 diss 曲正合全场其他背后没有公司的选手的心意，但他们没她的胆子大，不敢唱出心里话，正要在下一秒为勇士鼓掌欢呼，她却不稀罕，在这一秒掐断，扫视全场问道：“刚才是谁说‘Kevin Kim 是过去的我，我是未来的 Kim’？”

全场安静，无人承认，王招娣更看不起这些只敢吹牛皮不敢认领的男人了，批判道——

真敢往自己脸上贴金
Kevin Kim 拿下普利策音乐奖说唱界普希金
你们还唱来唱去只在梦里壮志凌云

“好！”之前被她批判的两个偶像型说唱歌手疯狂鼓掌，感谢王招娣帮他们出了这口恶气。“地下”说唱歌手看他们不爽，他们也早看“地下”说唱歌手不爽了，天天讽刺偶像型的歌手不真诚，脏话说唱难道就有营养了？大家都半斤八两，五十步笑百步，谁都不比谁高贵。

王招娣批判完也爽了，气消了，哪里管自己被全场选手看不爽了，也就伊斯特热血浇头站起来为她呼吁：“怼啊，怼才是嘻哈的灵魂！”

可惜王招娣没领情：“小屁孩儿，给我坐下！”

伊斯特乖乖闭嘴然后坐下，不再挡住后排的姜诺。

喂，你是不是叫姜诺
你又是哪里来的活菩萨
昨天上赶着送人头
生怕别人不知道全场一半的人都用你的伴奏

除了姜诺，“麻将四人组”的其他三个人听到王招娣冲他喊话全都捏了一把汗，但如果仔细听，内核还是在批判老牌音乐人，为姜诺昨天的遭遇抱不平。

请跟那位前辈学学弄虚作假
把汤老师当爸爸，反正他眼瞎
真比资历到底谁比谁叱咤
“不真诚祷告者”知道你第一轮就输肯定掀桌子掉马甲

王招娣这回是真的唱完了，转过身重新面向汤燕关，眼神直勾勾的，看得他目光闪躲无处安放，都不知道该如何评价。

梁真一直在观望，全程露出慈父般的笑容，摇了摇头说道："她太硬了，汤燕关可能不太行。"

王墨镜向 Louise 显摆新学的网络用语："那个女生是'杠精'吗？"

"女生都是小仙女，人家是'杠仙'啦。"Louise 听出王招娣真正不满的是汤燕关对姜诺和老牌音乐人持双重标准，有失公允，真的比实力，给"不真诚祷告者"做过歌的姜诺又差得到哪里去。

"她好辣，我好喜欢她。"伊斯特激动得直抖腿，回头一看，林淮缩着脖子头摇得像拨浪鼓，不敢喜欢这么有攻击性的女生。

宴若愚对王招娣也说不上有好感，毕竟她在歌里批判姜诺，宴若愚不乐意，要和她不共戴天。

但姜诺回应伊斯特："我也挺喜欢她的。"

宴若愚一听，耳朵都竖起来了，紧皱眉头看向姜诺，却发现他笑得极为自然，眼睛随着嘴角的弧度弯起，从工作的操劳疲惫状态中鲜活了起来。

宴若愚很少看到姜诺这么发自内心地高兴，他们是朋友，应该为对方的高兴而高兴，他也知道姜诺说的是对王招娣的态度的欣赏，可他就是莫名其妙地又突然在姜诺为别人而笑的一瞬间，心里头空落落的，仿佛担心自己的好朋友被别人抢走。

场上，汤燕关依旧神情呆滞，双手背在身后摩挲项链，不知该如何开口。王招娣有了用即兴说唱批判人的念头后就没想过要晋级，节目组在海选录制里的小动作她就受不了了，还不如不再期待一吐为快。

但有人看好她，伊斯特带头喊："晋级！"

几秒钟后，观众席另一头也有人重复这个词，这些声音慢慢汇聚，其他导师都给汤燕关打手势和眼神，意思是就让她晋级吧。

姜诺的声音也混在里面，不像其他人那么兴奋，一本正经地放声："把项链给她吧。"

汤燕关最终把项链放在了王招娣的手心里。

王招娣紧紧握住项链，一言不发地回到原来的位子收拾东西，并没有兴趣留下来跟其他选手交流，跟之前一样独来独往，只在踏出大门前踌躇片刻，然后回头，刚好对上姜诺的视线。

姜诺没挪开目光，露出鼓励的微笑。她眨眨眼，戒备、凶煞的神色退去了不少，没插兜的手推开门，不再回眸，留下他盯着关上的门出神。

而宴若愚在看他。

两个人离得那么近，姜诺却过了良久才回过神，转过脸和宴若愚对视，寻常地问："怎么了？"

"没什么。"宴若愚没耍脾气，也没让姜诺发现自己的心不在焉，只说，"看比赛吧，照这个速度，明天海选就能结束。"

第三天，海选进入尾声，导师们的项链和未被考核的选手数量一同减少。

王墨镜和 Louise 手里有七条项链，汤燕关有十一条，梁真最富有，有十六条。

晋级名额多于三十个，但这并不意味着第三天的选手会更轻松。恰恰相反，导师们也会后悔，有些选手被淘汰后，导师们越想越觉得可惜，就等海选过后手中项链还有剩余，再将人从淘汰名单里捞回来。

海选录制进入最严苛的时刻。王墨镜和 Louise 比前一天更为珍惜每一个晋级的机会，考核了三批选手都没给出一条项链，正当大家以为两位导师上午不准备开张了，他们迎来了一位特别的少数民族选手。

"老师们好，我叫白玛平措，来自青海省黄南州安宁村……"

"嗯嗯，不用介绍得这么详细。"王墨镜连忙打断选手的话，不然白玛平措能把自家门牌号都曝出来。

白玛平措憨厚又腼腆地笑，露出两颗虎牙，用没套进藏袍袖子的手不好意思地挠了挠头发——他的头发比姜诺的都长，乌黑油亮扎在脑后，光泽感十足。

伊斯特眯起眼打量白玛平措身上发灰的藏袍和脖子上的几串念珠，嘀咕："这要是播出去了，藏族同胞们又要跑断腿解释，他们平日里真的不怎么穿民族服饰。"

“藏族人穿藏袍很正常。”林淮踢了伊斯特一脚。甘肃和青海相邻，林淮的一些藏族朋友确实会像白玛平措这样打扮。西北不只昼夜温差大，连太阳底下和屋檐下都能差个十来摄氏度，藏袍比羽绒服耐脏，比冲锋衣保暖，冷了把领子立起来，热了像白玛平措这样只套一只袖子，方便实用，谁穿谁喜欢。

Louise 对白玛平措的穿着也很感兴趣，明知故问：“这是你们的传统服饰？”

白玛平措用力点头，耳朵和脸颊红成一片。他操着明显的藏语口音，王墨镜以为他太紧张，像个老父亲一样苦口婆心地说：“小伙子，慢慢说，不要慌。”

“嗯，嗯。”白玛平措又点了两下头，又激动又紧张，“我第一次来离家这么远的地方，我——”

他憋不住了，大声对所有人说：“我终于来到这个舞台了！”

总导演林哲就在边上，观看了一会儿他们的对话，不指望白玛平措短时间内能平复心情，于是亲自给两位导师介绍：“他是我们专程到藏区邀请的说唱艺人。”

早在嘻哈文化诞生之前，中华大地上就已经有了说唱，但不是以嘻哈说唱的形式存在。千百年来，藏区牧民口耳相传上百部史诗故事，不用任何文字手稿提示，现生活于藏区的说唱艺人能几个小时不停歇地将《格萨尔王传》传唱。

《格萨尔王传》长达上百万行，其艺术化的说唱具有丰富的学术价值，是中华民族文化宝库中的明珠瑰宝。

如今，整个藏区《格萨尔王传》的说唱艺人不足两百名，来自青海草原的白玛平措是其中最为年轻的一位。

此刻，只见他闭上眼，不再像刚才那么羞涩局促，而是沉浸在另一方天地中。那里有雪山、草原、湖水，世外桃源滋养他的心灵，他将高原的歌声带到这人世间——

湖似神水

多拉神山上的火花漫山遍野
格萨尔王与他的士兵将领
消灭妖魔鬼怪
…………
神马奔腾
在东马亚草原上
…………

他是在场唯一的藏族人，这意味着除了他自己，没有人懂他究竟唱了什么，绘声绘色描述的又是哪些故事。

但语言上的障碍并没有削弱他的歌声的感染力。他说时抑扬顿挫、急缓舒张，唱时情绪饱满、引吭高歌，如果无人将他打断，他能不卡壳、不结巴地唱上很长时间不停歇。

他也创下了海选表演最长时间的纪录。唱完一个小节后他睁开眼，他在导师眼里不再是未经打磨的石头，而是纯净无瑕的美玉。他们不觉得自己有资格评价非物质文化遗产的传承人，只是好奇地问："是什么原因让你来到一个说唱比赛的舞台？"

"因为说唱是我的使命，我也很喜欢说唱……"他所说的前者是史诗的传唱艺术，后者则指的是嘻哈文化范畴里的说唱。他说："我经常在网上看嘻哈音乐的视频，特别爱听这种类型的歌，但在我生活的小村子里，我身边没有人听嘻哈。"

王墨镜有点儿能理解年轻人的孤单了："所以你才会那么激动。"

"嗯……而且现在会说唱的藏族人越来越少了，我很害怕三五十年后，这种艺术就失传了，我……我就很想尝试着把这两种说唱结合，这样就能让更多的人听到，关注我们的文化。"

"就凭这份责任心，你必须晋级。"王墨镜不仅给出项链，还发出战队邀请，"你到时候一定要选我和 Louise 老师呀，我们一起做最正统的中国说唱！"

有白玛平措珠玉在前，王墨镜和Louise越来越挑剔，所有选手都表演完后，他们还有三条项链，比汤燕关多一条，梁真还剩五条。

这是海选的最后一天，一千二百名选手全在观众席上，并没有按照晋级和淘汰坐成两个阵营，而是依旧和自己的朋友、兄弟待在一起，静等全国一百二十强的最后十个名额诞生。

导师们先是和林哲商议了几分钟，然后回到场上，分别挑选自己心仪的未晋级选手，再给他们一次清唱的机会。

汤燕关和王墨镜分别挑选了十来位选手做筛选，梁真心里早有了人选，翻动那记得密密麻麻的小本本，低着头寻找名字。

"我不需要你们再清唱，没必要。"梁真毫无商量余地地说，"我叫到谁的名字，谁就过来将项链拿走，就这么简单。"

梁真手指一停，抬眼，目光在数百名选手身上扫视："Elves（精灵）。"

叫Elves的韩国公司练习生迟钝地站起身，穿过众人匪夷所思的眼神上前。林淮都不记得自己是第几次踢伊斯特的椅背了，不厌其烦地提醒："洛丽塔裙买好了没？要不要我帮你下单？"

梁真不疾不徐地继续叫名字，全都是他这三天里审核过的，唯有最后一个……

他将小本本合上，给出全国一百二十强的最后一个名额："姜诺。"

围着姜诺而坐的三个人齐齐看向他，他眨了眨眼，抬头看天花板，以为梁真叫错名字了，或者有人和他同名。

观众席上一时无人响应，梁真就用更大的音量喊："姜诺！"

宴若愚和林淮托住姜诺的手把人从位子上拉起来，然后迅速坐下，假装自己什么都没干，留姜诺傻傻地站着。

梁真轻轻地哼笑一声，手臂向前伸直，握拳的手松开，刻着"real"的项链从他的掌心里落下摇晃："愣着干吗？"

林淮眼疾手快地将人推到台阶处，姜诺只能硬着头皮先过去，背对其他选手，面朝梁真，不知所措地摇头，不能理解素未谋面的梁真为什么要把最后一个名额给他。

“拿着。”梁真有自己的考量，将项链塞到他的手里，“你值得。”

姜诺显然不这么想：“我不是您考核的……”

“对啊，梁老师，您为什么要把名额给他？您的考核标准到底是什么？”有人站起来，像是忍梁真很久了，反正已经被淘汰，干脆问个明白。

“您把项链给派大星和偶像型歌手也就算了，这个姜诺又是什么来头？您……您可别乱发项链……”

“太魔幻了，这里随便一个前辈都比他们有资格吧！”

“就是，就是……”

讨论声此起彼伏，林淮原本想心平气和，但那个阴阳怪气地说梁真肯定跟节目组商量好放水的人就坐在离他两三排的地方吐唾沫星子，他怎么忍得下去？他把手里喝完的可乐罐砸到那个人的头上，特敷衍地道歉：“哟，不好意思，我眼瞎，还以为是垃圾桶。看错了，对不住，对不住。”

“你——”那人站起来跟林淮对峙，“你骂谁呢？”

“你不就是吗？”林淮微微眯眼，“你来岭安大学参加江省大学生的选拔赛，梁真作为评委最后给你通过的时候，你怎么不说他放水？”

“还有你，西北赛区来的吧？”林淮看向身后，不卑不亢地质问一个成立于宁夏的厂牌，“你们现在骂得起劲，怎么就不想想到底是谁把西北赛区操办起来的，人力和物力都是西北风刮来的吗？”

“林淮，够了！”摄像机并没有停止录制，梁真担心林淮会被恶意剪辑，所以及时制止。林淮愤愤不平，有种自己帮梁真说话，梁真还嫌自己不懂事的委屈感。

梁真暂时没空安抚他，把话说给全场其他选手听：“我知道你们当中有人不服，也对，你们要是个个都服气，那也太不嘻哈了。但这不仅仅是比赛，还是真人秀，是综艺节目。这个舞台需要的不只是技巧，还关乎你的东西够不够让人眼前一亮。”

“所以我选的不是‘老炮儿’、新人，不是 battle MC 或者 studio rapper、old school 或者 trap，”他把双手放在姜诺的肩上，将人转过身面向观众席，继续说道，“我选的每一个人，都有可能是两个月后的冠军。”

全场安静，唯有梁真沉稳的声音。

“至于那些好奇我的考核标准的人，等你有一天也站到我这个位置了，你自然会知道。”他扫视全场，问，“还有问题吗？”

无人回应，那些之前窃窃私语的人也识趣地闭上了嘴。

“那我的海选考核全部结束，大家辛苦了，第二轮六十秒见。”梁真说完向所有晋级的和未晋级的选手深深鞠了一躬，然后才离开。

选手们也纷纷起身，姜诺还站在原地，直到宴若愚跑过来拍他的肩膀才回过神来。

这样一来“麻将四人组”就全晋级了，林淮和伊斯特迫不及待地要庆祝，找了一家烧烤店晚上一起吃烤串。

但快乐全都是他们的，姜诺淡定到有些茫然，慢热到烧烤都上桌了，喜悦的情绪都没被身边的活宝弟弟们调动起来，好像如果不是梁真坚持，他真的不想要那条链子。

“那喝酒吧！”林淮不信邪了，开动小脑筋想用这个方法让姜诺兴奋起来。

林淮的酒量很好，属于喝了一杯“今夜不回家”都能清醒回家的那种。以前听宴若愚提过姜诺能喝，他觉得是他们两个南方人联合起来吹牛，如今烤串都吃上了，酒杯肯定要碰一碰、会一会，分出个高下。

然后林淮就成了败的那个。

他原本以为姜诺的“能喝”只是在南方人的平均线之上。他大大低估了姜诺的酒量，喝到最后宴若愚和伊斯特都站到了他的阵营，他脑壳疼、脚步虚浮、打酒嗝儿，姜诺却连面色都没什么变化。

林淮喝不动了，吐槽：“诺老师，你这性子不是慢热，你根本就是热不起来！”

伊斯特附和：“是呀，跟一块冰似的，热不起来。”

“嗯？”宴若愚搂住伊斯特的脖子，另一只手掐住林淮的，讲醉话道，“嗯？你们怎么知道他热不起来？你们焐过？”

“什么时候焐的？我怎么不知道？”宴若愚疯狂摇动两个人的身子讨说法，“你们欺负兄弟，不厚道！”

正在联系代驾的唯一的清醒人士姜诺：“……”

宴若愚醉得最离谱严重，姜诺从梁真那儿拿到项链，宴若愚比自己晋级了都高兴，洋酒和啤酒混着喝，没几杯就趴在桌子上安稳地睡了过去。他丝毫不担心接下来会发生什么事，反正他身边有姜诺，他在阿姆斯特丹喝醉姜诺都能把他带回去，现在这种事简直是简单模式。

他全身心地信任姜诺，姜诺扶他，他紧贴姜诺的后背哼哼唧唧地要姜诺背。姜诺终于将人带回酒店放在床上了，他固执地抓住姜诺，不让姜诺就这么离开。

姜诺无奈地长叹一口气，坐在床边的地板上。宴若愚用手托住脑袋，侧身躺着注视他。

宴若愚闭上眼深吸一口气：“你身上有味道。”

姜诺没怎么在意：“可能是酒味吧。”

“不是酒，”宴若愚又闭上眼，又深吸了一口气，张开嘴“哇”了一声，沉醉地喃喃，“哇，香啊，好香，诺阿，诺阿，NoA，NoA！”随后他又叽里咕噜地说了几句话。

姜诺败下阵来：“大少爷，你行行好说中文，我听不懂法语。”

“不是法语！”宴若愚突然坐起来，双手叉腰，郑重其事地说，“是大溪地的语言，高更去大溪地啦，听到那里的毛利人喜欢说诺阿，NoA。”

“嗯……好巧。”姜诺看着宴若愚，尴尬地动了动，“你不要乱动好不好？”

“不好！”宴若愚拒绝，“你不要去大溪地好不好？不要，不要离开……”

姜诺总算听明白了，宴若愚确实醉得不轻，魂穿凡·高，还把他认成高更。

"好、好、好，我不离开，我——"他给宴若愚看自己的右手掌心，温柔地说道，"你为我画的向日葵就在这儿，向日葵挂在房间里，所以我永远在房间里。"

宴若愚握住他的手，端详他掌心里的图案，突然平静。

"她充满魅力，看起来十分优雅。"

姜诺叹了一口气，无奈地侧身和宴若愚面对面，安慰自己他至少说中文了。

"她身上有半植物半动物的香，来自血液，还有头戴的栀子花。"

姜诺对宴若愚念的文字一头雾水，并不知道那是高更在大溪地的手记。法国画家高更厌恶欧洲社会的野蛮傲慢，向往大溪地的自然原始状态，那里的女人没有被现代文明玷污，落到画布上成了他生命热情之所在。

"她婀娜多姿，她有蛊惑人心的魅力。"

宴若愚的语速越来越慢，一字一顿，缓缓道来，双目拨开醉意逐渐清明，在闪烁后意犹未尽地闭上。

"她总爱说……总爱说……香啊（诺阿），香啊（诺阿）。"

宴若愚终于消停了，倒头睡了过去。少年的头发不再像初染时那么红，颜色变淡，夹杂着褐色和黄色，衬得本就分明的轮廓更有混血感。

他的面部线条随父亲，但五官和母亲几乎一模一样，尤其是眼睛，哪怕闭上了，眼角也是微微下垂的，若是睁开了，笑起来了，算计、世故这种俗世间的词和他永远不搭边，他永远单纯善良长不大，纯粹得像永无乡来的彼得·潘。

姜诺担心宴若愚着凉，轻轻将人弄到床上。"永无乡来的彼得·潘"任由他摆布，乖乖盖上被子，只露出毛茸茸的头发和白净的脸。

做完这一切后姜诺没在卧室里停留，轻手轻脚地离开，然后倚靠在门口，手摸上控制整个房间灯光的开关。

黑暗没有完全降临，他垂下手臂，将床头那盏微亮的灯留着，说不出原因，但就是想让那灯亮着，陪着宴若愚。

姜诺到底喝过酒，盯着什么东西看久了也会视线模糊，那盏灯晃呀晃，没来由地让他回想起两个人当初在酒吧见面时的场景。

那时候的宴若愚像一个娇贵的王子，嫌他脏，上不了台面，衣服给他穿过就不要了。

可就是这么一个在云端的人扶自己回家，小巷子里的烟火在寒风里晃呀晃，就这么稀里糊涂地晃到了现在。

是呀，姜诺也会疑惑，他们怎么就相处到了现在？贫民窟的穷小子靠篮球说唱跻身上流社会已经够匪夷所思了，他和宴若愚从家庭到性格毫无相似点，居然能一起合作近七个月。

更不可思议的是，宴若愚会在音乐制作上跟他起争执，却从未摆出高高在上的姿态理所应当地压制他。

简·爱会对罗切斯特先生说："你以为因为我穷、低微、不美、矮小，我就没有灵魂、没有心吗？你想错了！我的灵魂跟你的一样。"

他对宴若愚就说不出这种话，也没有必要，因为宴若愚留给他的最深印象不是谁的儿子、孙子，又有多少名和利，而是在某个普普通通的晚上，意气风发的少年骑着摩托车来岭安的出租房里找他，迫不及待地递上头盔接他回家，一路上都在兴冲冲地问"夜宵吃什么，还是跟以前一样买糖葫芦串吗"。

少年真真切切地让所有人感受到平等，不只是在音乐的维度。这一点可能宴若愚自己都没意识到，但姜诺这么想，也这么相信。

姜诺动了动嘴唇，才恍然发觉，自己还是第一次跟别人说——晚安。

姜诺眨眨眼，望向微弱灯光里酣睡着什么都没听见的宴若愚，越看越觉得自己突然这么来一句不是没道理的，觉得身世底色再悲凉的人遇见了宴若愚，肯定也会道一声晚安，从此人间值得。

人间值得。

因为有宴若愚这么鲜活灵动的生命在绽放，人间就值得所有人在孤独的夜晚祝愿晚安并期待。

"明天再见。"

第十一章
可以有我吗

宴若愚站在船头，吊儿郎当地吹着海风，眺望正前方的小岛。

那是古代一次大洪水的遗址，几个世纪的自然变迁让它拥有了草木鸟兽和毛利人的足迹。脑海中一个声音告诉他："尊敬的宴若愚·高更先生，经过六十三天的艰难航行，您终于要抵达遗世独立于无边无际的大海之中的大溪地啦。"

宴若愚使劲瞪眼，挤出抬头纹，非常鄙夷地给自己的大脑翻了一个白眼。显而易见，他那负责理性思考和逻辑的前额叶皮质罢工了，不靠谱地将他丢入深层次的梦境里，没把他变成欢天喜地回归永无乡的彼得·潘，反而摇身一变成了他最没好感的法国画家高更。

在艺术成就上，高更和凡·高、塞尚并称后印象派三大巨匠。高更是当之无愧的艺术先锋。

但如果用世俗的标准来衡量，高更又是妥妥的背德者——他对艺术的追求极致到自私自利的程度，离开挚友凡·高简直不值一提。为了绘画，他抛弃的还有在法国的社会地位和稳定体面的职业，以及妻儿、家庭，彻彻底底地与光鲜亮丽的巴黎和一切社会文明决裂，只身前往大溪地寻找本真自我。

船很快靠岸，彼得·潘宴若愚拒绝下船，抗议这个不符合他的人设的献身艺术的剧本，前额叶皮质打了一个哈欠，给宴若愚·高更扔来一本法文书，恰好是他最近看的高更在大溪地的手记，里面写满了NoA。

宴若愚理亏，不情不愿地踏上这片现代文明还未生根发芽的原始土地。

这里有迷人的色彩、镏金的溪水、绚丽的太阳。在别的画家笔下，大溪地的景色会精美逼真如相片，那才是那个年代的标准美，但高更早早放弃了这种追求，景物在他笔下多为平涂，色块明显。现代人在美术馆里对他的画指指点点，吹嘘这么简单的画作自己也能完成，却不知道在审美受学术派局限的那个时代，只有高更一个人敢这么画。

此刻，宴若愚也架好了画板，勾着嘴角落笔画下异域风情，不是山川湖海，而是大溪地上的土著女人。

她们在不远处的河边沐浴戏水，有的赤身裸体，有的穿着衣裙，裸露的肌肤自带油画色调，健康有光泽，与苍白的城市女人截然不同。

那是大自然的馈赠，她们的头发乌黑发亮，宛若璀璨星河，肢体流动如塞纳春水，婀娜多姿，百分之百符合宴若愚的审美。

宴若愚嘴角的笑意更浓，合着他错怪了前额叶皮质，还要感谢它给自己送了一个春梦。画布上，则含蓄得只剩下一个女子的背影。他越看越觉得熟悉，被唤起了琐碎的记忆，想起自己曾在纽约大都会博物馆欣赏过这幅《沐浴女子》，凡·高所画的《向日葵》就挂在隔壁的房间里。

是的，当高更被大溪地的美女激发出灵感时，大洋彼岸的凡·高情绪失控割掉了一只耳朵，正在精神病院接受治疗，两个人从此以后再未相见。

他们会后悔、遗憾吗？宴若愚注视着画作，这般问自己。不知为何，背对着他的女子不似现实中那么曼妙，反而肩宽腰窄、身材单薄。

她留着长发，左手抬起在后颈处将长发拢成一束，露出耳朵和没有五官的侧面，给后世留下断臂维纳斯般的留白美，只有画下这个背影的宴若愚知道她究竟长什么样。

而当宴若愚从画布上抬眼时，湖光山色间只剩下那一个人。

对方依旧是背对着自己，扎染上黄色花纹的红麻裙就落在脚边，她没穿，而是静静地站立着，仿若在无声邀请谁。

宴若愚顿时口干舌燥，前额叶皮质又不工作了，身子极其诚实地朝女子靠近。

他想过那女子可能会长什么样。大溪地土著的鼻尖不似欧洲人那么精致，但鼻梁高挺，眼窝立体，眉毛棱角分明，散发出中性的刚毅美感，仿佛随时随地能像个男人一样去战斗。

这种美充满野性自然而未经雕琢，让宴若愚魂牵梦萦，激发出他作为一个雄性的基因里的征服欲。可当他站在那个人身后，伸出双手抚摩对方的脸颊时，他感受到的却是柔和、平静、安宁的气息。

那个女人转身，长着一张东方面孔。

宴若愚大惊，如溺水的人从梦境中挣扎回现实，掀开被子坐在床上大口喘气。心脏不再剧烈地跳动后，他双手捂脸擦去热汗，然后一个箭步冲进浴室冲澡，任由冰凉的水流冲洗滚烫的身躯。

没事，没事，一场梦而已。

宴若愚洗漱完后推开门，见客厅空无一人，终于松了一口气，以为姜诺早起跟 Lai 去做下一轮比赛的伴奏调试了。

宴若愚决定去外面透透气、散散心。他站在玄关处换鞋，却隐隐觉得不对劲。发现姜诺昨天还放在鞋架上的两双鞋都不见了之后，他一只脚穿拖鞋，另一只脚穿球鞋，跑到另一个卧室前推门而入，里面没有行李箱，没有挂着换洗衣服，被褥和枕头干净整洁，仿佛从未有人在此居住。

宴若愚顿时傻了，立刻拨通姜诺的电话。

姜诺问："怎么了？有事？"

"啊，嗯……"宴若愚仓促地揉了揉鼻子，差点儿结巴，问，"你人呢？你的行李怎么没在房间里呀？我还以为你又跑了。"

宴若愚理直气壮地说："你吓死我了，我还以为你又不见了！"

"我能跑哪儿去？"姜诺在电话那头笑，"我搬去节目组提供的酒店了，进全国一百二十强后他们就包住宿了，酒店名字和房间号我都发给你了，是你自己没看见。"

宴若愚没挂断电话的同时点开微信，几个小时前姜诺果然给他发了这方面的信息，他把心放回肚子里后，又指责地问："你怎么不跟我商量呀？"

"这有什么好商量的？商量了你就愿意住双人间？乖，你自己住套房吧，我就不跟着你奢侈了，跟他们住在一块儿交流也更及时。"

"哦。"宴若愚正要挂断电话，却又突然警觉起来。

"等一下，双人间？"他脸都要贴上手机屏幕了，表情拧巴到眉毛都像要绞到一块儿了。

"节目组给你安排了室友？"

二十分钟后，正在给室友做伴奏微调的姜诺听到了急切的敲门声。

他让室友稍等，不慌不忙地走过去开门，宴若愚并没有横冲直撞地进屋，而是手肘抵着门框斜站，漫不经心地仰起下巴，帅气十足。

但他往屋内瞟的眼神还是出卖了他，姜诺死死憋住笑捶了他一拳："亲眼见了总放心了吧，节目组怎么可能给男选手安排女室友，你想多了。"

"我这不是怕你被坑了嘛……"宴若愚换了一个姿势倚门，刻意让动作自然些。他火急火燎地赶过来，见到姜诺了，却突然不知道该说什么，于是随便问："你……不打算回来了？"

"嗯。"姜诺点点头。其实每次和宴若愚一起住，他都会把房钱按百分比分摊后转给宴若愚，现在他有别的选择，当然更倾向于住免费的酒店。

宴若愚又不知道该说什么了，看看天又看看地，含糊其词地说："两个人住多挤呀，万一……万一那个人晚上睡觉打呼噜呢？万一你们早上抢着用厕所呢？"

姜诺不和宴若愚拌嘴，也不赶他走，转身回到坐在桌前的室友边上，和他一起听自己笔记本电脑里的伴奏。

宴若愚越看越觉得碍眼，干脆关上门眼不见为净。

但一关上门他又莫名其妙地懊恼了，想再次敲门吧，又觉得自己这样特别没骨气。他纠结了一会儿，越想越觉得一切都怪姜诺，下定决心要跟姜诺冷战，直到姜诺主动来找他说好话为止。

他气鼓鼓地进电梯，来都来了，也心血来潮地去节目组给他分配的房间看看。用房卡解锁打开门后他听到浴室里有水声，叠在床头的衣服红红蓝蓝黄黄白白，并不日常，他转身，衣服的主人刚从浴室里出来，伸出右手要与自己相握。

“你好，我是你的室友。”白玛平措憨憨地笑道，“你终于来了！”

宴若愚眨了眨眼，白玛平措见他呆站着，以为自己还不够热情，紧紧握住他的手使劲摇晃：“扎西德勒！”

宴若愚肩膀都被晃摆起来了，他连忙把手抽出来，双手合十放在胸前对白玛平措鞠躬：“得了，得了，你也扎西德勒。”

白玛平措笑得更起劲，正要再说些什么，宴若愚在他开口前说：“等一下。”

宴若愚贴着墙慢慢往门的方向挪，做手势让他天生热心肠的藏族室友先冷静，然后出门直奔电梯，重新回到姜诺的房间前。

姜诺开门，还没来得及问宴若愚又怎么了，宴若愚坐到他的位置跟旁边的室友商量：“你能跟我换房间吗？”

姜诺的室友正在草稿纸上写歌呢，转笔的动作很娴熟不带停，看了看姜诺再看向宴若愚，并不乐意：“不换。”

宴若愚问：“为什么啊？”

室友当然不会说他想占姜诺是制作人的便宜，依旧转着笔，嘴上强行扯到友谊：“我们挺有眼缘的，你如果和你的室友合得来，也不会想和我换吧？”

“哦。”宴若愚瞬间变脸，慢悠悠地贴靠椅背，就在室友和姜诺都以为他打消了换房间的念头时，他张开五指，平平淡淡地来了一句话，

“我给你发红包，你换不换？”

姜诺室友的笔在宴若愚的话音落下后脱了手，室友慌忙去找笔，捡到后没坐回原来的位置，而是更匆忙地收拾起自己床上的物品。

两分钟后，姜诺的室友麻利地收拾好行囊冲出房间，变成姜诺的前室友，现室友宴若愚坐在椅子上跷着二郎腿，双手摊开，嘟起嘴，事不关己，高高挂起：“我没逼他呀，是他自愿跟我换的。”

姜诺朝天花板翻了一个白眼，走到宴若愚身边，一言不发地整理电脑。宴若愚将脸贴着桌面仰视姜诺，卖萌眨眼，问道：“你生气了？”

姜诺合上电脑放在一边，后退两步倒在一米二宽的单人床上，唉声叹气：“我哪里敢生你的气呀，大少爷。”

旁边那张床被前室友动过了，宴若愚扯扯被角，两只手指夹起掀开，勉为其难地坐在床单上，嘀咕：“我醒来后发现你不见了，还以为你去现场帮其他选手试音了。”

姜诺揉揉鼻梁，闭眼说道：“Lai 让我先专心比赛，往后的事等我被淘汰了再说，不慌。”

“那你就好好准备六十秒清唱呗。”宴若愚可好奇了，“哎，你打算唱什么？说起来，我还从来没听你唱过歌呢。”

姜诺笑了一下，侧躺着脑袋枕着手臂问：“前几天的清唱不算？”

“那怎么能算？那个谁——王招娣，对，那个王招娣批评得也有那么一点点道理，这是秀场，你选调那么平的主歌部分来比赛简直不要太送人头。”

宴若愚沉着一口气，说到清唱就气，蠢蠢欲动地要搬出撒手锏：“你有点儿斗志行不行？你这么没斗志，姜善在天之灵看了都——”

宴若愚突然停顿。

无言了几秒，姜诺动了动脖子，问：“姜善听了……都？”

宴若愚舔舔唇，又咬了一下，眼睫颤动，往下看，欲盖弥彰地低声说：“没事。”

姜诺轻笑，见宴若愚的眼神一直在躲闪，评价道：“你今天有点儿奇怪。”

“没有。”宴若愚站起身，不想解释也不知道该怎么解释，突然又不想提姜善，摸摸肚子转移话题，“我饿了。”

姜诺刚点过午饭外卖，不饿，于是说：“你自己去吃吧。”

宴若愚暗示他：“一个人吃多无聊呀。”

姜诺想了想，说道：“林淮也住在这一层，你找他一起下馆子吧。”

宴若愚明示：“我要你陪我。”

“行，陪你。”姜诺好声好气地说完，拿出手机，“我马上给你点外卖，大少爷。”

“哎哟，一起出去嘛。”宴若愚抽走姜诺的手机，扶住他的肩膀将人往门外推。

他敲林淮的门想问问小老弟要不要一起去。林淮打开门，不等他们开口就做出“欢迎光临”的手势，邀请他们看房间里立着的扫帚。

林淮绕着扫帚转了一圈，伸手在扫帚上方来回滑动几次，证明这把屹立不倒的扫帚没有借助任何外力。

姜诺获得了扫帚可以不用靠着墙放自己直立的没用冷知识，非常淡定。宴若愚则一脸问号，问林淮：“你在干吗？”

“神奇吧？”林淮沾沾自喜，“我刚才看了一篇科普的文章，说今天是地球引力最小的一天，小到扫帚都能站立。”

“你看的是真科普还是假科普？”宴若愚怀疑林淮魔怔了，把牛顿三大定律都给忘光了，万有引力这种东西再小能小到哪儿去，还能把地球表面变月球，人一蹬腿就蹦迪不成？

“那你怎么解释扫帚能立起来？”林淮反问。他把扫帚提起来，又放下，扫帚依旧立着。

宴若愚不服气地说：“可能这扫帚成精了，别的扫帚未必立得起来，你等着，我给你找去。”

说完，宴若愚就马不停蹄地去找酒店的后勤部。林淮跟个孙猴子似的把扫帚扛在肩上在门口等，姜诺站在他边上，问：“你的室友还没来？”

“嗯。”林淮点头，“听说是海外赛区的前三名选手之一。”

姜诺说：“海外赛区年年都有几万人报名，万里挑一出三个，其中一个跟你住同一个屋檐下，你可别掉以轻心。”

“我会怕他？”林淮挑挑眉，做了一个“抹脖子”的手势，“我一对一的时候就选他，把人淘汰了，还能把两张床拼起来睡大床。”

“和谁睡大床？”宴若愚双手各拿两把形态各异的扫帚，快步走来只听清后半句话。但他也没怎么纠结，专心致志一把接一把地立扫帚，四把里两把直立，另外两把软软的，怎么调整角度都会倒下。

“看到了吧？”宴若愚物理小课堂开课了，“这些能立起来的扫帚重心偏下，立不起来的重心偏上，不信的话你把所有的扫帚都收起来明天再试试，今天能立起来的明天也能立，今天立不起来的一辈子都立不起来，和引力一点儿关系都没有。”

“真的假的？”林淮蹲下身端详这些扫帚，正半信半疑地转不过弯来，余光里模模糊糊地出现一双板鞋，鞋面上的蓝色部分随着鞋主人的走近越来越清晰，那个人推着行李箱，穿过一堆扫帚走到双人房的门前。

林淮没起身，这让他的视野依旧受限，只能看见对方的脚踝。这个牌子的鞋后跟出了名的磨脚，那个人可能没穿几天还在磨合期，和鞋后跟接触的皮肤红了一小块，在精瘦分明的脚踝上格外刺眼。

那个人说了一声：“喂。”

林淮微张开嘴，闻声仰头，最先映入眼帘的是少年鼻梁上的一颗痣，明明是黑的，却在一瞬间跟脚踝处的那抹红色印记重叠，冷冰冰地将人拒之门外。

“你就是林淮？”

林淮傻傻愣愣地站起身，平视后的第一念头是宋舟憔悴了不少，本人比社交平台上最新发的照片都瘦。

宋舟哪里知道林淮的心理活动，瞟了一眼那一堆扫帚，有点儿士别三日刮目相看的意味：“挺有文化的嘛，还知道拥彗迎门。”

林淮转动眼珠子向站在左右的宴若愚和姜诺无声求助“拥彗迎门”

是什么意思，结果他们也不懂，一个看天花板一个抠手指，让他自求多福。

好在宋舟刚下飞机，没细品他们的小眼神和小动作，还真以为林淮拿这么多扫帚放在门口是为了迎接自己，持续了好几个月的低落情绪稍有好转，放下行李后主动邀请："你们吃午饭了吗？我刚来这儿人生地不熟，没吃的话你们定地方，我请。"

"好！"宴若愚第一个答应，特精神地冲姜诺眨了眨眼，姜诺一下子就看透了宴若愚的心思，也答应了，用手肘撞了撞林淮，见他没反应，情急之下憋出一句："附近有家粤菜馆味道挺不错的，是吧，林淮？"

"啊，对。"林淮掏出手机搜附近的粤菜馆，在进电梯前确定一家物美价廉的，怕宋舟破费。到一楼后他们迎面碰上了刚吃完饭回来的伊斯特，一听他们要去下馆子，自来熟地与他们勾肩搭背，不放过每个蹭饭的机会。

严格来说，现在不算饭点，但沪上的餐厅什么时候去都爆满，聚餐性质的大桌排号速度最慢。

他们运气好，来的时候正好有一张四人中桌空出来，伊斯特和林淮轮番上阵跟叫号的服务员小姐姐说好话，想五个人挤一张中桌，小姐姐不为所动。到最后还是宴若愚摘下口罩，给小姐姐签了个名，他们才得偿所愿地不用排队，上菜速度都比别桌的快。

然而最积极的伊斯特并没有动嘴和筷，看看坐在左边的林淮和宋舟，右边的宴若愚和姜诺，以及正前方贴墙的长桌窄边，举起求知的小手发问："我有一个问题。"

四个人齐齐地看向他，伊斯特扶住老是往下掉的黑框眼镜，低头看自己可可爱爱的木马小板凳，问："为什么是我坐儿童座椅？"

宴若愚说："服务员刚才不是说了吗？普通椅子不够了，你凑合着坐吧。"

"不是，我的意思是——"他扶住眼镜抬头，圆圆的眼睛里充满大大的疑惑，“昨天我们还一桌麻将整整齐齐，今天你们怎么就让我落单了？”

“你的问题怎么这么多？”林淮精准打击，“你穿洛丽塔裙了吗？”

伊斯特还能说什么呢？他乖乖闭嘴，在儿童座椅上快乐摇摆。

气氛一度很和谐，五个人你一句我一句并不吵闹，但绝不会冷场。不过宋舟的性子确实挺冷的，前一分钟他还会跟着大家一起笑，不一会儿没兴致了就对谁都爱搭不理。他的思维跳得也很快，也就同有留学经历的宴若愚能跟上他的节奏，接住他的话。天南海北这么一扯，扯到歌词里的一些屏蔽词，林淮咳了一声，故作严肃地说道：“宋舟同志，你现在已经回国了，别什么都拿到台面上来说，注意着点儿。”

林淮这语气明显是在学某些电视剧里的角色，活灵活现，逗得伊斯特正要哈哈大笑，瞥见宋舟冷着一张脸，愣是灰得把笑憋了回去。

同样是颇为精致的五官，宋舟的眼尾走向与宴若愚的截然不同，弯而上挑，眼眸含笑倾人，含情醉人，气质灵动得不得了。

但现在，那双桃花眼里隐隐藏着戏谑之色。宋舟问：“林淮同志的意思是让我提前自我审查？”

“也不能这么说——”林淮想了想，改口道，“好吧，你也可以这样理解。明天就开始录制第二轮了，你好好看看自己的词，里面的一些表述要是比较微妙，还是建议你趁早替换掉。”

林淮举了个例子：“上一季有个选手唱了句‘trust god（相信上帝）’，你自己相信上帝没事，不能把相信上帝在这么大一个舞台上唱出来呀，所以后期字幕就把‘god（上帝）’改成了‘gut（勇气等）’。你英语比我好，肯定知道‘gut’是什么意思，这多尴尬呀，早知道‘trust god’不能唱，提早把这一句换了多好。万一你这句有一个敏感词，那句有一个敏感词，后期制作组救不回来了，只能把这句剪掉，那句也剪掉，你的表演就是破碎的，多可惜呀。”

宋舟的角度不同：“自我删减后的表演就不可惜？”

“我——”林淮尽量心平气和地说，“我只是在告诉你这个游戏的规则，你必须遵守，才可以走得更远，继而回过头来改变一小步。”

宋舟表示怀疑：“是吗？你如果能走起来，恰恰证明你是这套规则的受益者，你怎么保证自己走着走着不会迷失？”

林淮扶额，头疼地问道：“你签了 Rising Sky，对吧？”

宋舟“嗯”了一声。他去年就和商业娱乐公司签下了合约，但鉴于他的第一身份依旧是学生，那份合约并没有太多限制和要求，一切以他自己的意愿为主，自由度极高。

“那你也算是个艺人，你要有作为艺人的自觉，不能说刚才那样的话。”林淮抚着自己的胸口苦口婆心地说，“那些规则不规则的东西交给我，好吧？我是专业的！你相信我，也乐观点儿，爱与和平一定会实现！”

“好！说得好！”伊斯特带头鼓掌，宴若愚和姜诺紧随其后。

“我吃饱了，你们随意。”总共就没吃几口的宋舟在桌上放了几张现金，跟谁都没说再见就离开了。

他从始至终都没表现出锋芒，但又确实与其他人格格不入，他疲惫不堪，没有气力再去问别人这个世界为何这样，因为所有人，包括林淮，都会习以为常地告诉他，这个世界就是这样。

而等他一走，林淮就活过来了，愤愤不平地说道：“国外有什么好的？我最讨厌这种留过洋就觉得国外月亮圆的人了……喊，他看不上我，我也不爽他，会外语了不起呀！”

姜诺坐在林淮正对面，用筷子尖拨弄碗里的米粒，问：“不追过去看看？”

林淮嘴快：“有什么好看的，他这么大一个人了，还会走丢不成？”

短暂沉默过后，姜诺继续给林淮台阶下：“他看起来很累。”

“关我什么事？”林淮用筷子使劲戳碗底，像是在狂扁宋舟，戳到消气后把碗筷一放，拿起随身物品站起来气冲冲地离开了。

伊斯特茫然地问：“他怎么了？”

“去找宋舟呀。”姜诺让伊斯特别担心，剩下的食物能吃多少算多少，别浪费了。

吃完饭后他们一起去了体育馆。新的录制现场在体育馆的一个三百多平方米的室内篮球场里，场地被改装过，导师坐在高处，正对的舞台配置像一般的小型演出场所，选手在台上演唱时并不能看见上方的三块显示屏，演唱六十秒过后只要有一块屏幕没红，选手就能晋级，但如果所有导师都按了手里的失败键，那么伴奏音乐就会停止，选手被淘汰。

舞台旁侧就是观众席，有说唱歌手在台上表演时，其他选手可以坐在那里观看、闲聊、谈论、发表意见。

姜诺他们三个人来的时候，有不少排在明天上场的说唱歌手在试音。彩排这种事情有后期组和音效组在就够了，但他们在现场发现了梁真的身影。梁真没坐在导师席上，而是和工作人员一起忙活，帮选手出谋划策，看还有什么可以改进的地方。比如毫无现场表演经验的伊斯特上去了，梁真强调了好几遍让对方放松，要有表演的意识，多点儿肢体动作，不能全程都不走动。

宴若愚和姜诺都被排在最后一天，不着急现在就彩排，观看了几个小时看看对手们都是什么水平，也就回去了。

离开之前他们碰到林淮匆匆往后台赶，挺赶时间的，也没和他们多聊，只提到他要临时换伴奏，六十秒的歌不用喜剧说唱了，而是用他的出道曲《差不多大学生》。

之后宴若愚琢磨林淮的语气，总觉得他那态度跟上次来沪溪山庄录歌时一模一样，像是上赶着娶媳妇，一刻都等不了，便问姜诺："你说林淮临时换歌是不是被宋舟刺激到了？"

宴若愚正在刷牙，用的是电动牙刷，发音含糊，但旁边一起刷牙的姜诺听得清，漱口后才漫不经心地回答他："可能吧。"

"你的牙龈怎么出血了？"宴若愚现在越来越像"出息"，活跃且注意力难以集中，上一句还在讲林淮，没一会儿就关注别的事去了。

姜诺没他这么咋咋呼呼，习以为常地说道："牙刷太硬了。"

"哦。"宴若愚不说话了，洗漱完后换上睡裤光着膀子钻进被窝里头玩手机，先下单一款电动牙刷，刷头选的软的，然后当什么都没发生，跟姜诺说，“我外放歌曲了。”

姜诺正坐在桌前看电脑，听到宴若愚这么和自己说话，没反对，还把自己的耳机摘了。

宴若愚打开音乐软件，搜索林淮的名字，手指下滑找到那首《差不多大学生》，开外放和姜诺一起欣赏林淮在考上大学的那年暑假创作的歌。

宴若愚听笑了，万万没想到似的说：“林淮现在整天嘻嘻哈哈的，没想到年轻的时候也这么叛逆呀。”

“他现在才十九岁，也还年轻。”姜诺一只手搭在椅背上，顿了顿，问宴若愚，“你呢，有过这样的时期吗？”

宴若愚惊呆了：“你容忍度也太高了吧。我还不够叛逆吗？我感觉我还处于叛逆期，各种缠着你找你的麻烦。”

“我不是这个意思。”姜诺努力组织语言，慢慢地说，“引起他人的注意力的叛逆是一回事，通过愤怒表达不满又是另一回事。”

宴若愚跟上了他的思路，从被窝里钻出来坐好，示意姜诺继续说。

“后者的本质是寻求改变，比如林淮当初写这首歌，肯定也是希望听到的人别做‘差不多大学生’，至少他自己别做‘差不多大学生’。”

宴若愚点点头，玩笑地说道：“他现在是独一无二的大学生，喜剧说唱做得风生水起。”

“那你觉得他现在开心吗？”姜诺问，“或者说，甘心吗？”

这还用想吗？宴若愚差点儿脱口而出，却被后半句话问住了。

是呀，一个能写出《差不多大学生》的说唱歌手，如果一辈子都唱《长佩爱情》，他怎么可能甘心？

不少人看得通透，替他惋惜，但只有宋舟不遮遮掩掩，直言不讳他瞎唱的歌都是垃圾。

“那宋舟呢？”宴若愚回想起他们在欧洲相遇时的情景，紧接着说，“他看上去真的跟之前不太一样，就感觉……他很疲惫，没什么精气神。”

宴若愚找不到合适的形容词。每个人都有底色，林淮讲究妥协后追求，相信车到山前必有路，给人的感觉是积极乐观。宋舟则恰恰相反，上个月才刚成年，本该是最有希望的年纪，他远远地走过来，却轻飘无力充满悲凉感。

“这得问你吧，”姜诺说，“我又没在国外读过书。”

“但宋舟不是因为出国了才悲天悯人，而是本来就是悲天悯人的性子。”宴若愚笑了，不觉得自己跟宋舟有什么相似之处，况且他以前跟自己都和解不了，哪里有多余的时间和精力关心这个世界有多糟糕。

当他不跟自己较劲了，就更不会去想这些问题，因为他觉得这个世界有时候很糟糕，能做的只是和自己和解。

宴若愚问：“那你呢？”

姜诺躺好了：“我？”

“嗯，你。”宴若愚趴在床上，望着旁边的姜诺，欲言又止，然后说道，“你看别人都是一看一个准，分析得头头是道，为什么你以前过得这么糟糕？”

“糟糕吗？很多人的生存环境比我还糟糕，我已经很知足了。”姜诺想了想，还是实话实说，“我现在搞音乐赚钱赚得快，心里反而没底。”

落魄归落魄，姜诺并不认为以前在KTV和酒吧工作的经历需要遮遮掩掩，这些事情他确实干过，但他没偷没抢，凭苦力挣钱，别人怎么看他管不了，但他自己不觉得丢脸。

倒是现在做音乐来钱太容易，揣在兜里他莫名其妙地觉得烫手。

宴若愚冲姜诺竖起了大拇指：“你真的是我遇到的最不爱钱的人。”

“可能是因为我的世界太小，不需要这么多东西。”姜诺想睡了，掀起被子盖住脸遮光，闷闷地来了一句，“别再梦到我变成鸭子了！”

宴若愚不打扰他，将房间里的灯都关了。

但宴若愚睡不着，黑暗里，他侧身望向姜诺的方向，过了不知多久，终究没忍住，不振动声带地轻声喊：“姜诺！”

姜诺没回应，可能是睡着了。

“姜诺！”宴若愚还是原来的音量，“你的小世界里有什么呀？有房吗？有车吗？”他在黑暗里自言自语。

姜诺：“……”

“还是说有房有车的生活你也觉得心里没底，所以想要回平芗种地，养鸡养鸭？”

“……”

“你还继续做音乐吗？”

“……”

“有姜智和他的父母吗？”

“……”

宴若愚完全是自讨没趣，本应该准备睡的，却莫名其妙地有种心疼到落泪的冲动，问：“人死可以复生的话，有姜善吗？”

姜诺依旧一动不动，不给出任何回应。宴若愚心里头更不好受了，替姜诺惋惜不平，明明那么珍惜生活，生活却并没有善待他。

而宴若愚曾经肆无忌惮地生活。

他在生活，读名校，住高楼，光芒万丈；有的人却在生存，辍学，饱受冷眼。

他曾经不屑生活，挥霍才华和金钱；有的人却从一出生就在拼命生存，拼尽所有，甚至赌上人格尊严。

这个人比宴若愚有责任感，比宴若愚坚强勇敢，清明通透，生活却不善待他，夺走了他最好的朋友。他的世界那么小，少了一个姜善，肯定空出了一大块。

所以他也疲惫、难过，一个人扛所有的事，眼里没了光，走一步算一步，不期待更美好的未来。

可他明明那么好。

他那么好，值得那个小小的世界重新被塞满，照进光，开出花，有细雨春风。

宴若愚问姜诺：“可以有我吗？”

话音刚落，宴若愚猛然闭上眼，眨了眨，又睁开。开灯的姜诺长发凌乱，皱着眉无奈地瞪着他："你有完没完？还睡不睡了？"

宴若愚紧紧抿住双唇，眼里噙着薄薄的一层水，跟要哭了似的，姜诺正要软下声音关切安慰他，宴若愚"扑哧"一声笑了。

姜诺双手攥住被单，差点儿抓狂，仰头长长叹了一口气。

宴若愚趁机把涌到眼角的小泪花偷偷擦掉，乖巧地缩进被子里只露出脑袋，讨糖似的说："可不可以呢？"

姜诺的倦意都要没了，他烦都烦死了："可以什么？"

宴若愚说："把我加进你的未来里。"

姜诺紧接着说："我不是早答应了吗？"

宴若愚茫然地问："什么时候？"

"这种事不一定要说出来呀……"姜诺掩耳盗铃般蒙上被子装睡觉，"就这样吧，不聊了，明天还要去看比赛！"

宴若愚正要穷追不舍，姜诺干巴巴又凶凶地说："晚安！"

宴若愚就乖乖把灯关上了。

他看着姜诺的方向，心里头暖暖的，喷涌而出的欢喜之情如同可乐罐里扔进薄荷糖，和昨天的姜诺一样，说出人生的第一句"晚安"。

番　外

期待回信

“Bruce 的父母双亡，所以哥谭有了蝙蝠侠——”

“您好，您的外卖到了，麻烦下楼取一下。”

姜诺说完后挂断电话，手机播放软件里的音频继续下一句：“我的父母也在雨夜巷角双亡，岭安城却没有我的家。”

姜诺正准备滑动手指接下一单，却停顿在这两句歌词上。

他愣了好一会儿，以至于来拿外卖的人喊了两声“喂”，他才回过神，伸手进保温箱时还差点儿拿错包装盒，被那位顾客揶揄了一句：“刚干这行吧？这么不熟练。”

姜诺没有应声。

倒是身旁有一位牵小孩儿的老奶奶走过，用浓重的岭安口音嘟囔：“宝贝孙，你可要好好读书，读好高中，考好大学，找好工作，以后可不能去送外卖……”

姜诺要送的下一单地址就在附近。市中心写字楼成群，但能被称为地标的只有那么几座，若一定要挑出楼王，非他面前的燕合大厦莫属。

燕合大厦的造型不像燕，而是山，最顶端的观光层高耸入云，能将整个岭安尽收眼底。据说这燕合集团是做服装起家的，后进军房地产业，实力雄厚，大厦落成第一年的租金数额就创岭安市的历史新高，轰动一时，也把集团董事长的继承人宴松亭推上风口浪尖。

然而宴松亭真正进入公众视野，是那场世纪婚姻。豪门独子和著名女演员的爱情至今是坊间的一段佳话，他们却双双于独子的十五岁生日宴那晚去世，在异国他乡戏剧性地死于抢劫犯的枪下。

但那个孩子活下来了，并在三年后的这天给姜诺发来这封带歌词和音频的录音小样的电子邮件，请姜诺听他那并不专业的说唱。

姜诺下午的工作并不顺利。他错过了两个绿灯，有三个订单险些超时，争分夺秒地转弯差点儿翻倒后，他把电瓶车停在路边，长长地做了好几次深呼吸，捂住脸狠狠地揉了两下，然后难以置信地自言自语："宴若愚那种人，怎么可能把歌发给我听？"

果不其然，姜诺当晚又收到了一封电子邮件。对方的意思是他昨天喝醉了，所以才会发那些歌词，至于那首不成熟的录音小样，请千万不要当真。

姜诺将这第二封邮件读了不下十遍。

他再看落款，对方的邮箱号字母拼起来，确实是宴若愚的英文名字加上姓氏。

"在看什么，这么出神？"病床上的人声音沙哑地问。

坐在他边上的姜诺猛地抬起头，又摇摇头，说："没什么。"

像是生怕姜善不相信，姜诺又强调："群发的垃圾短信。"

垃圾短信怎么可能让姜诺发呆到失魂落魄的程度，姜善正要刨根问底，却扯到了刚手术后的创口。

"你别……别乱动，要什么东西和我说，喝水吗？还是要上厕——"

"姜诺。"

姜诺愣住，后背不由得挺直。姜善很少叫自己的全名，平日里都是极为日常的"诺阿""诺阿"。

姜善用陈述的语气说："安大开学了吧。"

姜诺的背又驼了下去。

他有些恍惚，一时记不得自己上一回去学校是什么时候。总之他从上学期起就无法平衡课业和兼职，出勤率亮红灯后干脆破罐子破摔，辅导员给他打电话，他都直接挂掉。

“你应该回学校去，跟校方说明情况，把毕业证拿到，当咱们姜家的第一个大学生。”姜善下意识地要抬右臂，可那里空空如也。他又伸出左手，艰难地拍了拍姜诺的肩膀。

“我……”姜诺吐字也很艰涩，姜善比他先开口。

“我答应那个众筹平台的工作人员了。”

“什么？”姜诺转头看向病房里的另一张床。那也是位骨癌晚期的病人，为了治病，家里举债无数，若不是众筹平台上个月给他们立了个项目，暂缓了燃眉之急，他们早就放弃治疗了。

但这种项目是要跟平台分成的，还要让渡隐私权，故事越凄惨，越劲爆离奇，才能吸引越多关注度。为了给姜善筹手术款，姜诺也背了不少外债，但他就算去借高利贷，也不愿意去和这种平台合作，那对姜善来说，太没有尊严了。

“可是——”

“没有可是。”姜善的声音虚弱，但不容置疑。他宁肯自己去年在舞台上的闪耀样子和如今的惨状形成鲜明对比，也不愿姜诺再被耽误前程。

“小智一直拿你当榜样。”姜善最后说道。

姜诺并没有和辅导员联系，而是依旧在那几个兼职的场所间来往。有那么几个晚上，他在酒吧里喝到把客人都看傻眼，客人问他为什么这么拼，他说他需要钱，现金。客人再问他要多少钱，他又说，很多钱。

姜诺在一个醉酒的凌晨又一次收到电子邮件。

那是一封长信，字字句句皆是诚意：“NoA，我很喜欢你和姜善歌曲里的生命力，你和‘不真诚祷告者’合作的歌也非常鲜活。你们都是热爱生活的人，这种热爱之情我很少能体会到，所以想同你合作，价格当然好说。三月四日，看到请回信。”

价格当然好说，好说，好说……姜诺盯着轻描淡写的这几个字，以及落款处的“宴若愚”，热了眼眶，脸庞因为酒精而通红。他忍不住笑，乱了调子，更像哭了的笑，然后整个人跌到出租屋窄小的硬床上。

姜诺几个小时后并没有点开外卖派单软件，而是直接去了医院。众筹平台的团队正在对术后排异陷入昏迷状态的姜善进行拍摄，主持人用苦情腔诉说着姜善以往的比赛经历，字字句句扎进姜诺的耳朵里。

随后现场一阵推搡。

争执结束后，重新坐在姜善身边的只有姜诺。姜诺知道姜善听不见，但眼里满含希望之色，说自己有法子搞到钱，天无绝人之路，他不会出卖姜善最后的尊严。

宴若愚跟记者产生肢体冲撞的新闻出来时，姜诺还在斟酌回信的用词。

没办法，那封长信太真诚了，详详细细地写尽了对说唱音乐的兴趣和热爱，真诚到姜诺不得不真心换真心，也想写一封同样篇幅的信。他写了删，删了又改，总算改出个“初版终稿”，然后看到了社交平台里铺天盖地都是宴若愚的面孔。

而姜诺通过廉价的智能机凝视那张占尽审美优势的脸，越看越觉得陌生。宴若愚于自己而言本就是陌生的，那是云端上的骄子，嚣张、自信、桀骜、骄傲……这些才应该是形容他的词，这样的人怎么可能把不成熟的歌发给一个不知名的制作人听？

姜诺不是没想过那位联络自己的“宴若愚”是冒充的，只是这次，他为钱奔波的肉体和连轴转的大脑全都得以冷静下来。

好巧不巧，那个自称宴若愚的人又给他发来邮件，希望他不要在意最近的风波，还是想要和他合作。他看着落款那句“期待回信”，怎么看怎么觉得不对劲。

这真的是宴若愚吗？

那个不可一世的宴若愚，真的会……特意给我发来一封信，就为了向我解释自己并非无缘无故地发脾气？

我？

姜诺茫然了。

他其实可以先试探一下，随便发一句什么话过去，可他的手机屏幕太小了，太糊了，稍一手抖，连那封长信都没能保存在草稿箱里，页面白茫茫的，很干净。

自称宴若愚的人在接下来的两个月里又发来不少信件，姜诺并非没有看见，而是太忙了，忙着筹姜善的下一笔手术费用。若不是在医院门口撞上辅导员，他都要把校园生活划归到上辈子的记忆里了。

两个人在医院附近的快餐店里一起吃了顿午饭，姜诺全程一言不发。事实上，他与学校里的同学和老师都不熟，跟辅导员为数不多的交流，也是因为他的出勤率。

“如果你当初咬咬牙把课都上了，你这个月就能拿到毕业证，去找更稳定来钱的工作。”这番话，辅导员在电话里不止说过一次。他大致了解过姜诺的难处，但从长远利益来看，姜诺如果不那么早就急着去打好几份工，而是把时间花在课程和论文上，他至少能顺利毕业，岭安大学的招牌还是很有含金量的。

姜诺只是埋头扒饭。

他那么瘦，却在辅导员停筷子后，把所有的饭菜都风卷残云般吃了个干净。他始终没有抬头，良久才吸了吸鼻子，说：“可是我没有时间。”

他没说出口的是“我没得选”。

辅导员长长地叹了一口气。

离开前，辅导员给姜诺留了一个信封，姜诺不要，辅导员的面色变得严峻，告知他：“虽然休学需要本人来办理，但你迟迟不露面，所以我跟校方争取过，给你走了特殊通道。”

“记得回来把书念完。”趁姜诺还愣怔，辅导员把那个装了现金的信封又塞进他的手里。

那天晚上，姜诺又收到了宴若愚的邮件，对方说心里很难受，这么期待回信都没有回音，再也不想给他写信了。

姜诺在草稿箱里写了很多话，疯狂地码字：“好，那就再也不要给我写了……你到底是谁？你怎么可能是宴若愚？你是不是冒充他想要看我的笑话？那些你称为鲜活的生命力，你知道是用什么换的吗？你难受，我这些日子就不难受吗？请停止对我的幻想，你无法想象我正过着什么样的生活……我已经快喘不过气了……你根本不了解……”

姜诺的眼泪模糊了手机屏幕，那封回信终究没有被发出去。

接下来的两个月，宴若愚也再没有给他写信。

“哎，快到点了。”

“是快了，再把这些货打包完就可以下班了。”

“还是这个厂轻松，你是不知道，我去年打工的那个服装厂是计件的，活儿又多又累，还……”

姜诺并没有加入车间里其他工人的闲聊。

他是新来的，这是他在这个鞋厂工作的第十七天，一直重复刷胶水的动作，一坐就是一整天。

胶水味重，姜诺全程戴着口罩。负责上一道工序的熟练工能一心二用，边操作边看自动播放的短视频，仿佛手与眼分离。下一道工序在烘箱后，女工们总有聊不完的话题，给枯燥无味的流水线作业增添点儿色彩。

但姜诺喜欢这份工作。

怎么可能有人视一成不变的机械劳动为享乐？实在是姜诺这些天经历了太多事。把姜善的骨灰送回平芗后，他只觉得自己的躯壳空了，成了无数芜杂思绪的载体，种种思绪不受控制地冒出又消弭。

浑浑噩噩的那几日恍若一生，这样的精神状态出门都容易被车撞，不如找些不用动脑子的事情干，他就在劳动市场里随便拨了一个招工电话，来到了这个位于岭安郊区的鞋厂。

十月是秋冬款鞋子的生产旺季，鞋厂里二十四小时两班倒。姜诺上的是白班，从早上七点到下午六点，流水线管理者却在下午五点五十八分赶来发布紧急通知，要他们再留半个小时。

“不是要你们加班，是有一个纪录片团队马上就来。”管理者提到一款鞋子的型号。这个鞋厂专业承包加工和贴牌的工作，管理者说的型号就是他们几个月前生产的，量很少，却是拿去时装周走秀的稀罕货。

至于那个品牌叫什么，管理者一时也说不上来，就记得型号那串数字。他当然听到了工人们对工作超时的抱怨，并没有像往常那样和稀泥，说“大家不要只盯着自己那个碗，而要助力老板的锅先满上”之类的心灵鸡汤，而是张开五指，说：“每一个留下来参与拍摄的人，都能拿到这个数的出镜费！”

抱怨变成了哗然，众人对管理者的许诺表示怀疑。姜诺依然安静着，有一句没一句地听管理者吹嘘那位设计师的家境，总之那是一位不缺钱财的公子哥儿，所以能给出那么高的出镜费，就为了拍几个镜头。

“真的假的？”

“对呀，不会是骗我们的吧？我还要去接小孩儿放学，回家做饭呢。”

“你们别不信，等一会儿他亲自过来。”管理者也急了，“你们就算信不过我，信不过那位小少爷，也该信燕合吧？”

姜诺正要取口罩的手僵在耳畔。

流水线的电源重新被开启，姜诺背对着车间的出入口，重复着刷胶水的动作。

在镜头的凝视下，厂区里最叽叽喳喳的人都安静了，机械设备的噪声里只有一个声音在陈述：“合作之前我考察过不少大厂，当然了，真的比资质，我爷爷创立的燕合就是做服装生产起家的，有业内顶级的高端生产线，把图纸交给燕合其实是最好的选择，但我还是选了这个规模只有两百人的小厂。”

那个声音从流水线的起点，缓缓往前移动：“因为我希望打破一些观念，比如，手工定制的东西就是最好的，量少的就应该贵，批量生产的就活该卖白菜价……可支撑起一条流水线的人就不是人了吗？他们的手工就不是手工吗？他们的——”

宴若愚在刷胶水的工位前驻足。一个身板单薄的青年背对着他，只要他伸手去拍一拍，那个人一定会条件反射地回头，用那双没有被口罩遮住的眼与他对视。

宴若愚很慢很慢地抬起了手臂。

他其实也很疑惑，不知道自己为什么会突然卡壳，继而做出这个动作。他根本不认识这个车间里的任何人，包括这个青年，却下意识地想要去打招呼。

一股熟悉到吊诡的陌生感驱使着他想要看看那张脸，看看他们是不是曾经认识，或者说，本应早已相识。

他悬在空中的手在摄像师的一声提醒下骤然缩回。

他也不想耽误工人们下班，继续往前走，介绍……他站在流水线的终点，目光掠过成品后回头，刷胶水的工位上少了一个人。

姜诺站在燕合大厦的观光台上时，已经是晚上九点钟。

他倒了三班公交车和地铁，逆着下班人流来到市中心的写字楼群中，花五百块钱买了一张直达云霄的观光票。

这个点来买票的人肯定是冲着看夜景的。但姜诺来时，外面下着毛毛雨，且没有停止的迹象。工作人员委婉劝说，希望他另择佳期，等天空放晴，但他坚持要买这天的票。

偌大的观光台上只有姜诺。正如工作人员所言，除了乌云和乌云下厚重发沉的光亮，他什么都看不见。

但姜诺也不是冲着景色来的。

同样是被一股无法言状的冲动驱使，他就是想站在岭安最高的地方看看，看看这座他视为异乡的城市，如何被无数他这样的异乡客建设成如今的模样。

“愧疚和懊悔情绪折磨着我，像荆棘从我的胸膛里钻出来又钻进去。”

完全是无意识地，姜诺背出了宴若愚在七月份发给他的一封邮件。他现在能确定那个邮箱账号确实是宴若愚的，除了本人，再无第二个灵魂能写出那样的文字，让正忙于处理姜善后事的他产生无限共鸣。

“真好。”姜诺喃喃着，走出观光台的内圈，站到露天的围栏边。

毛毛雨将他笼罩，朦朦胧胧之际，他仿佛又听到了那首制作粗糙的录音小样，少年毫无技巧地宣泄：“Bruce 的父母双亡，所以哥谭有了蝙蝠侠。我的父母也在雨夜巷角双亡，岭安城却没有我的家。”

那个原本歇斯底里的声音变得成熟，成了纪录片里的陈述：“他们的手工就不是手工吗？他们的制造，就不值得登上时装周吗？”

姜诺在脑海里对比这两个声音，心想，如果宴若愚曾有深似裂缝的创伤，如今也已经被缝好了吧。

兜里的手机持续振动，是工友群里在发红包。所有人都以为管理者比的五根手指是五十元，岂料宴若愚给的是每人五百元。

宴若愚还请他们把那个没有人认领的五百元拆分发到群里，希望那位提前离开的胶水工能出现。姜诺并没有点击红包，而是直接退了群。

“没必要再找我了，我也不会回信的。”姜诺喃喃着，露出这段时间以来最轻松的一个笑容。

他有种强烈的预感，比起成为歌手，宴若愚会做更多的实事，发表更有力量的宣言。

“真好。”姜诺的声音很轻。他仰起头，眯起眼，夜空也变得缥缈起来。

图书在版编目（CIP）数据

却无心看风景 / 小野鸽著 . -- 郑州 : 中原农民出版社 , 2025. 2. -- ISBN 978-7-5542-3078-7

Ⅰ. I247.5

中国国家版本馆 CIP 数据核字第 2024GZ3925 号

却无心看风景

QUE WUXIN KAN FENGJING

出 版 人：刘宏伟
责任编辑：肖攀锋
特约编辑：李一球　橙　一
责任校对：张　淇
责任印制：孙　瑞
美术编辑：杨　柳
特约设计：吴思龙 @4666 啊

出版发行：中原农民出版社
地址：河南自贸试验区郑州片区（郑东）祥盛街 27 号 7 层
邮编：450016
电话：0371-65788199（发行部）　0371-65788673（编辑部）
经　　销：全国新华书店
印　　刷：河南承创印务有限公司
开　　本：880 mm × 1230 mm　1/32
印　　张：9
字　　数：261 千字
版　　次：2025 年 2 月第 1 版
印　　次：2025 年 2 月第 1 次印刷
定　　价：49.80 元

Mixtape：是以音档格式录制的歌曲合集的统称，在嘻哈界 mix tape 往往被并为 mixtape，一般指免费发行的完整长度专辑。

Mumble rap：模糊不清的说唱，是一种新的说唱形式，跟着伴奏用谁也听不懂的含混发声来说唱。

New wave：new wave 并不是一种音乐风格，把它理解为一个时间阶段会更加合适，就像 old school 一样，指的是一个年轻群体在当时追求音乐上的一个新阶段。

Old school：原意为守旧派，并不是 Hip-Hop 专用语，在这里指旧式嘻哈。

Rap：说唱，是指有节奏地说话的特殊唱歌形式。

Studio rapper：录音室说唱歌手。

TEDx：TED 指 Technology、Entertainment、Design 的缩写，即技术、娱乐、设计，是国外的一家私有非营利机构，该机构以它组织的 TED 大会著称。TEDx 是 TED 的衍生项目。这种本地化的、自发组织的活动可以把人们聚集到一起，探讨各种有意思的想法，分享类似于 TED 的经历和体验。

Trap：一种嘻哈音乐风格，于 20 世纪 90 年代早期在美国南部形成，是一种炫酷、街头、随性的嘻哈音乐，特点是如电影插曲般的弦乐，用沉重的 808 鼓，以 2 倍、3 倍加速或连续奏出的 hi-hats（踩镲），以及用铜管乐器、木管乐器、键盘乐器，营造出整体阴暗、诡异、冷酷、迷幻的氛围。

Type beat：指某种特定风格的伴奏，会让人一听就联想到这个风格所属的歌手。

Urban：urban 是指编舞，urban dance 是指编舞舞蹈，是通过许多舞种融合起来编成一个成品舞。它不是一个舞种，而是一种表现形式。其最大魅力在于将个人的思想感情放大，更具表演性，也更强调个人风格。它包含的不仅仅是一套舞蹈动作，更多的是对音乐的诠释，强调音乐和氛围的契合。

Vlog：博客的一种类型，全称是 video blog 或 video log，意思是视频记录、视频博客、视频网络日志，源于 blog 的变体，强调时效性，vlog 作者以影像代替文字或相片，写个人网志，上传与网友分享。

Back up：原意为撑腰，在说唱中是指另外一个人去衬托主唱。

Battle MC：在说唱 battle 中能够很好地掌控舞台、带动气氛的歌手。

Boom bap：一种音乐风格，鼓点被高度强调，甚至被夸大和扭曲。其中 boom 代表的是大鼓的声音，而 bap 是小鼓的声音。

BPM：Beat Per Minute 的简称，中文名为拍子数，释义为每分钟节拍数的单位。最浅显的概念就是在一分钟的时间段落之间，所发出的声音节拍的数量，这个数量的单位便是 BPM。

Cypher：在说唱中指一个麦克风一群人接力用，一人一段，每次一人的一种说唱形式。

Diss 曲：说唱 diss 曲是指一首歌曲主要是为了“诋毁”或“侮辱”其他人或团体，而用歌曲攻击别人的趋势开始变得愈来愈普遍，成了社会互相竞争的嘻哈的一种文化、风格。diss 是 Hip-Hop 中的一个重要的文化组成部分，是英文单词 disrespect（不尊重）或是 disparage（轻视）的简写，rapper（说唱歌手）之间用这种唱歌的方式来互相批判，随着 Hip-Hop 逐渐成为风尚，“挑战”的意义也变得越来越复杂。

Flow：原意是流动，在说唱里 flow 代表的是一个人说唱时的风格，比如咬字的方式、发音、断句、语速等，说唱选手们都会找到属于自己的 flow，唱出自己的风格。

Freestyle：指即兴、随性的发挥，说唱中的 freestyle 就是即兴说唱的意思。

Homie：网络流行词，是 homey（做名词使用时）的另一种形式，在美式英语中是老乡、好朋友的意思。该词随着 Hip-Hop 音乐进入大众视线，并流行于网络。

Instagram：国外的一款社交软件。

IP：Intellectual Property，直译为“知识产权”，互联网界的“IP”可以理解为所有成名文创（文学、影视、动漫、游戏等）作品的统称。

Lay back：说唱的一种方式，指唱的节奏比音乐节拍的节奏慢一点点，是一个非常舒服的跟拍方式。